U0096406

古典詩歌研究彙刊

第三四輯

龔鵬程 主編

第 4 冊

姜夔詞接受史（中）

林淑華 著

國家圖書館出版品預行編目資料

姜夔詞接受史（中）／林淑華 著 -- 初版 -- 新北市：花木蘭
文化事業有限公司，2023〔民112〕
目 6+172 面；17×24 公分
（古典詩歌研究彙刊 第三四輯；第 4 冊）
ISBN 978-626-344-352-5（精裝）
1.CST：（宋）姜夔 2.CST：宋詞 3.CST：詞論
820.91   112010192

ISBN-978-626-344-352-5

9 786263 443525

古典詩歌研究彙刊
第三四輯 第 四 冊   ISBN：978-626-344-352-5

姜夔詞接受史（中）

作　　者　林淑華
主　　編　龔鵬程
總 編 輯　杜潔祥
副總編輯　楊嘉樂
編輯主任　許郁翎
編　　輯　張雅淋、潘玟靜　美術編輯　陳逸婷
出　　版　花木蘭文化事業有限公司
發 行 人　高小娟
聯絡地址　235 新北市中和區中安街七二號十三樓
　　　　　電話：02-2923-1455 ／傳真：02-2923-1452
網　　址　http://www.huamulan.tw 信箱　service@huamulans.com
印　　刷　普羅文化出版廣告事業
初　　版　2023 年 9 月
定　　價　第三四輯共 8 冊（精裝）新台幣 16,000 元

姜夔詞接受史（中）

林淑華 著

目

次

第四章　建構典範接受之鏈：選本接受（下）

　　謝桃坊《中國詞學史》以為明清之際，詞之創作出現興旺之勢，到康熙朝浙西詞派之崛起與發展才真正形成詞體復興。再到嘉慶二年（1797）張惠言《詞選》問世後，標誌了常州詞派之興起，此後至新文化運動前，常州詞派之理論基本佔據了近代詞學界，為詞學史上極盛時代。因此在清代詞學分期中，謝桃坊以張惠言《詞選》問世之嘉慶二年（1797）當作分水嶺，將公元 1644 年清王朝建國至嘉慶二年（1797）當作「詞學的復興」〔註1〕，自 1797 至 1919 年新文化運動當作「詞學的極盛」〔註2〕兩部分。本文亦據謝桃坊《中國詞學史》，以公元 1644 年清王朝建國至嘉慶二年（1797）張惠言《詞選》問世，作為「清代前期」分期。

　　至於清中與清末分期，孫克強《清代詞學》曾說：常州詞派由嘉慶年間興起，逐漸取代浙派，影響所及直到民國初年。道光、咸豐之際，常州詞派老一代人物逐漸辭世，新一代詞學活動主要在同治以後，此即通常所稱之晚清。〔註3〕朱麗霞《清代辛棄疾接受史》認為

〔註1〕謝桃坊：《中國詞學史》（成都：巴蜀書社，2002 年 12 月），頁 197。
〔註2〕謝桃坊：《中國詞學史》，頁 289。
〔註3〕孫克強：《清代詞學》（北京：中國社會科學出版社，2004 年 7 月），頁 321。

中國詞選批評進入清代後期之特點為：「批評家不再囿於門戶之見，或繼詞統，或重正變，而是以平心靜氣的態度，較客觀地衡量唐宋以來整個詞史的豐富礦藏，以藝術審美價值為前提，認真總結詞的創作和鑑賞規律。」〔註4〕且嚴迪昌《清詞史》以為鴉片戰爭，是嘉慶以來鴉片滲入華夏之土，激起各種矛盾尖銳衝突的極端形式，撼動封建知識份子各個階層，站在烽鏑血火之間，文人對王朝統治已多離心逆反，充滿迷網與絕望，清詞自鴉片戰爭發展到晚末之際，湧現出衰世之幽憤心歌〔註5〕。朱崇才《詞話史》清代詞話分為三個階段，也把鴉片戰爭（1840）當作中期與近代之分界〔註6〕，以為近代仍以常州詞派之詞學觀點占優勢，但一般詞話家多採折衷觀點，不泥一說。晚清詞學的確產生了與清代中期不同之審美觀，因此本文以道光十九年鴉片戰爭（1840年）以後至辛亥革命（1911），為「清代末期」，清代以嘉慶二年（1797）以及道光十九年（1840），分為前期、中期、末期，歸納姜夔詞之傳播過程。

第一節　清代前期（1644～1796 年）詞選汰選
　　　　姜夔詞情形

　　清初詞學風尚，仍然承襲明人，嚴守詩詞之辨，持詩言志、詞言情之觀念。〔註7〕並在《草堂》《花間》遺風下，饒宗頤說：「清初詞家，多喜輕倩之作。務新豔的，則流於纖；求清空的，則失之薄。自朱彝尊開浙派之端，厲鶚、郭麐輩，暢其風聲，奉白石、玉田為宗

〔註4〕朱麗霞：《清代辛辛棄疾接受史》（濟南：齊魯書社，2005 年 1 月），頁 589。

〔註5〕嚴迪昌：《清詞史》（南京：江蘇古籍出版社，1999 年 8 月），頁 499～501。

〔註6〕朱崇才認為「按時間順序，清代詞話可以分為三個階段：前期（順治至雍正，1644～1735）、中期（乾隆至鴉片戰爭，1736～1840）、近代（鴉片戰爭至辛亥革命，1841～1911）。」見朱崇才：《詞話史》（北京：中華書局，2007 年 3 月），頁 218。

〔註7〕孫克強：《清代詞學》，頁 100～101。

匠」〔註8〕龍榆生說：「清初諸老延明季舊習，以《花間》、《草堂》為
宗，不失之纖巧，即失之粗獷，此一派也。竹垞（朱彝尊）宗南宋，
尚清疏，嗣是浙西作者，家白石而戶玉田，《詞綜》一編影響至大，此
又一派也。」〔註9〕因此自朱彝尊《詞綜》面世後，大舉南宋雅詞派姜
夔、玉田詞，影響後來許多詞選，依據《詞綜》選詞標準之《詞潔》、
《清綺軒詞選》，精簡《詞綜》而成之《自怡軒詞選》，都與《詞綜》
有關。此時期還有政府官方集合眾多人力，廣蒐博集之《御選歷代詩
餘》，還有並重豪放詞之《古今詞選》，皆標誌著此時詞學之興盛。
　　以下是清代前期詞選的基本資料：

表格 15：清代前期詞選內容一覽表

序號	成書時間	詞選名稱	編選者	籍貫	排列方式	選詞數量	詞選規模	選域範圍	姜夔詞數量
1	康熙十七年（1678）	詞綜	朱彝尊 汪森	秀水（今浙江嘉興）〔註10〕、浙江桐鄉	以人為序	2253	大型詞選	唐、五代、宋、金、元	23
2	康熙三十一年（1692）	詞潔	先著	四川瀘洲	以調為序	630	中型詞選	北宋、南宋、元	20
3	康熙四十六年（1707）	御選歷代詩餘	沈辰垣	浙江嘉善	字數為序	9009	大型詞選	唐、五代、宋、金、元、明	35
4	康熙五十四年（1715）	古今詞選	沈時棟	江蘇吳江	字數為序	994	中型詞選	唐、五代、宋、金、元、明、清	4
5	乾隆十六年（1751）	清綺軒詞選	夏秉衡	上海華亭	以調為序	847	中型詞選	唐、五代、宋、金、元、明、清	7
6	嘉慶元年（1796）	自怡軒詞選	許寶善	上海雲間	以調為序	391	中型詞選	唐、五代、宋、金、元	35

〔註8〕饒宗頤：〈張惠言《詞選》述評〉，《詞學》（上海：華東師範大學出版
　　　社，2009 年）第 3 輯，合訂本第 1 卷，頁 115。
〔註9〕龍榆生：《龍榆生詞學論文集》（上海：上海古籍出版社，1997 年 7
　　　月），頁 437。
〔註10〕括號內為今地名，未括號為古地名與今地名相同，其餘表格類推。

　　清初詞選皆為通代詞選，有超過兩千闋詞之大型詞選《詞綜》，以及九千多闋詞之超大詞選《御選歷代詩餘》。其他皆為中型詞選，排列方式各有不同，有以人為序之《詞綜》；以調為序之《詞潔》、《清綺軒詞選》、《自怡軒詞選》；以字數為序之《御選歷代詩餘》、《古今詞選》。以下依據成書時間分別詳述之：

一、《詞綜》：姜詞填詞最雅

　　《詞綜》三十六卷，其中二十六卷為清朱彝尊（1629～1709）所輯、另外十卷係汪森（1653～1723）增補。書前有康熙十七年戊午（1678）汪森序。朱彝尊，字錫鬯，號竹垞，又號漚舫，晚年又號小長蘆釣魚師。浙江秀水（今浙江嘉興）人。《詞綜》選域範圍為唐、五代、宋、金、元，詞作 2253 首，詞人 659 位。以詞人時代先後為序，附有詞人小傳與詞話。

　　《詞綜》編成之目的，乃在於「一洗《草堂》之陋」。汪森《詞綜‧序》曰：

> 世之論詞者，惟《草堂》是規，白石、梅溪諸家，或未窺其集，輒高自矜詡。……歷歲八稔，然後成書，庶幾可一洗《草堂》之陋，而倚聲者知其所宗矣。〔註11〕

朱彝尊《詞綜‧發凡》曰：「古詞選本，若《家宴集》、……皆軼不傳，獨《草堂詩餘》所收最下最傳，三百年來，學者守為《兔園冊》〔註12〕，無惑乎詞之不振也。」〔註13〕朱彝尊將詞之不振，歸納為淺易俚俗之《草堂詩餘》太過流行，而《草堂詩餘》為坊間商人迎合宴集徵歌而編，如同鄉校俚儒教田夫牧子之啟蒙讀本，所收最下之通俗唱本，於是乎他們提出了「最上」之雅緻詞選，以洗《草堂詩

〔註11〕〔清〕汪森：《詞綜‧序》（上海：上海古籍出版社，2008 年 3 月），頁 1。

〔註12〕《兔園冊》是中國古代類書，在唐迄五代，作為民間私塾學童之啟蒙讀本，是鄉校俚儒教田夫牧子之所誦也。

〔註13〕〔清〕朱彝尊：《詞綜‧發凡》（上海：上海古籍出版社，2008 年 3 月），頁 11。

餘》之鄙陋。

　　《詞綜》之編纂宗旨，在於推崇南宋姜夔「尚醇雅」、「重律呂」。
姜夔正是宋代《草堂詩餘》未收之詞家，但朱彝尊與汪森於詞序及發
凡中明白宣示推尊姜夔，朱彝尊《詞綜・發凡》曰：

> 世人言詞，必稱北宋。然詞自南宋，始極其工，至宋季而始
> 極其變，姜堯章氏最為杰出。〔註14〕

《草堂詩餘》所收最多為北宋詞，較少注意南宋詞，於是朱彝尊提
出，南宋詞更為工巧與變化，宋季之姜夔最為傑出。南宋時，詞壇風
尚流行「靡麗之詞、狎邪之語」〔註15〕，「長短句當使雪兒囀春鶯輩
可歌，方是本色。」〔註16〕或是偏以豪壯語矯正語懦意卑，王炎概括
曰：「今之為長短句者，字字言閨閫事，故語懦而意卑；或者欲為豪壯
語以矯之。」〔註17〕不是偏于淫靡俚俗，就是追摹辛棄疾之故逞豪
壯，因之南宋姜夔詞之出現，令人耳目一新。汪森《詞綜・序》以為
姜詞出現，可以矯正俚、伉之弊，所謂：

> 宣和君臣，轉向袗尚。曲調越多，流派因之亦別。短長互
> 見，言情者或失之俚，使事者或失之伉。鄱陽姜夔出，句琢
> 字煉，歸于醇雅。于是史達祖、高觀國羽翼之，張輯、吳文
> 英師之于前，趙以夫、蔣捷、周密、陳允衡、王沂孫、張炎、
> 張翥效之于後，譬之于樂，舞《箾》至于九變，而詞之能事
> 畢矣。〔註18〕

姜夔詞具有醇雅精練之特色，可以矯正俗俚粗伉之弊，其後之史達

〔註14〕〔清〕朱彝尊：《詞綜・發凡》，頁10。

〔註15〕年齡長於姜夔之蔡戡談當日詞風，見〔宋〕蔡戡：〈蘆川居士詞序〉，
　　　　《定齋集》（臺北：臺灣商務印書館，四庫全書珍本，1975年）卷13，
　　　　頁4。

〔註16〕〔宋〕劉克莊：〈翁應星樂府序〉，《後村先生大全集》（臺北：台灣商
　　　　務印書館，1967年）卷97。

〔註17〕〔宋〕王炎：《雙溪詩餘・自序》，載〔清〕王鵬運《四印齋所刻詞》
　　　　（上海：上海古籍出版社，1989年），頁793。

〔註18〕〔清〕汪森：《詞綜・序》（上海：上海古籍出版社，2008年3月），
　　　　頁1。

祖、高觀國、張輯、吳文英等人，都仿效這樣之作詞方式。朱彝尊
《詞綜‧發凡》也說：

> 言情之作，易流於穢，此宋人選詞，多以雅為目，法秀道人
> 語涪翁曰：「作艷詞當墮犁舌地獄」。正指涪翁一等體制而
> 言耳。填詞最雅，無過石帚，《草堂詩餘》不登其隻字，見
> 胡浩〈立春〉、〈吉席〉之作，蜜殊〈咏桂〉之章，亟收卷中，
> 可謂無目者也。〔註19〕

言情鄙俗之詞，易流於低穢，法秀道人稱其為「蕩天下淫心」之艷語
〔註20〕，故南宋詞特別著重以雅選詞，所謂雅，孫克強說「雅正」之
內涵大約有兩個方面：第一、創作思想端正。即儒家傳統之「樂而不
淫，哀而不傷」、「思無邪」。第二、音律合乎規範。〔註21〕如南宋初
年曾慥《樂府雅詞》、鮦陽居士題序《復雅歌詞》、南宋末年《絕妙好
詞》等，就強調雅詞。而填詞「審音尤精」〔註22〕且詞高雅，朱彝尊
認為是姜夔。

　　清初詞家風尚，一樣承襲明末《草堂》淫靡詞風，正如陳維崧
說：「爨弄俚詞，閨襜冶習」〔註23〕，一則在康熙仿陽羨詞派之粗豪
遺病，因之「烘寫閨幨，易流狎昵；蹈揚湖海，動涉叫囂，二者交

〔註19〕〔清〕朱彝尊、汪森編：《詞綜‧發凡》（上海：上海古籍出版社，2008
　　　　年3月），頁14。

〔註20〕胡仔：《苕溪漁隱叢話前後集》：「黃魯直作豔語，人爭傳之。秀（法
　　　　雲秀老）呵曰：『翰墨之妙，甘施於此乎？』魯直笑曰：『又當置我於
　　　　馬腹中耶？』秀曰：『公豔語盪天下淫心，不止於馬腹中，正恐生泥
　　　　犁耳』魯直領應之。」〔宋〕胡仔：《苕溪漁隱叢話前後集》（北京：
　　　　中華書局，1985年，據海山仙館叢書本）前集卷57，頁388。

〔註21〕孫克強：《清代詞學》（北京：中國社會科學出版社，2004年7月），
　　　　頁214～215。

〔註22〕〔清〕朱彝尊：〈群雅集序〉，《曝書亭集》（臺北：商務印書館，1967
　　　　年，上海商務印書館縮印患立堂刊本，四部叢刊初編集部）卷40，
　　　　頁334。

〔註23〕〔清〕陳維崧：〈詞選序〉，《陳迦陵文集》（臺北：商務印書館，1967
　　　　年，上海商務印書館縮印患立堂刊本，四部叢刊初編集部）卷2，
　　　　頁31。

病。」〔註24〕此時朱彝尊推崇姜夔，正如在南宋起矯正之用。郭麐就說：「《草堂詩餘》玉石雜糅，蕪陋特甚，近皆知厭棄之矣。然竹垞之論未出以前，諸家頗沿其習。故其《詞綜》刻成，喜而作詞曰：『從今不按、舊日《草堂》句。』」〔註25〕朱彝尊試圖扭轉《草堂詩餘》詞風，推出《詞綜》得到許多學詞者稱讚，如丁紹儀說：「自竹垞太史《詞綜》出，而各選皆廢，各家選詞未有善于《詞綜》者。」〔註26〕而後《詞綜》更影響了整個浙西詞派之宗旨，龍榆生就評曰：「自《詞綜》出而浙派以成」〔註27〕，于翠玲《朱彝尊《詞綜》研究》也說：「《詞綜》以取代《草堂詩餘》為目的，以推崇南宋雅詞為宗旨，起到了『立義標宗』的作用。」〔註28〕浙西詞派是以《詞綜》為載體，在浙西地緣關係之基礎上，並和諸多同調共同行成，皆尊奉姜夔，成為一派之源頭。

茲將《詞綜》選詞在二十闋以上之主力詞家，表列如次（詞人以時代歸類，並按詞數之多寡排列），以析其選詞趨向：

時　代	詞　人	詞　數	具夔之一體詞人	詞數總計
唐	溫庭筠	33		33
五代十國	馮延巳	20		20
北宋	周邦彥	37		149
	辛棄疾	35		
	張先	27		
	晏幾道	22		

〔註24〕〔清〕尤侗：〈曹顧庵南溪詞序〉，載〔清〕尤侗：《尤西堂雜俎》（臺北：河洛圖書出版社，1978 年）卷上，頁 48。

〔註25〕〔清〕郭麐：《靈芬館詞話》卷 1，收錄在唐圭璋：《詞話叢編》冊 2，頁 1505。

〔註26〕〔清〕丁紹儀：《聽秋聲館詞話》卷 13，收錄在唐圭璋：《詞話叢編》冊 3，頁 2734。

〔註27〕龍榆生：《龍榆生詞學論文集》（上海：上海古籍出版社，1997 年），頁 76。

〔註28〕于翠玲：《朱彝尊《詞綜》研究》（北京：中華書局，2005 年），頁 92。

	歐陽脩	21		
	柳永	21		
	毛滂	21		
南宋	周密	54	○	314
	吳文英	45	○	
	張炎	38	○	
	王沂孫	31	○	
	史達祖	26	○	
	姜夔	**23**	○	
	陳允平	22	○	
	蔣捷	21	○	
	高觀國	20		
金	元好問	21		21
元	張翥	27	○	27

前曾提及朱彝尊《詞綜‧發凡》曰：「世人言詞，必稱北宋。然詞自南宋，始極其工，至宋季而始極其變，姜堯章氏最為杰出，惜乎白石樂府五卷，今僅存二十餘闋也。」〔註29〕由表格可知，《詞綜》所收最多，為南宋詞，數量最多為南宋周密（54）、其次吳文英（45）、張炎（38）、再其次為北宋周邦彥（37），再是辛棄疾（35）。雖然姜夔詞23闋排第十名，但他在沈岸登《黑蝶齋詞‧序》中曾說：「《白石詞》凡五卷，世已無傳。傳者惟《中興絕妙詞選》，所錄僅數十首耳。」〔註30〕朱彝尊在他所知姜夔二十餘闋數量上，盡量選錄姜詞。宋淳祐九年（1249）黃昇選《花庵詞選》錄姜夔詞34首，與毛晉編選《宋六十名家詞‧白石詞》，詞作次序完全一樣、詞作數量也一致。《詞綜》所選23闋詞，有22闋與《宋六十名家詞》所收重見，僅〈玲瓏四犯‧

〔註29〕〔清〕朱彝尊：《詞綜‧發凡》（上海：上海古籍出版社，2008 年 3月），頁 10。

〔註30〕施蟄存：《詞籍序跋粹編》（北京：中國社會科學出版社，1994 年 12月），頁 544。

疊鼓〉一闋未見於毛晉所輯。可見朱彝尊此時所見姜詞，很有可能多從毛晉本所來。張炎曾提關於姜詞「清空騷雅」之作：「白石詞如〈疏影〉、〈暗香〉、〈揚州慢〉、〈一萼紅〉、〈琵琶仙〉、〈探春〉、〈八歸〉、〈淡黃柳〉等曲，不惟清空，又且騷雅，讀之使人神觀飛越。」〔註31〕這八首詞皆在《詞綜》中。

　　《詞綜》所選主力詞人，不乏朱彝尊曾提到之「具夔一體」之宋詞人，〔清〕朱彝尊〈黑蝶齋詞序〉曾說：「詞莫善于姜夔，宗之者，**張輯、盧祖皋、史達祖、吳文英、蔣捷、王沂孫、張炎、周密、陳允平、張翥、楊基**，皆具夔之一體。基之後，得其門者寡矣。」〔註32〕其中除張輯、盧祖皋、楊基外，皆為《詞綜》所錄佔有二十闋詞作以上之詞人。選詞最多之周密詞，特色是「盡洗靡曼，獨標清麗，有韶倩之色，有綿渺之思。」〔註33〕即受姜夔清麗騷雅之影響。且周密選輯《絕妙好詞》所標舉正是姜夔雅詞一派之臨安詞人，《絕妙好詞》正提供《詞綜》擇選結構之原型。

　　佔第二位的是吳文英，《詞綜》評曰：

　　　　張叔夏云：「吳夢窗詞如七寶樓臺，眩人眼目，拆碎下來，不成片段。」尹惟曉云：「求詞于吾宋，前有清真，後有夢窗，此非予之言，四海之公言也。」沈伯時云：「夢窗深得清真之妙，但用事下語太晦處，人不可曉。」〔註34〕

可知吳文英係傳承周邦彥之特色，而排名第四位的正是周邦彥，《詞綜》評曰：

　　　　晉陽強煥序云：「美成詞，樐寫物態，曲盡其妙。」、劉潛夫云：「美成頗偷古句。」陳質齋云：「美成詞多用唐人詩語，隱括入律，混然天成，長調尤善鋪敘，富豔精工，詞人之甲

〔註31〕〔宋〕張炎：《詞源・清空》，收錄在唐圭璋《詞話叢編》冊1，頁259。

〔註32〕見〔清〕沈岸登：《黑蝶齋詞》（臺北：新文豐出版公司，1989年，《叢書集成續編》據橋李遺書排印），頁771。

〔註33〕〔清〕戈載：《宋七家詞選》（臺北：河洛圖書出版社，1978年）卷5，頁25。

〔註34〕〔清〕朱彝尊：《詞綜》卷19，頁422。

乙也。」張叔夏云：「美成詞，渾厚和雅，善于融化詩句。」
沈伯時云：「作詞當以清真為主，蓋清真最為知音，且下字
用意，皆有法度。」〔註35〕

論周邦彥能融詩入詞、精通音律，表現出渾厚和雅、富艷精工之風
格，而吳文英正深得周邦彥之婉約雅正、研練之功，這都與前所引汪
森序稱姜夔：「句琢字煉，歸于醇雅」〔註36〕，具有共同審美觀照，
由此可知，《詞綜》較在意是否具有「格律」技巧與「醇雅」意趣。佔
第三位之張炎，《詞綜》評曰：「仇仁近云：『叔夏詞，意度超玄，律呂
協洽，當與白石老仙相鼓吹。』」〔註37〕仇遠認為在意度和律呂上，
張炎與姜夔旗鼓相當。

在主力詞人表格裏，蘇軾未出現其中，只有辛棄疾和元好問以
豪放詞風聞名，其他皆為婉約派詞家，據朱麗霞《清代辛棄疾接受
史》統計，在《詞綜》中這兩個豪放詞人所入選之詞，是其詞中騷
雅之作〔註38〕，所選豪放詞家作品也不出「騷雅」之審美範疇。至
於朱彝尊本人，他在《江湖載酒集》〈解佩令・自題詞集〉自述曰：
「不師秦七，不師黃九，倚新聲、玉田差近。」〔註39〕也以張炎為師
法楷模。

綜上所述，為抵抗明末籠罩《草堂詩餘》玉石雜糅、蕪陋之詞
風，《詞綜》大力推崇姜夔「尚醇雅」、「重律呂」之特色，成為浙西詞
派審美指標。在康熙十七年同時，《詞綜》之編纂、《浙西六家詞》之
刊行，使本來無大影響之姜詞轟動一時，蔚成一派〔註40〕，與在獨善
《草堂詩餘》之明代詞選中，姜詞窒礙難行之窘狀，有著天壤差別。

〔註35〕〔清〕朱彝尊：《詞綜》卷9，頁184。
〔註36〕〔清〕汪森：《詞綜・序》（上海：上海古籍出版社，2008年3月），
　　　　頁1。
〔註37〕〔清〕朱彝尊：《詞綜》卷21，頁487。
〔註38〕朱麗霞：《清代辛棄疾接受史》（濟南：齊魯書社，2005年），頁294。
〔註39〕〔清〕朱彝尊：《曝書亭集》（臺北：商務印書館，1967年）卷25，
　　　　頁224。
〔註40〕于翠玲：《朱彝尊《詞綜》研究》，頁104。

二、《詞潔》：所錄姜夔詞與《詞綜》相似

　　《詞潔》，先著、程洪選錄，六卷，共 630 首詞，146 位詞人。《詞潔》前有先著序，作於「壬申四月」〔註41〕，為清聖祖康熙三十一年（1692），書成於此時。《詞潔》以調分類，共 182 調，《詞潔·發凡》：「今以調為彙，人之先後，就本調中略次之。」〔註42〕，《詞潔》卷一第一闋詞〈江南春〉、卷二第一闋詞〈南鄉子〉皆為小令，卷三第一闋詞〈師師令〉為中調，卷四第一闋詞〈長亭怨慢〉為長調，卷五第一闋詞〈桂枝香〉、卷六第一闋詞〈南浦〉為長調，故《詞潔》卷一到卷六大抵依小令、中調、長調排列詞調。

　　《詞潔》極為推崇周邦彥、姜夔，《詞潔·發凡》曰：

> 是選惟主錄詞，不主備調。詞工，則有目者可共為擊節。調協，則非審音者不辨矣。柳永以樂章名集，其詞蕪累者十之八，必若美成、堯章，宮調、語句兩皆無憾，斯為冠絕。今詞不可以付歌伶，則竹素之觀也。〔註43〕

周邦彥、姜夔皆精於宮調、語句，於音樂與文采上，兩皆無憾。然而清初，要求文字配合詞樂，已不可能，故《詞潔》所選以「文采」為主，以作案頭書籍之觀。

　　《詞潔》如此推崇周邦彥、姜夔，實因兩人「才高而情真」。清初詞學風尚靡麗鄙俗，茅元儀《詞潔·發凡》曰：「韻，小乘也。豔，下駟也。詞之工絕處，乃不主此。今人多以是二者言詞，未免失之淺矣。蓋韻則近於佻薄，豔則流於褻媟，往而不返，其去吳騷市曲無幾。」〔註44〕《詞潔》提到清初詞風，講求韻、豔，以致佻薄褻媟、

〔註41〕〔清〕先著、程洪選錄；劉崇德、徐文武點校：《詞潔》（保定：河北大學出版社，2007 年 8 月），頁 2。

〔註42〕〔清〕茅元儀：《詞潔·發凡》，見唐圭璋編：《詞話叢編》冊 2，頁 1329。

〔註43〕〔清〕茅元儀：《詞潔·發凡》，見唐圭璋編：《詞話叢編》冊 2，頁 1329。

〔註44〕〔清〕茅元儀：《詞潔·發凡》，見唐圭璋編：《詞話叢編》冊 2，頁 1330。

淺陋如吳騷市曲。先著《詞潔·序》也說：「明一代，治詞者寥寥，近日則長短句獨盛，無不取途涉津於南、北宋。」〔註45〕接著提到：

> 頃來廣陵，程子丹（程洪）問，尤與予有同嗜，暇日發其所
> 藏諸家詞集，參以近人之選，次為六卷，相與評論而錄之，
> 名曰詞潔。詞潔云者，恐詞之或即於淫鄙穢雜，而因以見宋
> 人之所為，固自有真耳。〔註46〕

清初詞風學宋代，然而恐流於淫鄙穢雜，故以《詞潔》選「後之無可加者」〔註47〕、與「其一代之文，同工之獨絕者」〔註48〕、「天地私產」〔註49〕之宋詞，立下詞作典範，留下宋詞之「實之真質、花之生氣」〔註50〕，以見宋人所作之「真」，而不讓假花假果，取代真品。《詞潔》卷二評陸游〈鵲橋仙〉（華燈縱博）曰：「詞之初起，事不出于閨帷、時序。其後有贈送、有寫懷、有咏物，其途遂寬。即宋人亦各竟所長，不主一轍。而今之治詞者，惟以鄙穢褻媟為極，抑何謬與。」〔註51〕也提到清初之治詞者，只以「鄙穢褻媟」為極，真是荒謬。

詞如何能達到宋詞之「真質、生氣」，須避免走入「韻」、「艷」之雕鏤造做，以至淫鄙穢雜，失其真質。茅元儀《詞潔·發凡》說：

> 必先洗粉澤，後除珚繢，靈氣勃發，古色黯然，而以情與經
> 緯其間。雖豪宕震激，而不失於粗，纏綿輕婉，而不入於靡。
> 即宋名家固不一種，亦不能操一律，以求美成之集自標清真，
> 白石之詞無一凡近，況塵土垢穢乎。故是選於去取清濁之界，
> 特為屬意，要之才高而情真，即瑕不得而掩瑜矣。〔註52〕

〔註45〕 〔清〕先著：《詞潔·序》，見唐圭璋編：《詞話叢編》冊2，頁1327。

〔註46〕 〔清〕先著：《詞潔·序》，見唐圭璋編：《詞話叢編》冊2，頁1327。

〔註47〕 〔清〕先著：《詞潔·序》，見唐圭璋編：《詞話叢編》冊2，頁1327。

〔註48〕 〔清〕先著：《詞潔·序》，見唐圭璋編：《詞話叢編》冊2，頁1327。

〔註49〕 〔清〕先著：《詞潔·序》，見唐圭璋編：《詞話叢編》冊2，頁1327。

〔註50〕 〔清〕先著：《詞潔·序》，見唐圭璋編：《詞話叢編》冊2，頁1327。

〔註51〕 〔清〕先著：《詞潔·序》，見唐圭璋編：《詞話叢編》冊2，頁1347
　　　　～1348。

〔註52〕 〔清〕茅元儀：《詞潔·發凡》，見唐圭璋編：《詞話叢編》冊2，頁
　　　　1330。

要洗粉澤、除瑕繢，靈氣自然勃發，並以自然情感、比興之意經緯其間，而不露用典古色之跡，以求「清真」、「無一凡近」。總之《詞潔》之擇詞標準，特別在意於「清濁之去取」，要「才高而情真」，故周邦彥、姜夔之詞，具有此種清高情真境界，最為《詞潔》所愛。

茲將《詞潔》選十五闋以上之詞家，列表如下（依時代歸類，並按總詞數之多寡排列），以見其大概：

時　代	詞　人	詞　數	具夔之一體詞人	詞數總計
北宋	周邦彥	33		112
	蘇軾	24		
	晏幾道	21		
	秦觀	18		
	陸游	16		
南宋	張炎	71	○	199
	吳文英	36	○	
	史達祖	24	○	
	姜夔	**20**	○	
	辛棄疾	17		
	蔣捷	16	○	
	劉克莊	15		

據表可知，《詞潔》所選詞作最多者為南宋張炎詞（71），第二名為吳文英（36），第三名為北宋周邦彥（33），第四名為蘇軾、史達祖（24），第五名為晏幾道（21），姜夔（20）排名第六。觀其主力詞家，以北宋周邦彥、秦觀、晏幾道婉約詞風，以及南宋姜夔、史達祖、吳文英、張炎、蔣捷等人為主，符合朱彝尊所說「具夔一體」〔註53〕之

〔註53〕〔清〕朱彝尊〈黑蝶齋詞序〉曾說：「詞莫善于姜夔，宗之者，張輯、盧祖皋、史達祖、吳文英、蔣捷、王沂孫、張炎、周密、陳允平、張翥、楊基，皆具夔之一體。基之後，得其門者寡矣。」見〔清〕沈岸登：《黑蝶齋詞》（臺北：新文豐出版公司，1989 年，《叢書集成續編》據橋李遺書排印），頁 771。

雅詞詞風，另外就是蘇軾、陸游、辛棄疾、劉克莊等三種豪放詞風所組成。此時所見姜夔詞作不多，所選 20 首詞，與《詞綜》大致相同，在《詞綜》所選 23 首姜夔詞中，少選了〈清波引〉、〈翠樓吟〉、〈石湖仙〉三闋。

　　從《詞潔》評語中，亦可印證推崇周邦彥與姜夔之審美觀點。《詞潔》所選以張炎詞作最多，然而張炎又是走姜夔路子，故評張炎時，仍是稱讚姜夔。如卷三評張炎〈探春慢〉（列屋烘爐）：「白石老仙以後，只有此君與之並立。以上兩詞（指探春慢·列屋烘爐以及銀浦流雲），工力悉敵，試掩姓氏觀之，應不辨孰為堯章，孰為叔夏。」〔註 54〕以為張炎與姜夔工力悉敵，難辨誰作。周密也是學姜夔之一員，卷五評周密〈拜星月慢〉（膩葉陰清）曰：「後段步驟美成，并學堯章用字，可見當日才人降心折服大家。」〔註 55〕也說明周密學周邦彥、姜夔，可證此兩人並為宋代才人，令人降心折服。《詞潔》還提出姜夔與周邦彥之淵源關係，如卷四評周邦彥〈應天長慢〉（條風布暖）：

　　　　空淡深遠，較之石帚作，寧復有異。石帚專得此種筆意，遂
　　　　於詞家另開宗派。如「條風布暖」句，至石帚皆淘洗盡矣。
　　　　然淵源相沿，固是一祖一禰也。〔註 56〕

周邦彥與姜夔之不同，乃一祖一禰之關係，周邦彥為祖，姜夔則繼承周邦彥，專得「空淡深遠」之筆意，洗盡艷麗，遂另開宗派。

　　姜夔之後，又有多人習之，如史達祖、吳文英，卻都未達姜夔境界。《詞潔》卷四評史達祖〈東風第一枝〉（草腳愁蘇）曰：

　　　　史之遜姜，有一二次自然處。雕鏤有痕，未免傷雅，短處

〔註54〕〔清〕先著、程洪選錄；劉崇德、徐文武點校：《詞潔》（保定：河北大學出版社，2007 年 8 月），頁 115。〔清〕先著、程洪選錄：《詞潔》卷 5，見唐圭璋編：《詞話叢編》冊 2，頁 1355。

〔註55〕〔清〕先著、程洪選錄：《詞潔》卷 5，見唐圭璋編：《詞話叢編》冊 2，頁 1369。

〔註56〕〔清〕先著、程洪選錄：《詞潔》卷 4，見唐圭璋編：《詞話叢編》冊 2，頁 1360。

正不必為古人曲護。意欲靈動，不欲晦澀。語欲穩秀，不
欲纖佻。人工勝則天趣滅，梅谿、夢窗自不能不讓白石出
一頭地。〔註57〕

《詞潔》以史達祖之人工刻鏤，襯托出姜夔意欲靈動，語欲穩秀之自
然高妙。再詳論周邦彥與姜夔，除了祖述關係外，所發展之風格亦不
同，如卷五評張炎〈齊天樂〉（分明柳上春風眼）曰：

美成如杜，白石兼王、孟、韋、柳之長。與白石并有中原
者，後起之玉田也。梅溪、夢窗、竹山皆自成家，遜於白
石，而優於諸人。草窗諸家，密麗芊綿，如溫、李一派。玉
臺沿至於宋初，而宋詞亦以是終焉。以詩譬詞，亦可聊得其
彷彿。〔註58〕

《詞潔》以為周邦彥如「詩聖」之杜甫，而姜夔則偏向王、孟、韋、
柳等田園派，姜夔雖祖述周邦彥婉約工雅之路，但走出清空自然之不
同風格。後之者能與姜夔並立中原者，只有張炎。可見《詞潔》特別
推崇周邦彥、姜夔與張炎。後之者史達祖、吳文英、蔣捷則比不上姜
夔，周密則如溫、李等婉約派詞人。

　　《詞潔》以周、姜為尚，乃以婉麗工雅、清空自然為尊，對於豪放
詞，則秉「才高情真」收錄之，如卷六評劉克莊〈賀新郎〉（姜出於微
賤）：「後村此調埋沒於斷楮敝墨之中，從前無有人拈出，真風騷之遺，
不當僅作詞觀也。若情深而句婉，猶其餘事。」〔註59〕《詞潔》收錄此
詞，除存史之用意外，亦因其「情深句婉」之故，但認為此詞已超出
詞之承載。《詞潔》對於豪放詞之寫法，有些持保留意見。如卷六評辛
棄疾〈沁園春〉（疊嶂西馳）曰：「辛棄疾詞於宋人中自闢門戶，要不可
少。有絕佳者，不得以粗、豪二字蔽之。如此種創見，以為新奇，流

〔註57〕〔清〕先著、程洪選錄：《詞潔》卷4，見唐圭璋編：《詞話叢編》冊
　　　　2，頁1362。
〔註58〕〔清〕先著、程洪選錄：《詞潔》卷5，見唐圭璋編：《詞話叢編》冊
　　　　2，頁1367。
〔註59〕〔清〕先著、程洪選錄；劉崇德、徐文武點校：《詞潔》（保定：河北
　　　　大學出版社，2007年8月），頁244。

傳遂成惡習。存一以概其餘。」〔註60〕顯見對於豪放詞派之作,端以新奇保留之,卻不鼓勵流傳。又卷五引楊慎評辛棄疾〈永遇樂〉(千古江山):「升庵云:辛棄疾詞中第一。發端便欲涕落,後段一氣奔注,筆不得遏。廉頗自擬,慷慨壯懷,如聞其聲。謂此詞用人名多者,當是不解詞味。」〔註61〕認同楊慎以為詞中多用人名,是為不解詞味。

　　總之《詞潔》也是為抗清初「鄙穢褻媟」、「淫鄙穢雜」之詞風,故推崇周邦彥、姜夔,提出清空自然、空淡深遠之審美觀念。

三、《御選歷代詩餘》:所選姜詞與《宋六十名家詞》相似

　　《御選歷代詩餘》為沈辰垣等編纂,輯成於康熙四十六年(1707)。所收 1540 調,約 9009 首,為前 100 卷;卷 101～110 為自唐及明詞人姓氏,共 957 家;卷 110～120 為詞話,共為 120 卷,為大型詞選。是選以字數多寡排列,不分小令、中調、長調,《御選歷代詩餘凡例》曰:「是選以字數多寡分卷,不分小令、中調、長調。」〔註62〕紀昀亦曰:「自來選家多沿草堂之陋,強分小令、中調、長調之目,至謂五十八字以內為小令,五十九字至九十字為中調,九十一字以外為長調,不知宋人編詞長者曰慢,短者曰令,初無所謂中調、長調也,是選前後悉以字數多少為次,不復別生區別,尤足盡祛沿襲之說」〔註63〕《御選歷代詩餘》乃不沿襲《草堂詩餘》,強分小令、中調、長調之別。

　　《御選歷代詩餘》之選域範圍為唐至明,為通代詞選。在廣度上具有集大成之用意,《御選歷代詩餘序》說:

　　　　因瀏覽風雅,廣識名物,欲極賦學之全而有《賦匯》,欲革

〔註60〕〔清〕先著、程洪選錄:《詞潔》卷6,見唐圭璋編:《詞話叢編》冊2,頁 1372。

〔註61〕〔清〕先著、程洪選錄;劉崇德、徐文武點校:《詞潔》(保定:河北大學出版社,2007 年 8 月),頁 214。

〔註62〕〔清〕沈辰垣、王奕清等奉敕編:《御選歷代詩餘》(臺北:臺灣商務印書館,景印文淵閣四庫全書,1983 年)冊 1491,頁 3。

〔註63〕〔清〕沈辰垣、王奕清等奉敕編:《御選歷代詩餘》,頁 13。

詩學之全而有《全唐詩》、刊本《宋金元明四代詩選》，更以詞者繼響夫詩者也。乃命詞臣輯其風華典麗歸于正者，為若干卷，而朕親裁定焉。〔註64〕

《御選歷代詩餘》乃官方以建構詞學之全為宗旨。紀昀評《御選歷代詩餘》亦曰：

向來選本若《家宴集》、《謫仙集》、《蘭畹集》、《復雅歌辭》類，分樂章羣公詩餘後編，及草窗周氏選皆佚不傳，惟顧從敬所編《草堂詩餘》盛行數百年，而持擇未當，識者病之，是選廣搜嚴辨，務極精博，實為詞選之大成。〔註65〕

清初許多詞集如《家宴集》、《謫仙集》、《蘭畹集》、《復雅歌辭》、《絕妙好詞》，佚失不傳，然而顧從敬所編《草堂詩餘》卻流傳多年，因之為補救明以來盛行《草堂詩餘》之偏頗，必須廣搜嚴辨，務極精博，補回遺失之部分，從新樹立詞風。《四庫全書總目》提要就說：「求其括歷代之精華，為諸家之總彙者，則多窺半豹，未覩全牛，罕能博且精也。我聖祖仁皇帝游心藝苑，於文章之體，一一究其正變，核其源流，兼括洪纖，不遺一技。」〔註66〕於是官方乃以博且精之態度，蒐集詳定，兼括洪纖，存錄各體。而其選取原則，乃以風華典麗，不失於正者為標準，其凡例曰：

《御選歷代詩餘·凡例》其一：

雖體製因時遞變，而和聲協律之中，具有古樂府遺意，今自唐迄明，網羅採擇，彙為成書，鼓吹風雅。〔註67〕

又曰：

是選錄其風華典麗，而不失於正者為準式，其沉鬱排宕，寄托深遠，不涉綺靡，卓然名家者，尤多收錄。〔註68〕

〔註64〕〔清〕沈辰垣、王奕清等奉敕編：《御選歷代詩餘》，頁3。
〔註65〕〔清〕沈辰垣、王奕清等奉敕編：《御選歷代詩餘》，頁13。
〔註66〕〔清〕永瑢等撰：《四庫全書總目》（北京：中華書局，2008年）卷199，頁1825。
〔註67〕〔清〕沈辰垣、王奕清等奉敕編：《御選歷代詩餘》，頁3。
〔註68〕〔清〕沈辰垣、王奕清等奉敕編：《御選歷代詩餘》，頁3。

其用意乃在以詞「鼓吹風雅」，以「不失於正者」為標準。「風華典麗」固然正人心，若「寄托深遠，不涉綺靡」，使人「苟讀其詞而引申之、觸類之，範其軼志，砥厥貞心，則是編之含英咀華，敲金戛玉者，何在不可以思無邪一言該之」〔註69〕，總之在「思無邪」之審美標準下評選，不管婉約、豪放，都有機會入選。《四庫全書總目‧御選歷代詞選》提要亦曰：「凡周、柳婉麗之音，蘇、辛奇恣之格，兼收兩派，不主一隅。……網羅宏富，尤極精詳，自有詞選以來，可云集大成矣。」〔註70〕故各派風格，《御選歷代詩餘》皆以詞存史錄之，廣泛搜羅，精詳明辨，以集大成之態度為之。

　　茲將《御選歷代詞餘》中，選錄一百首以上之主力詞人，表列如次（詞人依時代歸類，並按詞數之多寡排列，姜夔雖未達百首，亦列入）：

時　代	詞　人	詞　數	具夔之一體詞人	詞數總計
北宋	蘇軾	197		1073
	晏幾道	188		
	周邦彥	164		
	柳永	149		
	毛滂	142		
	歐陽脩	133		
	晏殊	100		
南宋	辛棄疾	292		1228
	吳文英	238	○	
	張炎	229	○	
	陳允平	126		
	趙長卿	125		
	周密	105	○	
	晁補之	113		
	姜夔	**35**		

〔註69〕〔清〕沈辰垣、王奕清等奉敕編：《御選歷代詩餘序》，頁 3。
〔註70〕〔清〕永瑢等撰：《四庫全書總目》卷 199，頁 1825。

《御選歷代詞餘》以盡蒐各家詞為主，故辛棄疾收錄最多 292 闋詞，第二名吳文英也 238 闋詞，第三名張炎 229 闋詞，第四名蘇軾 197 闋詞，前幾名為蘇、辛之豪放派以及吳、張之雅詞派為代表，反映了清初陽羨派推崇蘇、辛豪放，浙派推崇吳、張雅詞之風尚。

《御選歷代詩餘》共選姜夔 35 首，在此之前，所收姜夔詞數量最多之詞選，為宋黃昇《花庵詞選》與明毛晉《宋六十名家詞》，同樣皆 34 首，其中重見於《御選歷代詩餘》中有 32 闋，可見《御選歷代詩餘》參見毛晉《宋六十名家詞》之可能度極高。清・朱彝尊《詞綜》、先著、程洪《詞潔》所選錄之姜夔詞，亦皆在其中。

從《御選歷代詩餘》中統計詞風近姜夔之詞人〔註71〕，或可知此書對於雅詞收錄之狀況，表列如次：

《御選歷代詩餘》收錄詞風近姜夔者之統計表			
南宋詞人	《御選歷代詩餘》所錄	《全宋詞》所錄	百分比%
姜夔	35	84	42
史達祖	93	112	83
盧祖皋	28	97	29
張輯	21	44	48
吳文英	238	341	70
張炎	229	301	76
周密	105	154	68
王沂孫	45	68	66
蔣捷	75	109	69

由表格可知《御選歷代詩餘》除了姜夔、盧祖皋、張輯外，所選雅詞派詞數大多佔詞人作品數六七成以上。廣蒐卓然名家之作品，以

〔註71〕〔清〕朱彝尊〈黑蝶齋詞序〉曰：「詞莫善于姜夔，宗之者，張輯、盧祖皋、史達祖、吳文英、蔣捷、王沂孫、張炎、周密、陳允平、張翥、楊基，皆具夔之一體。夔之後，得其門者寡矣。」見〔清〕沈岸登：《黑蝶齋詞》（臺北：新文豐出版公司，1989 年，《叢書集成續編》據樵李遺書排印），頁 771。

不留遺珠之憾，乃《御選歷代詩餘》之宗旨，然姜夔詞卻只收 35 首，可證當時尚未見姜夔全部作品，只能從歷來詞選中蒐集。

四、《古今詞選》：選錄姜夔詞四闋

《古今詞選》十二卷，清・沈時棟輯，尤侗、朱彝尊參訂。沈時棟，字成廈，號瘦吟詞客，吳江（今江蘇）人。是書按照字數多寡排列，共錄詞人 286 家，199 調，詞作 994 首。

《古今詞選》之選域範圍為唐至清，為通代詞選。其中唐五代 24 家，宋 120 家，金 5 家，元 9 家，明 28 家，清 100 家。卷首有康熙甲午（五十三年，1714）顧貞觀序、康熙乙未（五十四年，1715）沈時棟自序。

《古今詞選》係執詞之正變說，顧貞觀《古今詞選・序》云：

> 溫柔而秀潤，艷冶而清華，詞之正也。雄奇而磊落，激昂而慷慨，詞之變也。然工詞之家，取乎溫柔秀潤，艷冶清華，而於雄奇磊落，激昂慷慨者，槩皆棄之，何以盡詞之觀哉？雖然，執此論者，抑猶有未善焉。〔註72〕

此序認為婉約詞為詞之正宗，雄奇磊落之豪放詞為變體，然正變二體，皆有其特色。沈時棟《古今詞選自序》曰：

> 作者斐然，於今益烈。然其體製約有二家，彼亂石驚濤，激宕於銅琶鐵板；曉風殘月，纏綿於翠管銀箏。靡不譜在羅裙，吹諧兩部，畫從郵壁，唱徹雙鬟，雖旂旆固自屬專場，而沈雄亦不妨變格。羽商緩引，畫棟塵飄。竹肉奮飛，碧天雲遏，譬之冬裘夏葛，各有攸宜。〔註73〕

婉約與豪放如冬裘夏葛，各有攸宜。顧貞觀《古今詞選・序》就說擇詞標準為：

> 彙唐宋以來迄本朝若干人，列其詞而核之，合正變二體之長，而汰其放縱不入律者。〔註74〕

〔註72〕〔清〕顧貞觀：《古今詞選・序》（臺北：東方書店，1956 年），頁 1。
〔註73〕〔清〕沈時棟：《古今詞選》（臺北：東方書店，1956 年），頁 1。
〔註74〕〔清〕顧貞觀：《古今詞選・序》，頁 1。

沈時棟《古今詞選・選略》八則其一亦曰：

> 是集雄奇、香豔者俱錄，惟或粗或俗，間有敗筆者置之，即
> 名作不登選者，猶所不免。〔註75〕

凡此皆說明《古今詞選》對於雄奇、香豔，婉約、豪放正變二體俱錄
之，唯有粗俗、放縱不入律以及間有敗筆者，才不登選。

　　茲將《古今詞選》中收錄二十闋以上之主力詞家，表列如次（詞
人依時代分類，並按詞數之多寡排列）：

時　代	詞　人	詞　數	總　計
南宋	辛棄疾	44	44
清	陳維崧	84	264
	沈時棟	40	
	龔鼎孳	39	
	朱彝尊	34	
	沈永啟	24	
	宋琬	22	
	吳綺	21	

據表格可知，《古今詞選》收錄 20 首以上者大多為清代詞人，只有辛
棄疾為宋代詞人，正如《古今詞選・選略》八則其一所說：「各家專
集，指不勝僂，而獨古今合刻者，未覯成書，況國朝（清）人文蔚起，
霞爛雲蒸，碧海珊瑚，須羅鐵網，是集悉從秘本鈔輯，新穎奪目，有未
經傳誦於世者，庶自古迄今，上下蒐羅，略無遺憾。」〔註76〕清朝詞
蓬勃且新穎，然多家詞選未錄，故《古今詞選》乃以選錄清詞為主。
其中所選陽羨宗主陳維崧作品最多，有 84 首，第二名辛棄疾 44 首，
第三名沈時棟、第四名龔鼎孳主要風格亦傾向陽羨派。而浙派宗主朱
彝尊，有 34 首，排名第五。參與編選《古今詞選》之作者，沈時棟
（40 首）、朱彝尊（34 首）、尤侗（10 首）所自選之作亦不少。

〔註75〕〔清〕沈時棟：《古今詞選》（臺北：東方書店，1956 年），頁 1。
〔註76〕〔清〕沈時棟：《古今詞選》，頁 1。

　　《古今詞選》所選最多之陳維崧詞不僅以豪放享譽，並以各體兼擅聞名〔註77〕，顧咸三曾評陳維崧之詞：「宋名家詞最盛，體非一格。蘇、辛之雄放豪宕，秦、柳之嫵媚風流，判然分途，各極其妙。而姜白石、張叔夏輩，以沖澹秀潔得詞之中正。至其年先生縱橫變化。無美不臻，銅琶鐵板，殘月曉風，兼長并擅，其新警處，往往為古人所不經道，是為詞學中絕唱。」〔註78〕此論清楚指出其詞具有多樣風格，各體兼擅之特色。《古今詞選》之特點也正如陳維崧詞，以豪放詞享譽，並兼容各體；整體說來，《古今詞選》所收豪放詞，已多於前代詞選。

　　再看《古今詞選》中所選宋詞七首以上之主要詞家有：

時 代	詞 人	詞 數
南宋	辛棄疾	44
北宋	秦觀	14
南宋	史達祖	12
南宋	劉過	11
南宋	劉克莊	10
南宋	蔣捷	8
北宋	蘇軾	7

附註：按數量多寡排列。

由表列可知，前幾名之宋詞人，辛棄疾、劉過、劉克莊、蘇軾等係以豪放詞著稱，尤其南宋辛棄疾之數量，遠勝於蘇軾。

　　《古今詞選》曾為朱彝尊所參訂，所收朱彝尊詞亦不少，有 34首，在豪放詞風之中，透露清空淡雅之詞作。《古今詞選》所收錄清空雅詞如何？以下由《古今詞選》收錄姜夔詞，以及詞風近姜夔淡雅清空之宋詞人統計觀之，表列如次：

〔註77〕孫克強：《清代詞學》，頁 168。
〔註78〕〔清〕高佑釲：《湖海樓詞·序》（臺北：中華書局，1981 年），頁 3。

《古今詞選》收錄詞風近姜夔者之統計表	
南宋詞人	作品數
姜夔	4
史達祖	12
盧祖皋	3
張輯	1
吳文英	5
張炎	4
周密	6
王沂孫	2
蔣捷	8
總數	45 首
平均數	5 首

《古今詞選》，只收錄姜夔 4 首詞。詞風近姜夔之雅詞派中，以史達祖與蔣捷較多外，其他不出 7 首，然而這些詞人與詞作平均起來，大約每人 5 首，比起全書共錄詞人 286 家，詞作 994 首之平均數為 3.4，數量雖只高一些，但比起豪放派詞，數量就少多了。所選姜夔詞有：〈揚州慢〉：「自胡馬窺江去後，廢池喬木，猶厭言兵。」乃胸懷悵然，感慨今昔；〈翠樓吟〉：「玉梯凝望久，歎芳草萋萋千里。」乃興懷昔遊，傷今之離索之作；詠物名作〈齊天樂〉：「候館迎秋，離宮弔月，別有傷心無數。」通過寫蟋蟀之鳴叫聲，寫思婦、征人、遊子之愁緒〔註79〕。這三闋詞都與抒寫身世之感、家國之痛有關，只有〈琵琶仙〉一首是姜夔春遊時感遇成歌，回想故人初別之情詞〔註80〕。被張炎視

〔註79〕黃兆漢：《姜白石詞詳注》（臺北：臺灣學生書局，1998 年），頁 388。
〔註80〕夏承燾《姜白石詞編年箋校》以為此闋詞為湖州冶遊，悵觸合肥情事。見夏承燾《姜白石詞編年箋校》，頁 274。然亦有對夏承燾合肥情事此說提出質疑，劉少雄以為寫懷人、敘別情，皆無法指稱其必觀涉合肥情事。原因之一，詞人擬託女子語氣以表達其依依惜別之情，是歌詞常見手法。且姜夔寓居合肥時，也少了一種重逢喜悅、相依相惜之情。再結合詩詞來看，所謂「故人」，應與「鄰里」、「趙君猷」

為清空騷雅之〈揚州慢〉、〈琵琶仙〉〔註81〕皆在其中，這或許是《古今詞選》希望凸顯豪放詞風，所以故意篩選姜詞感慨傷心之詞。

五、《清綺軒詞選》：視姜詞為上乘

《清綺軒詞選》，又名《歷朝名人詞選》，夏秉衡選。夏秉衡，字平千，號谷香。書前有乾隆辛未（十六年，1751）九月沈德潛序、辛未七月夏秉衡序，故此書成於此時。光緒二十一年，榮勛重刻改名為《歷代名人詞選》〔註82〕。《清綺軒詞選》共十三卷，依小令、中調、長調為序。書中詞作加圈點，使閱者讀之觸目洞然。然書中無題，或有序者，皆改以兩字詞題，如姜夔〈長亭怨慢〉改以「離愁」為題，〈隔溪梅令〉（好風不與殢香人）改以「探梅」等。

是書之選域範圍為唐五代至清，為通代詞選，共收 847 首。《清綺軒詞選》係以朱彝尊《詞綜》為準則，更為簡嚴，並增入清朝詞選。夏秉衡自序曰：「竊怪自來選本，詞律嚴矣，而失之鑿；汲古備矣，而失之煩。它若《嘯餘》、《草堂》諸選，更拉雜不足為法。惟竹垞《詞綜》一選，最為醇雅。但自唐及元而止，猶未為全書也。因不揣固陋，網羅我朝百餘年來宗工名作，薈萃得若干首，合唐、宋、

一起做聯想，考辨了夏氏種種疑點。見劉少雄《南宋姜吳典雅詞派相關詞學論題之探討》第四章〈典雅派詞情意內容寄託說評議〉，頁208～225。筆者認為〈琵琶仙〉中「想見西出陽關，故人初別」的確是懷人而做，然而上片以「歌扇輕約飛花，蛾眉正奇絕」鋪陳春遊時，眼前歌伎唱姿舞態，烘托出作者回想「前事」之背景，故此故人，當作往日情人之說，未嘗不可；若以此闋詞結尾，因化用王維之〈渭城曲〉「渭城朝雨浥輕塵，客舍青青柳色新。勸君更盡一杯酒，西出陽關無故人。」則按詩中所指，稱「故人」為舊時「朋友」，也得以解之。只是以太主觀意識，膠著於合肥情事立說，的確會忽略其他可能。

〔註81〕〔宋〕張炎《詞源》卷下：「詞要清空，不要質實。……白石詞如〈疏影〉、〈暗香〉、〈揚州慢〉、〈一萼紅〉、〈琵琶仙〉、〈探春〉、〈八歸〉、〈淡黃柳〉等曲，不惟清空，又且騷雅，讀之使人神觀飛越。」〔宋〕張炎：《詞源》卷下，收錄在唐圭璋《詞話叢編》冊一，頁259。

〔註82〕舍之（施蟄存）：〈歷代詞選集敘錄〉，《詞學》合訂本卷2（上海：華東師範大學，2009年）第5輯，頁258。

元、明共成十三卷，意在選詞，不備調，故寧隘毋濫。」〔註83〕蓋以為自來選本，有求詞律嚴苛者，有求汲古備者，卻因此失於格律刻鑿，或拉雜煩多，夏秉衡乃以朱彝尊《詞綜》為準繩，以「醇雅」為擇詞標準。沈德潛《歷朝名人詞選・序》亦曰：「詞凡一十三卷，務求雅音，調不必備，准乎朱竹垞太史之《詞綜》而簡嚴過之。且增入本朝諸家，以備閱者之上下古今，可謂詞選之善本也已。惜乎短于審音，故論詞之工，仍以風雅騷人之旨求之，未能吹玉篴，按紅牙，彈琴箏、擊燕筑，倚聲於青尊紅燭間也。」〔註84〕是知《清綺軒詞選》係從《詞綜》以「雅音」為準。《清綺軒詞選・發凡》說：

> 詞雖宜於艷冶，亦不可流於穢褻，……是集所選，一以淡雅
> 為宗。〔註85〕

沈德潛《清綺軒詞選・序》也說：

> 少陵論詩云：「別裁偽體親風雅」，見欲親風雅，必先去其
> 與風雅為仇者也，唯詞亦然。……意不外乎溫厚纏綿，語
> 不外乎搴芳振藻，格不外乎循聲按節，要必清遠超妙，得言
> 中之旨、言外之韻者，取焉。若失乎美人香草之遺，而屑屑
> 焉求工於穢麗，雖當時兒女子所盛稱，谷香咸在屏棄之列
> 也。〔註86〕

可知詞選所宗在於「雅」，指詞意溫婉，音律按節，言語工麗，具有「言中之旨、言外之韻」之「淡雅」、「清遠超妙」之作。《清綺軒詞選・發凡》曰：「詞始於唐而盛於宋，故唐宋諸名公作雖習見者，不敢刪去，元明所見絕少，僅存一二，至我朝則人人握靈蛇之珠，家家抱荊山之璧，幾於美不勝收，故集中所登與兩宋相埒。」〔註87〕詞選

〔註83〕〔清〕夏秉衡選：《歷朝名人詞選・序》（臺北：大西洋圖書公司印行，1968年，上海掃葉山房石印本），頁2。
〔註84〕〔清〕沈德潛：《歷朝名人詞選・序》（臺北：大西洋圖書公司印行，1968年），頁1。
〔註85〕夏秉衡選：《歷朝名人詞選・發凡》，頁1。
〔註86〕沈德潛：《歷朝名人詞選・序》，頁1。
〔註87〕夏秉衡選：《歷朝名人詞選・發凡》，頁1。

博於今而約於古，唐宋詞則以名公諸作，常習見者錄之。《清綺軒詞選》入選七闋以上之詞人，表列如次（依時代歸類，並按詞數之多寡排列）：

時　代	詞　人	詞　數	詞數總數
北宋	周邦彥	20	79
	秦觀	13	
	歐陽脩	12	
	柳永	10	
	張先	8	
	晏殊	7	
	蘇軾	9	
南宋	蔣捷	9	30
	王沂孫	7	
	周密	7	
	姜夔	**7**	
清	錢方標	13	66
	朱彝尊	13	
	梁清標	12	
	曹爾堪	10	
	周稚廉	9	
	陳維崧	9	

　　據表列可知所選以宋與清代詞最多，觀其所選宋詞，以周邦彥詞（20 首）最多，其次秦觀（13 首）、歐陽脩（12 首）、柳永（10首），前四名皆是北宋婉約派，以輕豔孅麗者為多。南宋詞部分，則以姜夔雅詞一派人物為主，如蔣捷、王沂孫、周密皆上榜。姜夔在其數量排行上，屬第 7 名。王兆鵬即說《清綺軒詞選》：「較偏重於唐五代詞和北宋詞，似為清初雲間詞派一系，與《詞綜》等宗法姜張詞風者顯然有別」〔註 88〕，舍之（施蟄存）亦說：「今按其集中所錄，

〔註88〕王兆鵬：《詞學史料學》（北京：中華書局，2004 年），頁 345。

側豔之作雖多，要皆能以淡雅為度。陳廷焯乃斥之為『大半淫辭穢語』，斯亦過矣。夏氏生當乾隆初年，亦雲間詞派中人，其選詞標準，仍取唐五代北宋一流。東坡、辛棄疾豪放之作，夢窗玉田雕繢之詞，取錄甚少。」〔註89〕是知《清綺軒詞選》雖以《詞綜》為典範，卻不重南宋詞，而以北宋詞為重，且蘇辛入選之作亦屬婉媚之作〔註90〕。以下為《詞綜》與《清綺軒詞選》前十一名作家作品相比較，列表如次：

《詞綜》與《清綺軒詞選》比較						
詞集名	《詞綜》			《清綺軒詞選》		
數量排名	時代	詞人	詞數	時代	詞人	詞數
1	南宋	周密	54	北宋	周邦彥	20
2	南宋	吳文英	45	北宋	秦觀	13
3	南宋	張炎	38	北宋	歐陽脩	12
4	北宋	周邦彥	37	北宋	柳永	10
5	南宋	辛棄疾	35	北宋	蘇軾	9
6	唐	溫庭筠	33	南宋	蔣捷	9
7	南宋	王沂孫	31	北宋	張先	8
8	北宋	張先	27	南宋	王沂孫	7
9	南宋	史達祖	26	北宋	晏殊	7
10	南宋	姜夔	**23**	南宋	周密	7
11	北宋	晏幾道	22	南宋	姜夔	**7**

《詞綜》以周密、吳文英、張炎等南宋雅詞所選為多，《清綺軒詞選》以北宋婉約派周邦彥、秦觀為主，兩者所重仍不同。至若《清綺軒詞選》所選南宋詞部分，主要以姜夔雅詞一派為主，所選詞風近姜夔者。統計表列如次：

〔註89〕舍之（施蟄存）：〈歷代詞選集敘錄〉，《詞學》合訂本卷2（上海：華東師範大學，2009年）第5輯，頁258。

〔註90〕朱麗霞：《清代辛棄疾接受史》（濟南：齊魯書社，2005年），頁582。

南宋詞人	作品數
姜夔	7
史達祖	5
盧祖皋	0
張輯	3
吳文英	2
張炎	6
周密	7
王沂孫	7
蔣捷	9

據表列可知，所收南宋雅詞一派，以蔣捷（9首）最多，其次為姜夔、
周密、王沂孫，吳文英、張輯、盧祖皋較少。夏秉衡自序曰：

> 至南北宋而作者日盛，如清真、石帚、竹山、梅溪、玉田諸
> 集，雅正超忽，可為詞家上乘矣。〔註91〕

是知夏氏除推崇北宋周邦彥，對於南宋姜夔、蔣捷、史達祖、張炎等
人，亦認為是詞家上乘。唯此整本詞選，如前所引舍之所說：「今按
其集中所錄，側豔之作雖多，要皆能以淡雅為度。」〔註92〕雖然所
選並非張、姜等詞最多，但仍然一秉「淡雅」之宗，於北宋、清代等
詞，篩選存之。

《清綺軒詞選》以《詞綜》之醇雅標準入選詞作，然而卻非完全
如同《詞綜》這樣著重選取姜夔、張炎等南宋清空雅詞，而是以北宋周
邦彥、秦觀、歐陽脩、柳永等婉約雅詞為主，其主張與雲間派較為一
致。正如任中敏所說：「《清綺軒詞選》向以孅豔為人詬病，但選旨惟
一而分明，選材俱符其選旨，論選集之體例，則甚覺其合。」〔註93〕

〔註91〕夏秉衡選：《歷朝名人詞選·序》，頁 2。
〔註92〕舍之（施蟄存）：〈歷代詞選集敘錄〉，《詞學》合訂本卷 2 第 5 輯，頁
258。
〔註93〕見任二北：《詞學研究法》（上海：商務印書館，1933 年 6 月），轉引
自舍之（施蟄存）：〈歷代詞選集敘錄〉，《詞學》合訂本卷 2 第 5 輯，
頁 258。

至於詞選中擇錄不少清代詞人，以推崇醇雅之朱彝尊（13 首）為多，另外所選數量亦不少之錢芳標（13 首），則是雲間詞派後期代表人物詞人。

六、《自怡軒詞選》：最推崇姜夔

《自怡軒詞選》八卷，雲間許寶善評選，書前有吳蔚光序和許寶善自序，刊於清仁宗嘉慶元年（1796）。《自怡軒詞選》之選域範圍為唐五代至元，為通代詞選，據《自怡軒詞選凡例》云：「小令唐人最工，即北宋已極相懸，南宋佳者更少，故集中以唐人為主，而南北宋人附之。」、「是選卷帙甚狹，故金元間附一二，明季諸家，概不入選。」〔註94〕故此選以唐宋詞為主。

編成此書之原因，第一、欲簡化《詞綜》。據許寶善《自怡軒詞選·自序》云：「竹垞先生《詞綜》一書，兼收博采，含英咀華，可謂無美不臻矣。然求多求備，譬猶泰山不讓土壤，河海不擇細流，收取稍濫，間或有之。宗之者不學古人之長，而反學其短，不幾大負竹垞苦心也哉？」〔註95〕許寶善欲精簡《詞綜》，使古人之長更易於顯見。

第二、借唐宋詞選推尊詞體。為使清代詞學地位提高至與詩文同盛，故許寶善認為詞應復古，學習楷模須以唐宋詞之佳者為準。據許寶善《自怡軒詞選·序》云：「因念我國家雅化日隆，天下談詩論文之士，無不朝夕砥礪，駸駸以復於古，而詞學一道，講求者絕少。倘風雅名流，任筆揮灑，或失于靡曼，或流于粗豪，或詞妙而律未純，或律協而詞未雅，此亦學者之闕也。因取唐宋詞之佳者，彙成一編，偶有字句未愜心處，寧割愛遺之。」〔註96〕清初詩文講求復古，如雲間派以陳子龍為代表，尊奉明七子，推崇盛唐，提倡復古。又如陸圻

〔註94〕〔清〕許寶善評選；〔清〕俞龍同編：《自怡軒詞選·凡例》（臺北國家圖書館藏，清嘉慶元年（1796）許氏刊本），頁 1。
〔註95〕〔清〕許寶善評選；〔清〕俞龍同編：《自怡軒詞選·序》，頁 1。
〔註96〕〔清〕許寶善評選；〔清〕俞龍同編：《自怡軒詞選·自序》，頁 2。

和丁澎，都是西泠派重要作家，原本宗唐，受到社會生活之影響、時局之改變，順應錢謙益之提倡，多染宋習。又如吳偉業之詩歌，亦大抵以唐詩為宗〔註97〕。清初詩文多學習唐宋，故許寶善認為詞亦應學古復古，追踪唐宋詞之精醇，達到「詞雅律協」之境界。正如許寶善《自怡軒詞選‧序》云：

> 倬有心斯道者，由是以求涵泳浸潤，純粹以精，意必超元，
> 語必俊潔，自出新穎而不謬於古人，庶幾追踪唐宋，與詩文
> 並臻極盛，於以歌詠太平，無難矣。〔註98〕

許寶善講求復古、宗唐宋，乃為推尊詞體。最後入於古又出於古，不謬於古，而自出新穎，以使清嘉慶時期之詞，可與詩文並臻極盛。

在唐宋詞中，許寶善尤推舉南宋姜夔詞為至極，其《自怡軒詞選‧序》曰：

> 粵稽小令始于李唐，慢詞盛于北宋，至南宋乃極其致。其時
> 姜堯章最為傑出，他若張玉田、史梅溪、高竹屋、王碧山、
> 盧申之、吳夢窗、蔣竹山、陳西麓、周草窗諸人，無不各號
> 名家，相與鼓吹一時。〔註99〕

《自怡軒詞選凡例》又曰：

> 其一、是選以雅潔高妙為主，故東坡、清真、白石、玉田諸
> 公之詞，較他家獨多。其有家弦戶誦而近于甜熟鄙俚者，概
> 從割棄，惟高竹屋御街行、劉龍洲沁園春，詠物雖極刻畫，
> 不至傷雅，故亦收之。〔註100〕

> 其一、白石，詞中之聖也。玉田先生直接白石淵源，詞中之
> 仙。其《樂府指迷》數則，言言親切，字字周到，實為詞家
> 金科玉律。故列之卷首，與天下後世共之。有志斯道者，弗
> 負其津梁後學之苦心。〔註101〕

〔註97〕朱則杰：《清詩史》（南京：江蘇古籍出版社，2000年5月），頁64。
〔註98〕〔清〕許寶善評選；〔清〕俞鼇同編：《自怡軒詞選‧自序》，頁2。
〔註99〕〔清〕許寶善評選；〔清〕俞鼇同編：《自怡軒詞選‧自序》，頁1。
〔註100〕〔清〕許寶善：《自怡軒詞選‧凡例》，頁1。
〔註101〕〔清〕許寶善：《自怡軒詞選‧凡例》，頁2。

《凡例》中明確提出此選以「雅潔高妙」為主，「甜熟鄙俚」者皆棄之，故「蘇軾、周邦彥、姜夔、張炎」等人之詞較他人為多，其中尤以「詞中之聖」譽稱姜夔，以「詞中之仙」譽稱「張炎」，這是對姜夔乃至張炎等雅詞一派之至高崇敬了。並將張炎著作：《樂府指迷》，列為卷首，以津梁後人。在在顯示《自怡軒詞選》籠罩在姜夔雅詞派之氛圍中。

　　茲將《自怡軒詞選》中，選詞在 6 闋以上之詞家，表列如次（詞人以時代歸類，並按詞數之多寡排列），以析其選詞趨向：

時　　代	詞　　人	詞　　數	詞數總數
北宋	周邦彥	26	71
	蘇軾	14	
	秦觀	11	
	歐陽脩	8	
	晏幾道	8	
	張先	6	
	柳永	6	
南宋	姜夔	35	125
	張炎	29	
	吳文英	21	
	史達祖	10	
	辛棄疾	9	
	蔣捷	9	
	李清照	6	
	王沂孫	6	

據表列可知，所選與《自怡軒詞選・凡例》所言相符：「是選以雅潔高妙為主，故東坡、清真、白石、玉田諸公之詞，較他家獨多。」[註102]其中選錄姜夔 35 闋最多，張炎（29 闋）次之，周邦彥（26 闋）、吳文英（21 闋）、蘇軾（14 闋）又次之。選詞在 6 闋以上之詞家，南宋

[註102]　〔清〕許寶善：《自怡軒詞選・凡例》，頁 1。

詞比北宋詞多，南宋詞中又以姜夔、張炎、吳文英等雅詞數量最多，從數量與宗旨觀察，皆明顯表現推崇姜夔之意圖。

　　前文曾說，《自怡軒詞選》簡化《詞綜》為其編選動機之一，茲將《詞綜》與《自怡軒詞選》略做比較，以見《自怡軒詞選》簡化結果：

詞集名	《詞綜》			《自怡軒詞選》
《詞綜》數量排名	時代	詞人	詞數	詞　數
1	南宋	周密	54	未達 6 闋
2	南宋	吳文英	45	21
3	南宋	張炎	38	29
4	北宋	周邦彥	37	26
5	南宋	辛棄疾	35	9
6	唐	溫庭筠	33	未達 6 闋
7	南宋	王沂孫	31	6
8	北宋	張先	27	未達 6 闋
9	南宋	史達祖	26	10
10	南宋	**姜夔**	**23**	**35**
11	北宋	晏幾道	22	8

據表列可知，絕大部分《自怡軒詞選》所選詞家作品之數量皆少於《詞綜》，尤其是《詞綜》所選最多之周密詞，在《自怡軒詞選》中卻未達 6 闋。《自怡軒詞選》所收姜夔詞之數量，並非減量，反而更多於《詞綜》23 闋，達 35 闋之多。雖然《御選歷代詩餘》亦收錄 35 闋（與毛晉《宋六十名家詞》相似程度較高），但《自怡軒詞選》所選 35 闋中，有 6 闋詞逸出《御選歷代詩餘》之範圍，可見嘉慶時期可讀到姜夔詞數量已較前更多。再者清初浙西詞領袖朱彝尊，大力推舉姜夔，其《詞綜・發凡》稱：「至宋季而始極其變，姜堯章氏最為傑出。」〔註103〕《自怡軒詞選》亦曰：「至南宋乃極其致，其時姜堯章

〔註103〕〔清〕朱彝尊：《詞綜・發凡》（上海：上海古籍出版社，2008 年 3 月），頁 10。

最為傑出。」〔註104〕論調同出一轍，且將姜詞數量之地位，提升至詞選中第一名。

《自怡軒詞選》評語中，常引用《詞潔》語，例如許寶善曾評姜夔〈揚州慢〉曰：「《詞潔》云：波心蕩，蕩字得力便通首光采。」〔註105〕、評〈解連環〉（玉鞍重倚）曰：「《詞潔》云：意轉而句自轉，虛字皆揉入實字內，一詞之中，如具問答，玉軫漸調，朱絃應指，不能形容其妙。」〔註106〕《詞潔》極為推崇周邦彥、姜夔，《自怡軒詞選》顯亦受其影響。而《詞潔》所選錄 20 闋姜夔詞，亦全收錄於《自怡軒詞選》中。許寶善評姜夔〈琵琶仙〉（雙槳來時）曰：「清挺拔俗，後人難以學步。」〔註107〕、評〈齊天樂〉（庾郎先自吟愁賦）曰：「細膩熨貼，聲調更極嫻雅，真為絕調，換頭正玉田所謂詞斷意不斷，扼要爭高也。」〔註108〕姜夔「清挺拔俗」、「聲調嫻雅」之詞風，許寶善認為「難以學步」、「真為絕調」，就可知其仰之彌高之崇拜心態。再者評周邦彥〈應天長慢〉（條風布暖）曰：「《詞潔》云：空淡深遠，較石帚作無異。石帚專得此種筆意，遂於詞家另開宗派。」〔註109〕評周邦彥〈法曲獻仙音〉（嬋咽涼柯）曰：「清真詞清而厚，曲折而達，惟白石可以並美，後人鮮能學之者。」〔註110〕許寶善喜愛周邦彥「空淡深遠、清厚曲達」之特點，正是源於愛姜夔之原因。而此時蘇、辛豪放詞被推入冷落邊緣，蘇、詞數量都未在三名內，辛棄疾更落在第八名。數量排名第四之蘇軾詞，許寶善評其〈醉翁操〉（琅然清圓）曰：「蒼勁絕人，詞中之仙也。」〔註111〕、評〈水調歌頭〉（明月幾時有）曰：「一片清空，筆有仙氣。但以粗豪目之者。不知

〔註104〕〔清〕許寶善評選；〔清〕俞鼇同編：《自怡軒詞選‧自序》，頁 1。
〔註105〕〔清〕許寶善：《自怡軒詞選》卷 5，頁 4。
〔註106〕〔清〕許寶善：《自怡軒詞選》卷 7，頁 11。
〔註107〕〔清〕許寶善：《自怡軒詞選》卷 5，頁 14。
〔註108〕〔清〕許寶善：《自怡軒詞選》卷 6，頁 11。
〔註109〕〔清〕許寶善：《自怡軒詞選》卷 5，頁 4。
〔註110〕〔清〕許寶善：《自怡軒詞選》卷 3，頁 11。
〔註111〕〔清〕許寶善：《自怡軒詞選》卷 3，頁 11。

坡公者也。」〔註112〕評〈永遇樂〉（明月如霜）曰：「《詞潔》云：野雲孤飛，去來無迹，石帚詞野。此詞亦當不愧。」〔註113〕在言評中不時使用清空和高雅之用語，可以感受浙派理念貫穿整本《自怡軒詞選》。

七、小結

以下為清初詞選收錄姜詞概況表：

表格 16：清初詞選收錄姜詞一覽表

成書時間	詞選名稱	作者	派別歸屬	詞選特色	選詞數量	收錄姜詞	名次	關於評論姜詞
康熙十七年（1678）	詞綜	朱彝尊	浙西詞派	崇姜、張	2253	23	10	填詞最雅
康熙三十一年（1692）	詞潔	先著	浙西詞派	宗《詞綜》	630	20	6	宮調、語句無憾、無一凡近、才高情真
康熙四十六年（1707）	御選歷代詩餘	沈辰垣	官方詞選	集大成	9009	35	未達前20名	
康熙五十四年（1715）	古今詞選	沈時棟	陽羨詞派	宗陽羨派	994	4	未達前20名	
乾隆十六年（1751）	清綺軒詞選	夏秉衡	浙西詞派	宗《詞綜》，偏雲間派	847	7	7	雅正超忽，詞家上乘
嘉慶元年（1796）	自怡軒詞選	許寶善	浙西詞派	宗《詞綜》	391	35	1	詞中之聖

朱彝尊《詞綜》之編纂宗旨，在於推崇姜夔「尚醇雅」、「重律呂」，以洗《草堂詩餘》之鄙陋。朱彝尊以為「填詞最雅，無過石帚」，然所見姜詞只有 23 闋，所以姜詞數量雖排名第 10 名，却是朱彝尊最為推崇之詞人。

自康熙十七年《詞綜》出現後，清初詞選絕大多數與它有關，也多推崇姜夔，例如：

康熙三十一年之《詞潔》，也是為了對抗清初「鄙穢褻媟」、「淫

〔註112〕〔清〕許寶善：《自怡軒詞選》卷4，頁6。
〔註113〕〔清〕許寶善：《自怡軒詞選》卷7，頁8。

鄙穢雜」之詞風，故推崇周邦彥、姜夔宮調、語句兩皆無憾，提出清空自然、空淡深遠之審美觀念。《詞潔》為求周邦彥詞之「清真」與姜夔之「無一凡近」之境界，故以「才高情真」之姜夔與周邦彥，為詞家之典範。《詞潔》中所收姜詞，皆重見於《詞綜》，兩者取材相似。

乾隆十六年之《清綺軒詞選》，係以朱彝尊《詞綜》為準則，更為簡嚴，並增入清朝詞選。所宗在於具有「言中之旨、言外之韻」之「淡雅」、「清遠超妙」之作。除了推崇周邦彥外，對於姜夔亦認為是「雅正超忽，詞家上乘」之代表。

嘉慶《自怡軒詞選》乃欲精簡《詞綜》而成。此選以「雅潔高妙」為主，故所選「蘇軾、周邦彥、姜夔、張炎」等人之詞較他人為多，更以「詞中之聖」譽稱姜夔，以「詞中之仙」譽稱「張炎」。在數量上所選姜詞最多，表現出推崇姜夔之態度。

宗主《詞綜》之選本，對於姜夔多有讚譽，從《詞綜》評姜「填詞最雅」，到《詞潔》「宮調、語句無憾」、「無一凡近」、「才高情真」，到《清綺軒詞選》「雅正超忽，詞家上乘」，到最後《自怡軒詞選》乃以「詞中之聖」稱姜夔，姜夔地位越來越高。然而清初詞選所錄姜詞，最多才 35 首（集大成之《御選歷代詩餘》收錄 35 首），故清初詞選雖然極推崇姜夔，但因流傳姜詞數量不多之事實，卻讓他在詞選作品排行榜中，常出乎前五名外，只有一本《自怡軒詞選》，特別地讓姜夔詞作數量穩坐第一名寶位。

另外在康熙年間，有官方收錄集大成之《御選歷代詩餘》，以及特別強調豪放詞之《古今詞選》：

《御選歷代詩餘》以建構詞學之全為宗旨，以博且精之態度，蒐集詳定，兼括洪纖，存錄各體。所收詞數，前幾名為蘇軾、辛棄疾之豪放派以及吳文英、張炎之雅詞派，反映了清初陽羨派與浙西詞派所尊之詞學現象。《御選歷代詩餘》所收姜夔詞只有 35 首，大部分取之於《宋六十名家詞》，印證當時未見姜夔全部詞作。

《古今詞選》宣稱婉約、豪放，正、變二體兼錄。然實際上傾向陽羨派，所選詞作，仍以豪放詞為夥，且以辛棄疾最多，劉過、劉克莊、蘇軾之作亦不少。至於雅詞派作品收錄並不多，只收錄姜夔4首詞，未達詞選數量前20名，且內容與抒寫身世之感、家國之痛有關。

非模仿《詞綜》以雅正選詞之《御選歷代詩餘》和《古今詞選》，所選姜詞數量，皆在詞選作品排行榜中20名以外，這是清初浙西詞派籠罩的當時，少數未推崇姜夔之詞選。

總之，《詞綜》影響了之清初許多本詞選，也沿延續了推尊姜詞之風氣。以調為序之《詞潔》、《清綺軒詞選》、《自怡軒詞選》，都受到《詞綜》影響，因此對姜夔詞極為讚賞推崇，所選數量也都在各詞選前10名之內。而未受《詞綜》影響之《御選歷代詩餘》和《古今詞選》，則未如此重視姜詞。

第二節　清代中期（1797～1839年）詞選汰選　　　姜夔詞情形

清代，自康熙以降，浙西詞派以革除明代以詞壇弊端自居，一直處於主流地位，然至嘉慶年間，浙派弊端逐漸顯見，誠如儲國鈞所說：「自《花間》、《草堂》之集盛行，而詞之弊已極，明三百年直謂之無詞可也。我朝諸前輩起而振興之，真面目始出。顧或者恐後生復蹈故轍，於是標白石為第一，以刻削峭潔為貴。不善學之，競為澀體，務安難字，卒之鈔撮推砌，其音節頓挫之妙，蕩然欲洗。草堂陋習，反墮浙西成派。彼浙西之詞，不過一人唱之，三四人和之，以浸淫遍及大江南北。人守其說，固結於中而不可解，謂非矯枉之過歟。」〔註114〕杜詔也指出清初作家：「緣情綺靡，詩體尚然，何況乎詞。彼學姜、史者，輒屏棄秦、柳諸家，一掃綺靡之習，品則超矣，

〔註114〕《小眠齋詞序》，《賭棋山莊詞話續編》卷3引，唐圭璋：《詞話叢
　　　　編》（臺北：新文豐出版公司，1988年）冊4，頁3528。

或者不足于情。」〔註115〕也就是詞中缺乏情感之生命活力。因此浙派末流出現了淫詞、鄙詞、游詞之現象，金應珪《詞選‧後序》寫於嘉慶二年（1797）曰：「近世為詞，厥有三蔽：……揣摩床第，汙穢中冓，是謂淫詞，其蔽一也。……，詠嘲則俳優之末流，叫囂則市儈之盛氣，……，是謂鄙詞，其蔽二也。規模物類，依托歌舞，哀樂不衷其性，慮歎無與乎情，連章累篇，義不出乎花鳥，感物指事，理不外乎酬應，雖既雅而不豔，斯有句而無章，是謂游詞，其蔽三也。」〔註116〕淫詞、鄙詞、游詞之蔽，也就是穢褻、俗濫、有美句卻乏真情之作〔註117〕。郭麐也說：「近人莫不宗法雅詞，厭棄浮豔，然多為可解可不解之語，借面裝頭，口吟舌言，令人求其意旨不得。……若此者，亦詞妖也。」〔註118〕於是孫克強歸納浙西流派之流弊主要有三方面：第一，強調文雅精緻，而忽略文學作品之情感因素。第二，僅推崇南宋詞。第三，片面講求韻律。〔註119〕造成了在音節、字句、規模等外在形式之求精緻準確，卻失去作品之最根本之思想情感。

因此清代中期，常州詞派張惠言一改浙派強調清空，著重具有「義有幽隱，並為指發」之詞，提高詞之思想情感。自張惠言《詞選》出現之後，周濟《詞辨》、《宋四家詞選》、董毅《續詞選》都受其影響，以「比興寄託」審美標準，重新建立新詞學秩序。黃蘇之《蓼園詞選》，其論詞方法，也與常州詞派論詞之家法接近。清代中期詞選，受常州詞派影響非常大。

清中期與詞譜較有關係之詞選，有戈載為改善朱彝尊《詞綜》、

〔註115〕〔清〕杜詔：《彈指詞‧序》，收錄在〔清〕李雯等：《清詞別集百三十四種》（臺北：鼎文書局，1976 年）冊 4，頁 2195。

〔註116〕〔清〕金應珪：《詞選‧後序》（臺北：中華書局，1981 年《四部備要》），頁 1。

〔註117〕饒宗頤：〈張惠言《詞選》述評〉，《詞學》（上海：華東師範大學出版社，2009 年）第 3 輯，合訂本第 1 卷，頁 115。

〔註118〕〔清〕郭麐：《靈芬館詞話》卷 2，《詞話叢編》冊 2，頁 1524。

〔註119〕孫克強：《清代詞學》，頁 247～250。

萬樹《詞律》之《宋七家詞選》。另外葉申薌編完《天籟軒詞譜》後，又編《天籟軒詞選》，主要是根據《宋六十名家詞》汰選補充，錄成大型詞選。

　　以下為清代中期詞選內容之大概：

表格 17：清代中期詞選內容一覽表

序號	成書時間	詞選名稱	編選者	籍貫	排列方式	選詞數量	詞選規模	詞選性質	選域範圍	姜夔詞數量
1	嘉慶二年（1797）	詞選	張惠言張琦	武進（今江蘇）	以人為序	116	中型詞選	通代詞選	唐、五代、宋	3
2	嘉慶十七年（1812）	詞辨	周濟	荊溪（今江蘇宜興）	以人為序	94	微型詞選	通代詞選	唐、五代、宋	3
3	道光十年（1830）	續詞選	董毅	陽湖（今江蘇常州）	以人為序	122	中型詞選	通代詞選	唐、五代、宋	7
4	道光十二年（1832）	宋四家詞選	周濟	荊溪（今江蘇宜興）	以四詞人歸類	239	中型詞選	斷代詞選	宋	11
5	道光十七年（1837）	宋七家詞選	戈載	吳縣（江蘇）	以詞家源流為序	480	中型詞選	斷代詞選	宋	53
6	道光十九年（1839）	天籟軒詞選	葉申薌	閩縣（今福建福州）	前四卷以《宋六十名家詞》為序	1411	大型詞選	通代詞選	宋、元	17
7	道光年間	蓼園詞選	黃蘇	臨桂（今廣西桂林）	以調為序	213	中型詞選	通代詞選	唐、五代、宋	0

清代中期詞選，除了《蓼園詞選》因汰選《草堂詩餘》成書，以調為序外，其他詞選都是以詞人為序，顯示清代中期詞選已脫離音樂成分，且自清初《詞律》著重於平仄格律之詞譜後，詞選與詞譜之分更為確實。以下大抵依各詞選成書時間探論之，惟《詞選》之後，有《續詞選》，乃張惠言之甥董毅編選，成書於道光十年，為使《詞選》之探討，前後呼應，故於《詞選》之後並論之。

一、《詞選》：只選姜夔三首騷雅詞

　　《詞選》二卷，原名《苑陵詞選》，為張惠言、張琦兄弟編選，書前有嘉慶二年（1797）張惠言自序、金應珪序，是書成於此。後附錄同邑友人黃景仁、左輔、惲敬、錢季重、李兆洛、丁履恒、陸繼輅七家詞。後來鄭掄元又增補入張惠言、張琦，及其弟子金應珹、金式玉和鄭氏本人作品。張惠言（1761～1802），原名一鳴，字皋文，號茗柯，江蘇武進（今江蘇武進）人，著有《茗柯詞》

　　是書之選域範圍為唐至宋，凡詞 44 家，共 116 首，依據唐、五代、宋代之詞人為序，選本中有評語。

　　張惠言選詞標準，據其《詞選・自序》曰：

　　　傳曰：「意內而言外，謂之詞。」其緣情造端，興于微言，以相感動，極命風謠里巷男女哀樂，以道賢人君子幽約怨悱不能自言之情，低佪要眇，以喻其致。蓋詩之比興，變風之義，騷人之歌，則近之矣。然以其文小，其聲哀，放者為之，或跌蕩靡麗，雜以昌狂俳優。然要其至者，莫不惻隱盱愉，感物而發，觸類條鬯，各有所歸，非苟為雕琢曼辭而已。〔註 120〕

張惠言借《周易章句・繫辭上傳》中「意內而言外，謂之詞」為據，主張詞應有所「意」，含有「幽約怨悱不能自言之情」，力主比興寄託手法，「低佪要眇，以喻其致」、「惻隱盱愉，感物而發」之表現方式，如同「詩之比興，變風之義，騷人之歌」，而非只是雕琢曼詞而已。

　　張惠言選詞之目的，在於「塞其歧途，嚴其科律」〔註 121〕，據張惠言自序云：

　　　故自宋之亡而正聲絕，元之末而規矩隳，以至于今，四百餘年，作者十數，諒其所是，互有繁變，皆可謂安蔽乖方，迷不知門戶者也。今第錄此篇，都為二卷，義有幽隱，並為指

〔註120〕〔清〕張惠言：《詞選》（臺北：中華書局，1981 年《四部備要》），頁 2。

〔註121〕饒宗頤：〈張惠言《詞選》述評〉，《詞學》（上海：華東師範大學出版社，2009 年）第 3 輯，合訂本第 1 卷，頁 114。

發，幾以塞其下流，導其淵源，無使風雅之士，懲于鄙俗之音，不敢與詩賦之流同類而風誦之也。〔註122〕

張惠言不滿詞歷宋亡後正聲絕，元末後規矩壞，至清朝「安蔽乖方，迷不知門戶」，背離了文學「正道」，使詞淪落為「下流」或「鄙俗之音」，不能與「詩賦」同類。因此張惠言嚴選唐宋具有「義有幽隱，並為指發」之詞，俾提高詞之地位，使它和詩、賦並列，進而召喚眾多「風雅之士」風誦之。金應珪之《詞選‧後序》亦曰：「昔之選詞者，蜀則《花間》，宋有《草堂》，下降元明，種別十數。推其好尚，亦有優劣，然皆雅鄭無別，朱紫同貫。是以乖方之士，罔識別裁，……。今欲塞其歧途，必且嚴其科律，此《詞選》之所以止于一百十六首也。」〔註123〕清初以來標舉姜張清空騷雅之詞，詞風「雅鄭無別，朱紫同貫」，雜而不芳，故《詞選》所集，乃欲「塞其歧途，嚴其科律」，重新導回「正途」，以與詩賦同列。張宏生《清代詞學的建構》也說：「清代的朱彝尊、陳維崧等人已有了推尊詞體的要求，而至張惠言《詞選》出，則更近一步為詞進行了『正名』。張惠言所採取的基本手法就是倡言比興寄託，特別是引進《風》、《騷》的內涵評詞，以使詞也能和傳統上被視為正統文學的詩歌一樣，具有同一源頭，這也就意謂著詞的地位進一步提高。」〔註124〕從清初到清中葉，從提倡清空高雅之作，到以「騷雅」比興之法評詞，都是為尊詞體。

張惠言之主張成為常州詞派之理論依據，吳梅《詞學通論》即言：「皋文《詞選》一編，掃靡曼之浮音，接風騷之真脈，直具冠古之識力者也。……皋文與翰風出，而溯源竟委，辨別真偽，於是常州詞派成，與浙派分鑣爭先矣。」〔註125〕，謝桃坊《中國詞學史》亦言：

〔註122〕〔清〕張惠言：《詞選》，頁 2。

〔註123〕〔清〕金應珪：《詞選‧後序》（臺北：中華書局，1981 年《四部備要》），頁 2。

〔註124〕張宏生：《清代詞學的建構》（南京：江蘇古籍出版社，1999 年 9 月），頁 210。

〔註125〕吳梅：《詞學通論》（上海：華東師範大學，1996 年 11 月），頁 171。

「張惠言的《詞選·序》成為了常州詞派的宣言。」〔註126〕，張惠言《詞選》之寄託說一出，成為讀者解讀詞作之新依據。

　　茲將《詞選》中，選詞在3闋以上之詞家，表列如次（詞人以時代歸類，並按詞數之多寡排列），以析其選詞趨向：

時　代	詞　人	詞　數	總　計
唐	溫庭筠	18	18
五代	李煜	7	23
	馮延巳	5	
	李璟	4	
	韋莊	4	
	牛嶠	3	
北宋	秦觀	10	21
	蘇軾	4	
	周邦彥	4	
	張先	3	
南宋	辛棄疾	6	22
	朱敦儒	5	
	李清照	4	
	王沂孫	4	
	姜夔	**3**	

據表列可知選詞在3闋以上之詞家，五代、北宋加起來之數量多於南宋，與《詞綜》以及偏向浙派詞選所選重南宋詞之傾向已有極大不同。陳廷焯《白雨齋詞話》卷一說：「張氏惠言詞選，可稱精當，識見之超，有過於竹垞十倍者，古今選本，以此為最。但唐五代兩宋詞，僅取百十六首，未免太隘。……總之小疵不能盡免，於詞中大段，卻有體會。溫、韋宗風，一燈不滅，賴有此耳。」〔註127〕，顯見此派係高揭北宋溫、韋宗風，又由張惠言傳燈下去。據張惠言自序曰：

〔註126〕謝桃坊：《中國詞學史》（成都：巴蜀書社，2002年12月），頁294。
〔註127〕〔清〕陳廷焯：《白雨齋詞話》，見唐圭璋《詞話叢編》冊4，頁3777。

> 宋之詞家，號為極盛，然張先、蘇軾、秦觀、周邦彥、辛棄
> 疾、姜夔、王沂孫、張炎，淵淵乎文有其質焉。其蕩而不反，
> 傲而不理，枝而不物，柳永、黃庭堅、劉過、吳文英之倫，
> 亦名引一端，以取重於當世。〔註128〕

孫克強認為張惠言「秉持南北宋詞兼美並舉的態度。」〔註129〕將宋代
詞家分為「淵淵乎文有其質」一類，有北宋張先、蘇軾、秦觀、周邦
彥；南宋辛棄疾、姜夔、王沂孫、張炎各有四人，以及「蕩而不反，
傲而不理，枝而不物」一類，為北宋柳永、黃庭堅；南宋劉過、吳文
英，北宋、南宋各有二人。從序中所舉詞人看來，張惠言對南北宋並
無特別突出某時期。但「從深層來看，張惠言對北宋詞人的推重影響
更大。」〔註130〕因為從《詞選》評語與選詞之數量來考察，對北宋之
厚愛更多一些。張惠言極推崇溫庭筠，給予最高評價：

> 自唐之詞人，李、白為首，其後韋應物、王建、韓翃、白居
> 易、劉禹錫、皇甫松、司空圖、韓偓，並有述造，而溫庭筠
> 最高，其言深美閎約。〔註131〕

唐以來詞人，以溫庭筠最高，具有「深美閎約」之特色；以單家詞選
計，亦以溫詞被選最多，達18闋。第二名是北宋秦觀，達10闋。第
三名是李煜（7闋），第四名才是南宋辛棄疾（6闋），前三名皆為唐、
五代、北宋詞人。且第一類「淵淵乎文有其質」詞人中，北宋張先（3
首）、蘇軾（4首）、秦觀（10首）、周邦彥（4首），凡21首；南宋辛
棄疾（6首）、姜夔（3首）、王沂孫（4首）、張炎（1首）凡14首，
數量上亦以北宋詞人為多。張惠言對北宋（包含唐五代）之偏愛和推
崇確有其事。

〔註128〕〔清〕張惠言：《詞選》（臺北：中華書局，1981年《四部備要》），
頁2。

〔註129〕孫克強：〈簡論常州詞派的南北宋之辨〉，《成大中文學報》（2009年
6月）第11期，頁57。

〔註130〕孫克強：〈簡論常州詞派的南北宋之辨〉，《成大中文學報》第11期，
頁57。

〔註131〕〔清〕張惠言：《詞選》，頁2。

　　《詞選》選姜夔詞3闋，排行第13名，作品為〈揚州慢〉、〈暗香〉、〈疏影〉。〈揚州慢〉乃具有沉痛之故國之思，〈暗香〉、〈疏影〉乃詠梅又似有所指，故張惠言評〈暗香〉曰：「題曰石湖詠梅，此為石湖作也，時石湖蓋有隱遯之志，故作此二詞以沮之。白石石湖仙云：須信石湖仙，似鷗夷飄然引去。末云：聞好語，明年定在槐府。此與同意。首章言已嘗有用世之志，今老無能，但望之石湖也」〔註132〕；評〈疏影〉曰：「此章更以二帝之憤發之，故有昭君之句。」〔註133〕這三闋詞除高潔清空之用語外，在涵義上也具有豐富性，具有言外之意，符合了張惠言詞具有「以道賢人君子幽約怨悱不能自言之情。」

　　前引〔清〕朱彝尊〈黑蝶齋詞序〉曾說：「調莫善于姜夔，宗之者，張輯、盧祖皋、史達祖、吳文英、蔣捷、王沂孫、張炎、周密、陳允平、張翥、楊基，皆具夔之一體。基之後，得其門者寡矣。」〔註134〕觀《詞選》收錄這些詞風近姜夔之雅詞派一類情況，如下表所列：

南宋詞人	作品數
姜夔	3
史達祖	1
盧祖皋	0
張輯	0
吳文英	0
張炎	1
周密	0
王沂孫	4
蔣捷	0
總計	9

〔註132〕〔清〕張惠言：《詞選》卷2，頁9。
〔註133〕〔清〕張惠言：《詞選》卷2，頁10。
〔註134〕見〔清〕沈岸登：《黑蝶齋詞》（臺北：新文豐出版公司，1989年，《叢書集成續編》據橋李遺書排印），頁771。

在朱彝尊所列十位南宋詞人中,《詞選》只收錄其中四位,數量並不多,觀其評語可知,以具有「比興寄託」之涵義,為其收錄重點,如評王沂孫〈眉嫵〉(漸新痕懸柳):「碧山詠物諸篇,並有君國之憂,此喜君有恢復之志,而惜無賢臣也。」〔註135〕〈高陽臺〉(殘雪庭除):「此傷君臣晏安,不思國恥,天下將亡也。」〔註136〕〈慶清朝〉(玉局歌殘):「此言亂世尚有人才,惜世不用也,不知其何所措。」〔註137〕。張惠言所關注重點,並非清空高雅之格調,而是詞是否有「騷雅」寄託之意。「所以他的重點不在以詞見人,或以人顯詞,而是只重有沒有比興寄託之意,只選有比興寄託的詞作。」〔註138〕因之,浙西詞派所重清空騷雅詞,經張惠言汰選後,只剩比興騷雅之詞能留下。

《詞選》之後,有《續詞選》。《續詞選》為張惠言之甥董毅編選,成書於清宣宗道光十年(1830)。據《續詞選‧序》曰:「詞選之刻,多有病其太嚴者,擬續選而未果,今夏外孫董毅子遠來署,攜有錄本,適愜我心,爰序而刊之,亦先兄之志也,道光十年七月張琦。」〔註139〕因《詞選》只選116首詞,擇詞太嚴,《白雨齋詞話》亦曰:「竹垞詞綜,備而不精。皋文詞選,精而未備。」〔註140〕《續詞選》乃續選《詞選》未選之詞,《賭棋山莊詞話‧續編一》指出《續詞選》乃:「翰風外孫董子遠所錄,以補前選之遺,亦肄業之善本也。」〔註141〕共選唐宋詞人52家122首。

〔註135〕〔清〕張惠言:《詞選》卷2,頁10。
〔註136〕〔清〕張惠言:《詞選》卷2,頁11。
〔註137〕〔清〕張惠言:《詞選》卷2,頁11。
〔註138〕徐秀菁:〈由選詞與評點的角度看張惠言《詞選》中比興寄託說的實踐〉,《彰化師大國文學誌》(2006年6月)第12期,頁294。
〔註139〕〔清〕董毅:《續詞選》(臺北:中華書局,1981年《四部備要》),頁1。
〔註140〕〔清〕陳廷焯:《白雨齋詞話》卷8,見唐圭璋《詞話叢編》冊4,頁3970。
〔註141〕〔清〕謝章鋌:《賭棋山莊詞話‧續編一》,見唐圭璋:《詞話叢編》冊4,頁3484。

　　茲將《詞選》與《續詞選》中，選詞在 3 闋以上之詞家，表列如次（詞人以時代歸類，並按《詞選》詞數之多寡排列），以析其選詞趨向：

詞選名		《詞選》		《續詞選》	
時代	詞人	詞數	《詞選》詞數總計	詞數	《續詞選》詞數總計
唐	溫庭筠	18	18	5	5
五代	李煜	7	23		9
	馮延巳	5		3	
	李璟	4			
	韋莊	4		3	
	牛嶠	3			
	李珣			3	
北宋	秦觀	10	21	8	18
	蘇軾	4		3	
	周邦彥	4		7	
	張先	3			
南宋	辛棄疾	6	22		43
	朱敦儒	5			
	李清照	4			
	王沂孫	4		4	
	姜夔	**3**		**7**	
	張炎			23	
	陳克			3	
	程垓			3	
	史達祖			3	

據表列可知，《續詞選》選詞在 3 闋以上之詞家，南宋詞總數多於北宋詞，與《詞選》略重於五代、北宋，不太相同。所續選最多者，為南宋張炎，《詞選》只選 1 首，《續詞選》却補選 23 首之多。《續詞選》補選秦觀 8 首第二名，北宋周邦彥、南宋姜夔各 7 首，並列第三名。

《續詞選》選錄許多南宋張炎、姜夔詞，故饒宗頤說：「董氏續選補
選白石七首，玉田二十三首，實亦不廢姜、張，可謂尚未盡脫浙派町
畦。」﹝註142﹞再看《續詞選》收錄詞風近姜夔者之雅詞派情況如何，
如下表所列：

南宋詞人	作品數
姜夔	7
史達祖	3
盧祖皋	0
張輯	0
吳文英	2
張炎	23
周密	2
王沂孫	4
蔣捷	1
總計	42

朱彝尊所提出這十位詞風近姜夔者，《續詞選》收錄七位詞人作品，
比起《詞選》只收錄四位多出許多，且數量也達 42 首，在《續詞選》
總數 122 首中，達三分之一多，且《詞選》所認為「其蕩而不反，傲
而不理，枝而不物」﹝註143﹞，因「有一時放浪通脫之言出於其間。後
進彌以馳逐，不務原其指意，破析乖剌，壞亂而不可紀」﹝註144﹞，有
違《風》、《騷》之旨，所以《詞選》中完全不錄﹝註145﹞之柳永、黃庭
堅、劉過、吳文英，《續詞選》則選了柳永 2 首、劉過 1 首、吳文英
2 首。可知《續詞選》所選範圍，已超出於張惠言所限，對於姜、張

﹝註142﹞饒宗頤：〈張惠言《詞選》述評〉，《詞學》（上海：華東師範大學出
版社，2009 年）第 3 輯，合訂本第 1 卷，頁 114。
﹝註143﹞〔清〕張惠言：《詞選》（臺北：中華書局，1981 年《四部備要》），
頁 2。
﹝註144﹞〔清〕張惠言：《詞選》，頁 2。
﹝註145﹞徐秀菁：〈由選詞與評點的角度看張惠言《詞選》中比興寄託說的實
踐〉，《彰化師大國文學誌》（2006 年 6 月）第 12 期，頁 292。

雅詞一派，亦多選入。不過陳匪石《聲執》卷下曰：「張惠言詞選，……其外孫董毅作《續詞選》，一守其家法，柳、吳各選數首，而仍非兩家特色所在，則仍不能知柳、吳也。又《續選》中，玉田獨多，至二十三。則玉田之寄託，顯而易知。」〔註146〕董毅一如張惠言，不知柳永、吳文英佳處，所取張炎詞亦多寄託之作，故陳匪石認為《續詞選》仍繼承《詞選》選錄原則。

《續詞選》所選姜夔〈一萼紅〉：「南去北來何事，蕩湘雲楚水，目極傷心」等句、〈長亭怨慢〉：「閱人多矣，爭得似長亭樹。樹若有情時，不會得青青如此。」〈齊天樂〉：「侯館吟秋，離宮弔月，別有傷心無數。幽詩漫與。笑籬落呼鐙，世間兒女」，以及另外〈八歸〉：「最可惜、一片江山，總付與啼鴃」、〈翠樓吟〉等詞，都以含蓄比興之法，寫憂國哀時之詞，可知《續詞選》所選姜詞，不離《詞選》宗旨。

二、《詞辨》：視姜夔與辛棄疾所作為「變」

周濟，字保緒，又字介存，號止庵，荊溪（江蘇宜興）人。生於乾隆四十六年辛丑（1781），嘉慶十年乙丑（1805）進士，官淮安府學教授，道光十九年己亥（1839）卒。嘉慶十七年壬申（1812）著有《詞辨》〔註147〕、道光十二年壬辰（1832）編《宋四家詞選》。

《詞辨》原有十卷，後在黃河糧船失事時亡逸，經周濟「稍稍追憶，僅存正、變兩卷」〔註148〕。道光二十七年丁未（1847）吳縣潘曾瑋得錄本，作序刊行。此外，譚獻又應門人徐珂之請，將所錄《詞辨》

〔註146〕　〔清〕陳匪石：《聲執》卷下，見唐圭璋《詞話叢編》卷5，頁4964。
〔註147〕　《詞辨》成書時間，據周濟《詞辨》書前自序作於嘉慶十七年（1812）。然孫克強以為作於嘉慶十五年（1810），孫克強曰：「《詞辨》原作十卷，作於嘉慶十五年（1810），書成後，交由弟子田端，田端帶往京師，不幸於舟中將手稿遺落黃河，原書就此亡佚。兩年後的嘉慶十七年（1812），周濟『稍追憶，僅存正變兩卷，尚有遺落』，即為今本《詞辨》」見孫克強：《清代詞學》（北京：中國社會科學出版社，2004年），頁259。
〔註148〕　〔清〕周濟：《周氏止庵介存齋論詞雜著》，收錄於程千帆主編：《清人選評詞集三種》（濟南：齊魯書社，1988年9月），頁198。

二卷，與《介存齋論詞雜著》一卷加以審定和評論後刊行。〔註149〕

　　周濟早年從張惠言外甥董士錫（字晉卿）學詞，周濟《詞辨‧自序》曰：「晉卿為詞，師其舅氏張皋文、翰風兄弟。二張輯《詞選》而序之，以為詞者，意內而言外，變風騷人之遺。其敘文旨深詞約，淵乎登古作者之堂，而進退之矣。晉卿雖師二張，所作實出其上。予遂受法晉卿，已而造詣日以異，論說亦互相短長。」〔註150〕故周濟亦深受張惠言影響。

　　周濟在此時對姜夔之態度，據周濟《詞辨‧自序》云：

　　　　晉卿初好玉田，余曰：「玉田意盡於言，不足好。」余不喜清真，而晉卿推其沈著拗怒，比之少陵。牴牾者一年，晉卿益厭玉田，而余遂篤好清真。既予以少游多庸格，為淺鈍者所易託。白石疏放，醞釀不深。而晉卿深詆竹山粗鄙。牴牾又一年，予始薄竹山，然終不能好少游也。〔註151〕

可知周濟不喜姜夔之因在「醞釀不深」，認為張炎（玉田）意盡於言、秦觀（少游）平庸直白。而他所喜愛者，據其自序言：

　　　　因欲次第古人之作，辨其是非，與二張、董氏各存岸畧，庶幾他日有所觀省。爰錄唐以來詞為十卷，而敘之曰：古稱作者，豈不難哉。自溫庭筠、韋莊、歐陽修、秦觀、周邦彥、周密、吳文英、王沂孫、張炎之流，莫不蘊藉深厚，而才鑑思力，各騁一途，以極其致。〔註152〕

序中強調「蘊藉深厚」，正與「白石疏放，醞釀不深」形成對比。

　　周濟在《介存齋論詞雜著》跋語中，寫明：

　　　　向次《詞辨》十卷：一卷起飛卿，為正；二卷起南唐後主，為變；名篇之稍有疵累者為三、四卷；平妥清通，才及格調

〔註149〕程千帆主編：《清人選評詞集三種》，前言，頁5。

〔註150〕〔清〕周濟：《詞辨‧自序》，收錄於程千帆主編：《清人選評詞集三種》，頁143。

〔註151〕〔清〕周濟：《詞辨‧自序》，收錄於程千帆主編：《清人選評詞集三種》，頁143。

〔註152〕〔清〕周濟：《詞辨‧自序》，收錄於程千帆主編：《清人選評詞集三種》，頁143。

者為五、六卷；大體紕繆，精彩間出，為七、八卷；本事、
詞話為九卷；庸選惡札，迷誤後生，大聲疾呼，以昭炯戒為
十卷。〔註153〕

可知卷一為正，卷二為變。卷一、卷二之選域範圍為唐至宋，凡詞32
家，共94首。以下為《詞辨》卷一、卷二收錄狀況（詞人以時代歸
類，並按詞數多寡排列）：

卷數	時代	詞人	詞數	周濟序以為蘊藉深厚者	統計
卷一	唐	溫庭筠	10	○	10
	五代	馮延巳	5		10
		韋莊	4	○	
		歐陽炯	1		
	北宋	周邦彥	9	○	16
		歐陽脩	2	○	
		秦觀	2	○	
		晏殊	1		
		晏幾道	1		
		柳永	1		
	南宋	王沂孫	6	○	23
		吳文英	5	○	
		陳克	4		
		張炎	3	○	
		周密	2	○	
		史達祖	1		
		唐鈺	1		
		李清照	1		
卷二	五代	李煜	9		11
		孟昶	1		

〔註153〕〔清〕周濟：《周氏止庵介存齋論詞雜著》，收錄於程千帆主編：《清
　　　人選評詞集三種》，頁198。

		鹿虔扆	1	
北宋		范仲淹	2	5
		蘇軾	2	
		王安國	1	
南宋		辛棄疾	10	19
		姜夔	**3**	
		劉過	2	
		陸游	1	
		蔣捷	1	
		張翥	1	
		康與之	1	

周濟所喜愛之「蘊藉深厚，而才豔思力，各騁一途」者，皆屬於卷一，為正。而蘇軾、辛棄疾、姜夔等，則皆屬卷二，為變。卷一中，溫庭筠（10 首）、周邦彥（9 首）詞作數量位居第一、第二，南宋王沂孫（6 首）、吳文英（5 首）列居第三、四。卷二中，辛棄疾第一（10 首），李煜第二（9 首），姜夔雖居第三（3 首），但數量已距第二名少許多。所收姜夔 3 首，在總數量排名上屬第 10 名。

　　所收姜夔詞 3 闋，即〈淡黃柳〉：「燕燕飛來，問春何在，惟有池塘自碧。」常州詞派的譚獻 [註154] 評曰：「白石、辛棄疾，同音笙磬。但清脆與鏜鎝異響，此事自關性分」 [註155]；〈暗香〉：「翠尊易泣。紅萼無言耿相憶。」譚獻評曰：「深美有騷辨意」 [註156]；〈疏影〉：「昭君不慣胡沙遠，但暗憶江南江北。……還教一片隨波去，又却怨

〔註154〕譚獻（1832～1901），字仲修，號復堂，浙江仁和（今杭州）人。除了在理論上追隨常州詞派，並發展了常州詞派寄託的讀者論，在創作上也對常派家法情有獨鍾。見朱德慈：《常州詞派通論》（北京：中華書局，2006 年 11 月），頁 149。

〔註155〕〔清〕周濟選、譚獻評：《詞辨》卷 2，收錄於程千帆主編：《清人選評詞集三種》，頁 185。

〔註156〕〔清〕周濟選、譚獻評：《詞辨》卷 2，收錄於程千帆主編：《清人選評詞集三種》，頁 185。

玉龍哀曲。」譚獻評曰：「跌宕昭彰。」〔註157〕所選姜詞這三闋，皆屬與辛棄疾貌似之「清脆」聲，與「騷辨」意，故與辛棄疾一樣放在卷二「變」類詞中。

三、《宋四家詞選》：糾彈姜、張

周濟晚年編《宋四家詞選》，序作於道光十二年壬辰（1832）冬十一月。這部選本標舉周邦彥、辛棄疾、王沂孫、吳文英為兩宋主要詞人，而將另外 47 人附在他們名下，分為四派，共選詞 239 首。選域範圍為宋代，為斷代詞選。其中周邦彥、王沂孫、吳文英在先前《詞辨》中皆被周濟歸屬詞作「正」類，只有辛棄疾歸於「變」類。

以下為《宋四家詞選》收錄 4 首以上詞家狀況（詞人依據原書，以四位主要詞人周、辛、王、吳歸類，並按詞數多寡排列）：

時　　代	四大詞家	附屬詞人	詞　　數	總　　計
北宋	周邦彥		26	81
北宋		柳永	10	
北宋		晏幾道	10	
北宋		秦觀	10	
北宋		歐陽脩	9	
北宋		賀鑄	7	
北宋		張先	5	
北宋		晏殊	4	
南宋	辛棄疾		24	48
南宋		**姜夔**	**11**	
南宋		蔣捷	5	
北宋		晁補之	4	
南宋		方岳	4	
南宋	王沂孫		20	32

〔註157〕〔清〕周濟選、譚獻評：《詞辨》卷2，收錄於程千帆主編：《清人選評詞集三種》，頁186。

南宋		張炎	8	
北宋		毛滂	4	
南宋	吳文英		21	33
南宋		周密	8	
南宋		陳克	4	

據表列可知，《宋四家詞選》主要以周、辛、王、吳之詞作收錄最多，
四家之下，收錄 4 首以上詞家，周邦彥類詞家主要多北宋詞人，所佔
詞數也最多。姜夔被歸入於辛棄疾類，收入詞數 11 闋。在數量排名
上，姜夔次於四家詞人，佔選集第五名，一樣歸屬於辛棄疾類之蘇軾
則只入選 3 首，姜夔、蘇軾皆被列入非主流區。

　　周濟在《詞辨》中只分「正變」，姜夔放在「變」類，至《宋四
家詞選》中，則分為周邦彥、辛棄疾、王沂孫、吳文英四家詞，姜夔
放在辛棄疾之詞類下。其目的乃為「退蘇進辛，糾彈姜、張」。據周濟
《宋四家詞選・序》云：

> 余少嗜此，中更三變，年逾五十，始識康莊。自悼冥行之
> 艱，遂慮問津之誤。不揣譾陋，為察察言。退蘇進辛，糾彈
> 姜、張，剟刺陳（克）、史（達祖），芟夷盧（祖臯）、高（觀
> 國），皆足駭世。由中之誠，豈不或亮？其或不亮，然余誠
> 矣！〔註158〕

孫克強據周濟自序將周濟學詞階段分為：第一階段為受浙西詞派影
響時期。第二階段開始改變詞風及詞學觀念，代表著作為《詞辨》和
《介存齋論詞雜著》。第三階段為周濟確立自己獨立詞學思想之時
期，代表著作為《宋四家詞選》和《宋四家詞選目錄序論》。〔註159〕
在周濟學詞第三階段中，「退蘇進辛」之因，據《宋四家詞選・序》所
言：「蘇、辛並稱：東坡天趣獨到處，殆成絕詣，而苦不經意，完璧甚
少；辛棄疾則沉著痛快，有轍可循，南宋諸公，無不傳其衣缽，固未

〔註158〕〔清〕周濟：《宋四家詞選・序》，收錄於程千帆主編：《清人選評詞
　　　　集三種》，頁 209。
〔註159〕孫克強：《清代詞學》，頁 258～263。

可同年而語也。」〔註160〕辛棄疾因有轍可循，在南宋之影響，比起蘇
軾更廣大。而「沉著痛快」之特色，更孕育出姜夔詞風。周濟早於《介
存齋論詞雜著》即言：

> 吾十年來服膺白石，而以辛棄疾為外道，由今思之，可謂瞽
> 人捫籥也。辛棄疾鬱勃，故情深；白石放曠，故情淺；辛棄
> 疾縱橫，故才大，白石局促，故才小。惟〈暗香〉、〈疏影〉
> 二詞，寄意題外，包蘊無窮，可與辛棄疾伯仲；余俱據事直
> 書，不過手意近辣耳。白石詞如明七子詩，看是高格響調，
> 不耐人細思。白石以詩法入詞，門徑淺狹，如孫過庭書，但
> 便後人模仿。〔註161〕

原本服膺姜夔之周濟，領悟辛棄疾鬱勃縱橫，姜夔放曠局促，是因情
感與才情之不同，姜夔因情淺，生性狷介，但求清疏之高格，不能醞
釀內在情意，故放曠，姜夔以詩為詞之手法局促淺狹，故才小〔註162〕；
辛棄疾生性狂放，情感鬱勃深厚，故情深，且以詞為文灑脫自然，故
才大。周濟在《宋四家詞選·序》更言：

> 白石脫胎辛棄疾，變雄健為清剛，變馳驟為疏宕。蓋二公
> 皆極熱中，故氣味吻合。辛寬姜窄，寬，故容穢；窄，故斗
> 硬。〔註163〕

認為辛棄疾為雄健、馳驟詞風，姜夔是清剛、疏宕之特色，姜夔乃脫
胎於辛棄疾，由辛棄疾寬容並匯之雄健馳驟大水中，汲取出一條清剛
疏宕之流，因此姜夔比起辛棄疾，情意氣質要為窄硬。周濟於論詞風
之流變，將辛棄疾置於姜夔之前，辛棄疾之重要性也就浮昇於主流之
中，而姜夔因此被擯斥在主流之下。

〔註160〕　〔清〕周濟：《宋四家詞選·序》，收錄於程千帆主編：《清人選評詞
　　　　　集三種》，頁205。

〔註161〕　〔清〕周濟：《周氏止庵介存齋論詞雜著》，收錄於程千帆主編：《清
　　　　　人選評詞集三種》，頁196。

〔註162〕　參考劉少雄：〈重探清空筆調下的白石詞情〉，《彰化師大國文學誌》
　　　　　第12期，頁181。

〔註163〕　〔清〕周濟：《宋四家詞選·序》，收錄於程千帆主編：《清人選評詞
　　　　　集三種》，頁206。

周濟轉而以姜夔為外道，其中之因為浙西詞派獨尊姜、張之狹窄路子〔註 164〕，末流弊端滯塞了詞學經絡，周濟乃思反撥。周濟在《介存齋論詞雜著》中即說：「近人頗知北宋之妙，然終不免有姜、張橫亘胸中。豈知姜、張在南宋，亦非巨擘乎？」〔註 165〕大膽批判姜夔、張炎在南宋並非巨擘，然近人卻只知姜、張。《宋四家詞筏序》更指出：

> 近世之為詞者，莫不低首姜、張，以溫、韋為緝撮，巾幗秦、賀，箏琶柳、周，傖楚蘇、辛。一若文人學士清雅閑放之制作，惟南宋為正宗，南宋諸公又惟姜、張為山斗。嗚乎，何其陋也！詞本近矣，又域其至近者可乎？宜其千軀同面，千面同聲，若雞之喌喌，雀之足足，一耳無餘也。〔註 166〕

認為詞壇之「陋」，乃因浙西詞派，獨以標舉以姜、張為泰斗，造成「千軀同面，千面同聲」之弊端，詞作因此流入平庸。

周濟對浙西詞派之姜夔、張炎頗多批評，其《介存齋論詞雜著》即言：

> 白石詞如明七子詩，看似高格響調，不耐人細思。白石以詩法入詞，門徑淺狹，如孫過庭書，但便後人模仿。白石好為小序，序即是詞，詞仍是序，反復再觀，如同嚼蠟矣。詞序，序作詞緣起，以此意詞中未備也。今人論院本，尚知曲白相生，不許復沓，而獨津津於白石詞序，一何可笑。〔註 167〕

於此批評姜夔詞不耐人細思、以詩法入詞之淺狹，詞序與詞重複。於《宋四家詞選‧序》又說：

> 白石號為宗工，然亦有俗濫處（〈揚州慢〉：「淮左名都，竹

〔註 164〕黃志浩：《常州詞派研究》（北京：中國社會科學出版社，2008 年），頁 236。

〔註 165〕〔清〕周濟：《周氏止庵介存齋論詞雜著》，收錄於程千帆主編：《清人選評詞集三種》，頁 192。

〔註 166〕《常州先哲遺書補編‧止庵文》，轉引自孫克強：《清代詞學》，頁 264。

〔註 167〕〔清〕周濟：《周氏止庵介存齋論詞雜著》，收錄於程千帆主編：《清人選評詞集三種》，頁 196。

西佳處」）、寒酸處（〈法曲獻仙音〉：「象筆鸞箋，甚而今、
不道秀句」）、補湊處（〈齊天樂〉：「邠詩漫與，笑籬落呼
燈，世間兒女」）、敷衍處（〈淒涼犯〉：「追念西湖」上半
闋）、支處（〈湘月〉：「舊家樂事誰省」）、複處（〈一萼紅〉：
「翠藤共閑穿徑竹」，「記曾共西樓雅集」），不可不知。白
石小序甚可觀，苦與詞複。若序其緣起，不犯詞境，斯為兩
美已。〔註168〕

周濟特別把姜夔詞之俗濫、寒酸、補湊、敷衍、支處、複處等缺點列
出，且再一次批評詞序與詞作重複。強調雖然姜夔號為宗工，卻也有
其缺點處，讀者不可不知。又說：「雅俗有辨，生死有辨，真偽有辨，
真偽尤難辨。辛棄疾（辛棄疾）豪邁是真，竹山（蔣捷）便偽。碧山
（王沂孫）恬退是真，姜、張（姜夔、張炎）皆偽。味在酸鹹之外，
未易為淺嘗人道也。」〔註169〕這裡稱讚王沂孫恬退為真，相對而言，
姜夔、張炎之清空騷雅則為偽。也批評張炎：「玉田才本不高，專持
磨礱雕琢，裝頭裝腳，處處妥當，後人翕然宗之，然如〈南浦〉之賦
春水，〈疏影〉之賦梅影，逐韻湊戍，毫無脈絡，而戶誦不已，真耳食
也。其他宅句安章，偶出風致，乍見可喜，深味索然者，悉從沙汰。
筆以行意也，不行須換筆；換筆不行，便須換意。玉田唯換筆不換
意。」〔註170〕認為張炎雕琢假裝，換筆不換意，深味索然，然後人卻
翕然宗之。

　　周濟「糾彈姜、張」之後，因此提出了新詞統主張，標舉南北宋
四家詞人，而且有一定學詞步驟，據《宋四家詞選・序論》云：「清
真，集大成者也。辛棄疾斂雄心，抗高調，變溫婉，成悲涼。碧山餍
心切理，言近旨遠，聲容調度，一一可循。夢窗奇想壯采，騰天潛淵，

〔註168〕　〔清〕周濟：《宋四家詞選・序》，收錄於程千帆主編：《清人選評詞
　　　　　集三種》，頁206。

〔註169〕　〔清〕周濟：《宋四家詞選・序》，收錄於程千帆主編：《清人選評詞
　　　　　集三種》，頁207。

〔註170〕　〔清〕周濟：《宋四家詞選・序》，收錄於程千帆主編：《清人選評詞
　　　　　集三種》，頁206、207。

返南宋之清泚，為北宋之禰摯。是為四家，領袖一代。……問途碧山，歷夢窗、辛棄疾，以還清真之渾化。」〔註171〕周濟根據這四家特色，排定學詞進程，「學者務逆而溯之。先之碧山駸切事物，言今指遠，聲容調度，一一可循。學者所由成章也。繼之以夢窗，奇思壯采，騰天潛淵，使夫柔情僬志皆有瑰偉卓犖之觀，斯斐然矣。進之以辛棄疾，感慨時事，繫懷君國，而後體尊。要之以清真，圭方璧圓，琢磨謝巧，夜光照乘，前後舉澈，能事畢矣。」〔註172〕要讓讀者了解由南宋王沂孫入手，經歷吳文英之奇思壯采、辛棄疾之感慨時事，再達北宋周邦彥之渾化境界，將南北四詞人之特色，配合學詞步驟，一步步循序導入詞學菁華境地，而不再一以姜、張為宗，開拓了學詞視野。

周濟把姜夔歸屬於同辛棄疾一類，所選十一首姜詞，除了〈暗香〉、〈抒影〉，他認為「寄寓題外、包蘊無窮」〔註173〕外，還有〈一萼紅〉（古城陰）：「南去北來何事，蕩湘雲楚水，目極傷心」、〈長亭怨慢〉（漸吹盡）：「日暮。望高城不見，只見亂山無數」、〈淡黃柳〉（空城曉角）：「空城曉角，吹入垂楊陌。馬上單衣寒惻惻」、〈悽涼犯〉（綠楊巷陌）：「綠楊巷陌，西風起、邊城一片離索。」等等，也是一類具有寄託家國情思之作品。

四、《宋七家詞選》：姜夔為詞中之聖

《宋七家詞選》七卷，清·戈載輯。戈載（1786～1856），字弢甫，號順卿，又號弢翁，吳縣（今江蘇蘇州）人，為「吳中七子」之一。戈氏精音律，著有《詞林正韻》。

《宋七家詞選》是書前有光緒丁丑杜文瀾序曰：「戈氏此選為善

〔註171〕〔清〕周濟：《宋四家詞選·序論》，收錄於程千帆主編：《清人選評詞集三種》，頁205。

〔註172〕〔清〕周濟：《宋四家詞筊》《常州先哲遺書·止庵文》轉引自孫克強：《清代詞學》，頁264。

〔註173〕〔清〕周濟：《周氏止庵介存齋論詞雜著》，收錄於程千帆主編：《清人選評詞集三種》，頁196。

本，道光十七年刊於袁公路浦，其版以燬劫火中，今為重刻敘次字句，悉仍其舊。」〔註174〕是書乃成於道光十七年（1837），後火劫燬版，光緒十一年（1885）有杜文瀾重刻校注。選域範圍只有宋代，為斷代詞選。

《宋七家詞選》所選為宋詞中律韻工精者，只選七位，人各一卷，依次為：卷一北宋周邦彥 59 首，卷二南宋史達祖 42 首，卷三姜夔詞 53 首，卷四吳文英詞 115 首，卷五周密詞 69 首，卷六王沂孫 41 首，卷七張炎 101 首，凡 480 首。卷末系以專論，探究各家詞風特徵、淵源師法等。除周邦彥為北宋詞人外，其他六家都是南宋詞人，且所選詞數以吳文英最多，張炎次之，周密再次之，周邦彥第四名，姜夔屬第五名。而所選吳文英詞最多，因戈載「有志未逮，而極愛其詞，故所選較多。」〔註175〕與周濟《宋四家詞選》一樣，為反對浙派宗法姜、張，把吳文英提出列為四家領袖之一，以夢窗詞之質實密麗之詞風，救治浙派末流清空、滑易之弊風。然而之前常州詞派張惠言《詞選》未錄吳文英一首，至董毅《續詞選》亦只取二首，戈載所選已不完全追隨張惠言《詞選》，沙先一更認為《宋七家詞選》乃離合于浙、常二派之間了〔註176〕。

戈載所見姜夔詞，有 84 首之多，戈載云：「白石道人趙鞠坡原跋云：嘉泰壬戌刻於雲間之東巖，自隨珍藏者五十載，聲文之美概具此編，是當時已有刊本，後不知何以遺失，惟陶九成手鈔六卷錄於至正十年正月，又校於十一年四月，共有詞八十四首，較之花庵所謂選錄無遺者，多至三倍，向但見載於貴與馬氏，今乾隆間為樓廉使敬思所得，完好無恙，殆有神物護持之與。」〔註177〕戈載所錄姜詞乃據乾隆

〔註174〕〔清〕杜文瀾：《宋七家詞選目錄》，收錄在〔清〕戈載：《宋七家詞選》書前。
〔註175〕〔清〕戈載：《宋七家詞選》卷 4，頁 38。
〔註176〕沙先一：〈離合于浙常二派之間──《宋七家詞選》與吳中詞論〉，《中國韻文學刊》（2002 年第 2 期），頁 104。
〔註177〕〔清〕戈載：《宋七家詞選》卷 3，頁 20。

樓敬思版本，比起宋代、明代、清初流傳之《花庵詞選》中 34 首姜詞，《詞綜》選姜詞 23 首，《御選歷代詩餘》選 35 首，《宋七家詞選》所選姜詞 53 首最為多関。光緒十一年（1885）杜文瀾於《宋七家詞選·目錄》中載：「姜夔字堯章，鄱陽人，流寓吳興，自號白石道人，嘗進樂書免解不第而卒，有白石詞五卷。」〔註178〕此乃注明所見姜夔詞有五卷。

　　《宋七家詞選》之編選原因，係為改善朱彝尊《詞綜》、萬樹《詞律》之缺失，擇詞工緻，又聲韻嚴謹者錄之。是書前有道光十六年（1836）仲冬王敬之《宋七家詞選·序》曰：

> 朱氏《詞綜》意取美備，不暇疚聲韻之參差，萬氏《詞律》意取謹嚴，不能擇辭旨之工緻，學者或取前人之誤筆以自文……以此希望雅音，豈可得哉！……今所選七家詞，蓋雅音之極則也，律不乖迕，韻不龐雜，句擇精工，篇取完善。〔註179〕

所選七家詞為雅音之極則，且音律嚴謹，不似《詞綜》之音韻參差，亦不似《詞律》之辭旨不工緻，光緒十一年（1885）金吳瀾、臚青甫〈杜小舫方伯校注戈選宋七家詞序〉亦云：「世之工倚聲者，輒謂南宋人之詞筆情跌宕，不如北宋之渾雅，而學其渾雅而不可得，遂復趨於纖屑淫曼一派，專於字句間揣聲設色，求其如南宋人之跌宕，而亦并不能雅音，遂由是衰已。我朝名家操選政者如竹垞之《詞綜》可稱美備而略於聲韻，紅友守律太嚴而詞旨又失之不暢，音與律差池，學者愈不知雅音之所在宜乎……（戈氏詞選）有校正《詞律》之意」〔註180〕萬樹《詞律》守律太嚴，詞旨失之不暢，故戈載此選乃多有校正《詞律》之處。光緒丁丑（1877 年）杜文瀾也說：

〔註178〕〔清〕戈載：《宋七家詞選》（臺北：河洛圖書出版社，1978 年，曼陀羅華閣重刊，光緒巳酉嘉興金吳瀾題畫面）書前。

〔註179〕〔清〕戈載：《宋七家詞選》書前。

〔註180〕金吳瀾、臚青甫：〈杜小舫方伯校注戈選宋七家詞序〉，收錄在〔清〕戈載：《宋七家詞選》書前。

宋詞選本極多清空稜摯，各取雅音而求其律細韻嚴，則惟
戈氏此選為善本。〔註181〕

戈載《宋七家詞選》乃雅音之集，又律細韻嚴之善本。晚清詞壇的兩
個最主要特色：一是詞格頗高，即托體尊；二是詞法頗嚴，即審律
嚴。戈載所錄七家詞，無論是從立意求詞格之高，還是從審律求詞法
之嚴，都受到光、宣諸老的認可。如徐珂（1869〜1928）亦襃揚戈載：
「實為聲律諍臣，不可就便安而偭越也。」〔註182〕陳匡石（1884〜
1959）稱戈選所錄七家，就雅正標準而論：「允稱無憾」〔註183〕。民
國時期，朱祖謀、鄭文焯、況周頤等寓居吳下，各以倚聲之學，參究
源流，比堪音律，切磋琢磨，推動了晚清民國詞學研究的繁盛，與
《宋七家詞選》在光、宣時期廣泛傳播有因果關係。〔註184〕

至於為何選此七人，戈載《宋七家詞選・題辭》曰：

詞學至宋盛矣，然純駁不一，優劣迥殊，欲求正軌以合雅
音，惟周清真、史梅谿、姜白石、吳夢窗、周草窗、王碧山、
張玉田七人允無遺憾，暇日擇其句意全美、律韻兼精者各為
一卷，名曰七家詞選。〔註185〕

是知所選七家，乃戈載所認定句意全美、律韻兼精，以合雅音者。而
戈載所排列諸家詞人，實有其脈絡。戈載認為周邦彥為「詞家正宗」，
他說「清真之詞，其意澹遠，其氣渾厚，其音節又復清妍和雅，最為
詞家之正宗，所選更極精粹無憾，故列為七家之首」〔註186〕；卷二之
史達祖乃周邦彥附庸，他說：「周清真善運化唐人詩句，最為詞中神

〔註181〕〔清〕杜文瀾：《宋七家詞選目錄》，收錄在〔清〕戈載：《宋七家詞
　　　　選》書前。

〔註182〕徐珂：《清代詞學概論》（上海：大東書局，1926 年），頁 75。

〔註183〕陳匡石著、鍾振振校點：《聲執》，收錄在《宋詞舉》（南京：江蘇古
　　　　籍出版社，2002 年），頁 203。

〔註184〕劉興暉：〈《宋七家詞選》與光宣詞壇〉，《貴州教育學院學報》（社會
　　　　科學）（2009 年 5 月）第 25 卷第 5 期，頁 58〜61。

〔註185〕〔清〕戈載：《宋七家詞選》（臺北：河洛圖書出版社，1978 年，曼
　　　　陀羅華閣重刊，光緒己酉嘉興金吳瀾題面）書前。

〔註186〕〔清〕戈載：《宋七家詞選》卷 1，頁 22。

妙之境，而梅谿亦擅其筆意，更為相近，予嘗謂梅谿乃清真之附庸」
〔註187〕，故排名於姜夔前。對於排名卷三之姜夔，戈載云：

> 白石之詞清氣盤空，如野雲孤飛去留無迹，其高遠峭拔之
> 致，前無古人後無來者，真詞中之聖也。〔註188〕

戈載稱讚姜夔詞「清氣盤空」，為詞中之聖。至於卷四之吳文英詞，戈
載評曰：「以綿麗為尚，運意深遠，用筆幽邃，鍊字鍊句迥不猶人貌，
觀之雕繢滿眼，而實有靈氣行乎其間，細心吟繹覺味美於回，引人入
勝，既不病其晦澀，亦不見其堆垛，此與清真、梅谿、白石竝為詞學
之正宗一脈真傳，特稍變其面目耳。」〔註189〕在此亦提出姜夔與周邦
彥、史達祖並為詞家正宗一脈。排列在吳文英之後之周密，戈載評
曰：「其詞盡洗靡曼，獨標清麗，有韶倩之色，有縣渺之思，與夢窗旨
趣相侔，二窗竝稱允矣無忝，其於律亦極嚴謹。」〔註190〕以為周密與
吳文英二窗並稱。至於評卷六王沂孫，則曰：「予嘗謂白石之詞空前
絕後，匪特無可比肩，抑且無從入手，而能學之者，則為中仙，其詞
運意高遠，吐韻妍和，其氣清，故無沾滯之音，其筆超，故有宕往之
趣，是真白石之入室弟子也。」〔註191〕認為姜詞難以入手，只有王沂
孫能學之，故排列在後。評卷七張炎則曰：「填詞者必由此入手，方為
雅音。……玉田易學而實難學，玉田空靈而筆不轉深，則其意淺，非
入于滑，即入于虆矣。玉田以婉麗為宗，但學其婉麗而句不鍊精，則
其音卑，非近于弱，即近于靡矣。故善學之則得門而入，升其堂造其
室，即可與清真、白石、夢窗諸公互相鼓吹。」〔註192〕以為填詞者由
張炎入手，學其善者，則可與詞家正宗，如周邦彥、姜夔、吳文英諸
公相鼓吹，故列為最後。

〔註187〕〔清〕戈載：《宋七家詞選》卷1，頁22。
〔註188〕〔清〕戈載：《宋七家詞選》卷3，頁20。
〔註189〕〔清〕戈載：《宋七家詞選》卷4，頁38。
〔註190〕〔清〕戈載：《宋七家詞選》卷5，頁25。
〔註191〕〔清〕戈載：《宋七家詞選》卷6，頁15～16。
〔註192〕〔清〕戈載：《宋七家詞選》卷7，頁37。

　　戈載見姜夔詞集中有注明宮調，且有旁譜，又閱張炎《詞源》、沈括《夢谿筆談》,《朱子大全集》，有宋樂俗譜條，乃相互考訂，得其旨要，而對姜夔之譜有所悟焉。〔註 193〕因此戈載對《詞律》有所校正，如：「〈惜紅衣〉即無射宮，故亦用下几而末兼五字，則又寄煞也，由此而知〈惜紅衣〉於力字起韻注下几五換頭，於籍字始注下几五方為起韻，陌字竝非起韻，萬氏《詞律》注叶誤。《詞律》之誤，又有〈悽涼犯〉……。」〔註 194〕又如「〈湘月〉題曰〈念奴嬌〉鬲指聲，……其律異，其音亦隨之而異，萬氏併之為一調，豈不謬哉。」〔註 195〕等，戈載於《宋七家詞選》中，相較於其他六家，對於姜詞之詞譜格律，多所注意而有所訂正。

五、《天籟軒詞選》：自《宋六十名家詞》刪取姜夔詞

　　《天籟軒詞選》六卷，清・葉申薌（1780～1842）輯，詞選附錄於《天籟軒詞譜》、《天籟軒詞韻》之後。葉申薌，字維彧，一字萁園，號小庚，閩縣（今福建福州人）。據《天籟軒詞選・自序》云：「僕少好倚聲，老而彌篤，近年以來，手輯詞譜、詞韻、閩詞鈔、本事詞諸種，守洛後郡齋多暇，輒取汲古閣所刊宋名家詞，刪其繁複，訂其錯訛，悉依原書次序，釐為四卷，但原書各家先後不倫，想因隨時得書發刊所致，匪惟南北宋時代參差，如葛常之子列父先，無是理也。此外更將家藏各詞集，以元為斷，復成二卷，約九十家，題曰天籟軒詞選，倘有續得名作，意欲補足百家，故又名為百家詞云爾。已亥嘉平醉司命曰瀛壖詞叟識。」〔註 196〕《天籟軒詞譜》編成於道光十一年（1831）〔註 197〕，《天籟軒詞選》則編成於道光已亥十九年（1839）。

〔註 193〕　〔清〕戈載：《宋七家詞選》卷 3，頁 20。
〔註 194〕　〔清〕戈載：《宋七家詞選》卷 3，頁 22。
〔註 195〕　〔清〕戈載：《宋七家詞選》卷 3，頁 23。
〔註 196〕　〔清〕葉申薌：《天籟軒詞選》（清道光間刊本，臺北：國家圖書館藏）卷 6 後，頁 60。
〔註 197〕　〔清〕葉申薌：《天籟軒詞譜》卷 5，補遺。

《天籟軒詞選》前四卷，大致依毛晉《宋六十名家詞》次序。葉申薌稱毛晉《宋六十名家詞》「如葛常之子列父先，無是理也」，是說葛立方之《歸愚詞》，列於其父葛勝仲《丹陽詞》之前，次序無理，然《天籟軒詞選》中亦依原書排列。惟於卷二中，蔣捷與毛幷之次序，不同《宋六十名家詞》將毛幷、蔣捷放在一起，葉氏將蔣捷放在葉夢得後，毛幷放在趙師俠後。且《天籟軒詞選》卷一至卷四收 59 家詞人，然卷四目錄末卻寫「右汲古閣原本共五十八家」〔註198〕，缺少《宋六十名家詞》所收六十一家詞人中最後兩家：晁補之、盧炳，《天籟軒詞選》卷五、卷六乃是據家藏詞集所編錄成，詞選範圍為北宋至元，順序乃依據詞人排列，選 32 家詞人，未與前四卷重複。幸好卷五又收有晁補之詞，但缺少盧炳。《天籟軒詞選》卷二收有「楊炎」之作，應是《西樵語業》作者「楊炎正」之誤。

　　《天籟軒詞選》共選 91 家詞人，1411 首。以下為《天籟軒詞選》收錄 20 闋以上（含姜夔）詞數統計，以見其選錄重心（詞人依時代歸類，並按詞數多寡排列）：

時　　代	詞　　人	詞　　數	統　　計
北宋	晏幾道	41	181
	陸游	35	
	蘇軾	30	
	歐陽脩	29	
	周邦彥	24	
	賀鑄	22	
南宋	辛棄疾	82	511
	周紫芝	39	
	蔡伸	37	
	周密	37	
	張炎	32	

〔註198〕〔清〕葉申薌：《天籟軒詞譜》卷 4，頁 2。

	向子諲	31	
	高觀國	30	
	黃機	29	
	吳文英	28	
	趙長卿	23	
	劉克莊	22	
	王沂孫	22	
	張元幹	21	
	史達祖	21	
	張孝祥	20	
	趙師俠	20	
	姜夔	**17**	
元	張翥	38	38

據表列可知《天籟軒詞選》收錄 20 闋以上之詞家，以南宋詞為多。
所選以辛棄疾最多，收有 82 首；晏幾道 41 首，居第二名；周紫芝 39
首，居第三名；蔡伸、周密各 37 首屬第四名。《天籟軒詞選》不同於
浙西與常州詞派，推崇姜夔或北宋詞，反而標舉南宋辛棄疾。除了對
婉約派晏幾道、周邦彥之關注外，更關注到周紫芝、蔡伸、向子諲、
高觀國、張翥等詞人，這些詞人在詞選上，少有選操政者給予高度關
注，葉申薌反其道而行之，給予高度的肯定。近現代詞學家王易就
說：「《天籟軒詞選》六卷，選古今人詞，意在調停于柳、周、蘇、辛
之間，尚近雅正，校誤亦細。」〔註 199〕說明葉申薌調和不同詞學風
格，凸顯以相容並蓄之心對待兩宋詞人詞作之選本特色〔註 200〕。

　　以下為《天籟軒詞選》卷五、卷六收錄詞數在 15 闋之詞家（次
序依據數量多寡排列），以見其續補用力之處：

〔註 199〕王易：《詞曲史》（南京：江蘇教育出版社，2005 年），頁 277。
〔註 200〕袁志成、唐朝暉：〈選詞範式的建構：蘇辛與周柳並舉──以《天籟
　　　　軒詞選》選詞為例〉，《重慶三峽學院學報》（2009 年第 5 期）第 25
　　　　卷（120 期），頁 61。

《天籟軒詞選》	
詞　人	詞　數
張翥	38
周密	37
張炎	32
賀鑄	22
王沂孫	22
張先	18
晁補之	18
范成大	18
舒亶	17
陳克	15

　　《天籟軒詞選》第五、六卷中，元代張翥（38首）以及南宋周密（37首）、張炎（32首）之詞居第一、二、三名，正是《宋六十名家詞》中所較少注意之詞人之處，有續補名家名作之用意，誠如其詞序所言：「倘有續得名作，意欲補足百家，故又名為百家詞云爾。」是知欲達成百家名作之集，乃是此詞選最初張羅之意。

　　姜夔收錄於卷二，有17首詞，皆見於《宋六十名家詞》所收34首姜詞中。姜夔在《天籟軒詞選》中，所收作品數量排名在20名以外，反而對南宋周密、張炎、吳文英等人之詞作，收錄較多。

　　至於《天籟軒詞譜》與《天籟軒詞選》之關係，道光十一年（1831）葉申薌所編成之《天籟軒詞譜》，多依據萬樹《詞律》及《欽定詞譜》〔註201〕，收有姜詞22闋，道光十九（1839）年之《天籟軒詞選》17首與《天籟軒詞譜》22首姜詞中，共有13闋重複，《天籟軒詞選》所選姜詞類似於《天籟軒詞譜》。

〔註201〕　《欽定詞譜》雖然也收姜詞34闋，可是與同樣收34闋姜詞之《宋六十名家詞》並不太相同，《欽定詞譜》比《宋六十名家詞》多了7闋新見之姜詞。

六、《蓼園詞選》：未錄姜夔詞

　　《蓼園詞選》是乾嘉時期粵西詞學家黃蘇編選之詞選，黃蘇原名道溥，號蓼園，臨桂（今廣西桂林）人，乾隆五十四年舉人，曾官知縣。《蓼園詞選》為桂林黃氏家塾讀本，初刻於道光年間。〔註202〕

　　《蓼園詞選》共選唐、宋人詞88家，計213首。詞後附以小箋，以引掖初學。《蓼園詞選》出現後沉寂了將近一個世紀，後因臨桂詞派主將況周頤推許，才引起後人關注〔註203〕。張學軍說：「粵西臨桂詞派在晚清崛起，與其理論倡導所奠定的基礎與理論導向是分不開的。」〔註204〕書前有晚清詞人況周頤序，況周頤《蓼園詞選・序》曰：「《蓼園詞選》者，取材於《草堂》，而汰其近俳近俚者也。」〔註205〕且《蓼園詞選》中箋評多引用沈際飛評《草堂詩餘正集》，可知《蓼園詞選》取材於明・顧從敬選、沈際飛評《草堂詩餘正集》，因《草堂詩餘正集》並未選錄姜夔、吳文英、王沂孫、張炎諸家詞，故《蓼園詞選》亦未選錄姜詞。

　　黃蘇《蓼園詞選》主張詞貴有性情、襟抱。況周頤《蓼園詞選・序》曰：「近人操觚為詞，輒曰：吾學五代，學北宋，學南宋。近數十年，學清真、夢窗者尤多。以是自刻繩、自表襮，認筌執象，非知人之言也。……庶幾神明與古人通，悉必迹象與古人合？矧乎於眾迹古人中，而斷斷蘄合一古人也！」〔註206〕當時浙西詞派學周邦彥、吳文英者眾多，且以步趨一人自滿，因此提出應由群賢菁華入門。又曰：「晚近輕佻纖

〔註202〕尹志騰：〈《蓼園詞選》作者的身世及其佚詩〉，收錄於程千帆主編：《清人選評詞集三種》（濟南：齊魯書社，1988年）附錄一，頁321。

〔註203〕李惠玲：〈《蓼園詞選》的批評特色與意義〉，《梧州學院學報》第18卷第5期（2008年10月），頁53。

〔註204〕張學軍：〈一部自成格調的詞選——淺談粵西詞學家黃蘇及其《蓼園詞選》〉，《古典文學新探》（2008年）第10期，頁141。

〔註205〕〔清〕況周頤：《蓼園詞選・序》，收錄於程千帆主編：《清人選評詞集三種》（濟南：齊魯書社，1988年9月），頁3～4。

〔註206〕〔清〕況周頤：《蓼園詞選・序》，收錄於程千帆主編：《清人選評詞集三種》，頁3。

巧，餖飣敖囂諸失，皆門徑之誤中也。」〔註207〕當時詞風有輕佻纖巧，餖飣敖囂之失，是入門錯誤，況周頤以為博覽群賢之作後，應「舍步趨古人，未由辨識門徑，摘群賢之菁華，詔來學以津逮。」〔註208〕追求詞「有性情、有襟抱」〔註209〕，方能「詣精造微」〔註210〕。

《蓼園詞選》以《草堂詩餘》為底本，是認為《草堂詩餘》可作為入門之徑。《蓼園詞選·序》曰：「綜觀宋以前諸選本，……唯《草堂詩餘》、《樂府雅詞》、《陽春白雪》較為醇雅。以格調氣息言，似乎《草堂》尤勝。中間十之一二近俳近俚，為大醇之小疵。自餘名章俊語，撰錄精審，輕雅朗潤，最便初學。學之雖不能至，即亦絕無流弊。於性情、於襟抱，不無裨益，不失其為取法乎上也。」〔註211〕《草堂詩餘》精選名章俊語，輕雅朗潤，最益初學。《蓼園詞選》更淘汰《草堂詩餘》近俳近俚之詞者，只存群賢精華，使「前人名句、意境絕佳者，皆載在是編也。」〔註212〕其實這與清詞推尊醇雅，反撥明詞俚俗，救弊補偏之宗旨是一致的。

但以《草堂詩餘》為選本基礎，與浙常兩派不同，自成一格，則表現了黃蘇之獨到見解，突破了浙派與常州派之藩籬，扭轉了清初推崇《詞綜》之流風遺韻，以及當時詞壇否定《草堂詩餘》以致矯往過正之現象。不過卻也致使《蓼園詞選》不受歡迎，張宏生認為「由於受到批判《草堂詩餘》的傳統思維定勢之影響，黃蘇《蓼園詞選》儘

〔註207〕〔清〕況周頤：《蓼園詞選·序》，收錄於程千帆主編：《清人選評詞集三種》，頁3。

〔註208〕〔清〕況周頤：《蓼園詞選·序》，收錄於程千帆主編：《清人選評詞集三種》，頁3。

〔註209〕〔清〕況周頤：《蓼園詞選·序》，收錄於程千帆主編：《清人選評詞集三種》，頁3。

〔註210〕〔清〕況周頤：《蓼園詞選·序》，收錄於程千帆主編：《清人選評詞集三種》，頁3。

〔註211〕〔清〕況周頤：《蓼園詞選·序》，收錄於程千帆主編：《清人選評詞集三種》，頁3。

〔註212〕〔清〕況周頤：《蓼園詞選·序》，收錄於程千帆主編：《清人選評詞集三種》，頁4。

管對於歷代詞家作了適合當時歷史條件的闡發，仍不免受到忽視。」
〔註213〕與眾不同之見解，又無人響應，不免阻礙了《蓼園詞選》之傳
播。茲將《蓼園詞選》中，選詞在 5 闋以上之詞家，表列如次（詞人
以時代歸類，並按詞數之多寡排列），以析其選詞趨向：

時　　代	詞　　人	詞　　數	總　　計
北宋	周邦彥	23	78
	蘇軾	18	
	秦觀	17	
	歐陽脩	9	
	張先	6	
	柳永	5	
南宋	辛棄疾	7	12
	賀鑄	5	

由表列可知，《蓼園詞選》選詞在 5 闋以上之主力詞家，就如《草堂
詩餘》一樣偏重北宋，所選以周邦彥詞最多，而蘇、辛詞之數量亦
不少。

　　《蓼園詞選》之擇詞標準在於「有襟抱、有性情」之詞，提倡比
興寄託，強調「思深而托興遠」，觀其評語可強烈感受此原則，「在所
選的 213 首詞中，黃氏明言有比興寄託的達 90 多處。」〔註214〕例如
評李白〈憶秦娥〉（簫聲咽）曰：「此乃太白於君臣之際，難以顯言，
因托興以抒幽思耳。……嘆古道之不復，或亦為天寶之亂而言乎？然
思深而托興遠矣！」〔註215〕又如評蘇軾〈念奴嬌〉（大江東去）：「題
是『懷古』，意是為自己消磨壯心殆盡也。……總而言之，題是『赤

〔註213〕張宏生：〈《詞選》和《蓼園詞選》的性質、顯晦及其相關諸問題〉，《南
　　　　京大學學報（哲學、人文、社會科學）》，1995 年第 1 期，頁 83。
〔註214〕李惠玲：〈《蓼園詞選》的批評特色與意義〉，《梧州學院學報》第 18 卷
　　　　第 5 期（2008 年 10 月），頁 55。
〔註215〕〔清〕黃蘇選評、尹志騰校點：《蓼園詞選》，收錄於程千帆主編：《清
　　　　人選評詞集三種》，頁 22。

壁』，心實為己而發。」〔註216〕評曾純甫〈阮郎歸〉（初夏）：「末兩句大有寄託，忠愛之心，婉然可想。」〔註217〕《蓼園詞選》推重比興寄託，鼓吹雅詞，引進風騷觀念，顯示出詞學發展之新風貌。這是適應乾嘉之際歷史轉變的需要，與黃蘇同時代之常州詞派創始人張惠言〔註218〕，同樣生活於乾嘉年間，也提倡比興寄託。

黃蘇雖不屬常州詞派，在編選時也並未見過《詞選》〔註219〕，但其詞學觀卻與常州詞派異喉同音。乾嘉時期是清朝由盛轉衰之歷史轉折期，各種社會危機日益浮現，吏治敗壞，文化專制嚴厲，雍正、乾隆朝所實施之文化高壓政策，文人心有餘悸，使詞人不得不思索更為恰當之方式，寄託怨悱幽約之情。〔註220〕且嘉、道以後，外患頻至，「兩粵地處邊陲，廣西又是太平天國起義的發祥地，民族矛盾和階級矛盾都十分尖銳，黃蘇如此憂心忡忡，是並不足怪的。」〔註221〕以比興寄託論詞之方式，乃與當時局勢有相當關係。

總言之，《蓼園詞選》是以汰選《草堂詩餘》之俗俚詞，為選本之基礎，姜夔詞當然也就不在其內了。

七、小結

以下為清中期詞選收錄姜詞概況：

〔註216〕〔清〕黃蘇選評、尹志騰校點：《蓼園詞選》，收錄於程千帆主編：《清人選評詞集三種》，頁101。

〔註217〕〔清〕黃蘇選評、尹志騰校點：《蓼園詞選》，收錄於程千帆主編：《清人選評詞集三種》，頁27。

〔註218〕黃蘇與張惠言是同時代人，生活在乾嘉年間。考證見張宏生：〈《詞選》和《蓼園詞選》的性質、顯晦及其相關諸問題〉，《南京大學學報（哲學、人文、社會科學）》，1995年第1期，頁77。以及尹志騰：〈《蓼園詞選》作者的身世及其佚詩〉，收錄於程千帆主編：《清人選評詞集三種》附錄一，頁321。

〔註219〕朱德慈：《常州詞派通論》（北京：中華書局，2006年），頁193。

〔註220〕李惠玲：〈《蓼園詞選》的批評特色與意義〉，《梧州學院學報》第18卷第5期（2008年10月），頁56。

〔註221〕〔清〕黃蘇選評、尹志騰校點：《蓼園詞選》，收錄於程千帆主編：《清人選評詞集三種》，頁4。

表格 18：清中期詞選收錄姜詞一覽表

成書時間	詞選名稱	作者	派別歸屬	詞選特色	詞選性質	選詞數量	收錄姜詞	名次	關於評論姜詞
嘉慶二年（1797）	詞選	張惠言 張琦	常州詞派	重比興寄託	通代詞選	116	3	13	淵淵乎文有其質
嘉慶十七年（1812）	詞辨	周濟	常州詞派	強調蘊藉深厚	通代詞選	94	3	10	姜夔疏放，醞釀不深
道光十年（1830）	續詞選	董毅	常州詞派	補《詞選》所遺	通代詞選	122	7	3	
道光十二年（1832）	宋四家詞選	周濟	常州詞派	建立王沂孫、吳文英、辛棄疾、周邦彥之新詞統	斷代詞選	239	11	5	退蘇進辛，糾彈姜、張姜夔放曠局促，因情淺才小
道光十七年（1837）	宋七家詞選	戈載		擇詞工緻，又聲韻嚴謹	斷代詞選	480	53	5	姜夔清氣盤空，為詞中之聖
道光十九（1839）	天籟軒詞選	葉申薌		尚近雅正	通代詞選	1411	17	超過20名	
道光年間	蓼園詞選	黃蘇		汰選《草堂詩餘》，擇取「有襟抱、有性情」之詞	通代詞選	213	0	0	

　　乾隆、嘉慶年間，是清王朝由盛轉衰之轉折時期，嘉、道以後內憂外患頻仍，加上清初浙西詞派推崇姜、張之後，出現許多弊端，因此嘉慶年間，不少詞人之詞風，開始改變。如此期最為代表的，是常州詞派張惠言《詞選》。張惠言《詞選》主張詞應含有「意內而言外」之涵義，力主比興寄託手法，如同「詩之比興，變風之義，騷人之歌」，使詞回歸文學「正道」，一掃浙派靡曼之浮音，接風騷之真脈。張惠言極推崇溫庭筠，所選有 18 闋之多，以為其言深美閎約。雖認為姜夔、王沂孫、張炎與秦觀、周邦彥等，文有其質，但所選姜詞，只有 3 闋，佔數量排行第 13 名，所選 3 闋詞除高潔清空之用語外，在涵義上也具有豐富性，如〈揚州慢〉乃具有沉痛之故國之思，〈暗香〉、〈疏影〉乃詠梅又似有所指，符合了張惠言詞所說「言外之意」。

《詞選》於詞選數目排名上，已經把姜詞貶至低數量區，並且提出新擇詞標準，已不提倡「清空」之雅詞了。

同屬常州詞派之《續詞選》因《詞選》只選 116 首詞，以為擇詞太嚴，乃續選《詞選》未選之詞，《續詞選》選錄許多南宋張炎、姜夔詞，所補錄 7 闋詞，佔數量排名第三名。《續詞選》所選姜詞，多以含蓄比興之法，寫憂國哀時之詞，不離《詞選》宗旨。

常州詞派周濟《詞辨》屬於小型詞選，只有 94 首詞，強調「蘊藉深厚」，認為「白石疏放，醞釀不深」，且有如辛棄疾之「清脆」聲與「騷辨」意，故放在與辛氏同樣之「變」詞類中，所選姜詞只有 3 闋，數量少，在數量排名上屬第 10 名。

周濟晚年編斷代詞選《宋四家詞選》擯斥姜詞，重新建立新詞統，標舉周邦彥、辛棄疾、王沂孫、吳文英為兩宋主要詞人，而將另外 47 人附在他們名下，分為四派。在《宋四家詞選》中，姜夔被歸入於辛棄疾類，收錄詞數 11 闋，在數量排名上，雖佔第 5 名，但對姜夔頗多批評。如周濟領悟辛棄疾鬱勃縱橫，姜夔放曠局促，是因姜夔情淺才小，不如辛棄疾情深才大，比起辛棄疾雄健馳驟之奔放，姜夔之清剛疏宕，較為窄硬，故周濟「退蘇進辛，糾彈姜、張」。

清代中期因常州詞派選詞標準，幾乎都把姜夔打至冷宮。從張惠言之「意內而言外」至周濟之「蘊藉深厚」，皆強調詞之思想情感。收錄姜詞數量也不多，姜詞在張惠言《詞選》中佔第 13 名，首先被踢出熱門區，到周濟《詞辨》第 10 名，周濟更批評「白石疏放，醞釀不深」，至《宋四家詞選》中認為「白石放曠局促，情淺才小」，比之辛棄疾更是差遠了。周濟將姜夔歸為詞學之「變」，而非詞學之「正」，目的在破壞姜詞舊盟主地位，重新建立以周邦彥、辛棄疾、王沂孫、吳文英之新詞統。

然而清代中期詞選，除了常州派提出新詞學審美標準，也有從康熙《詞譜》到乾隆《九宮大成曲譜》開始，重視傳承詞之音樂格律之一脈。道光時期有受此影響而產生之詞選，如戈載《宋七家詞選》，就因

姜夔有音樂譜之紀錄，特別重視他。斷代詞選戈載《宋七家詞選》所選七家詞為雅音之極則，皆擇詞工緻，又聲韻嚴謹者，改正《詞綜》音韻參差，《詞律》辭旨不工緻之缺點。只選宋代七位：周邦彥、史達祖、姜夔、吳文英、周密、王沂孫、張炎。戈載所錄姜詞乃據乾隆樓敬思版本，所選姜詞 53 首之多。戈載譽姜夔詞為清氣盤空，為詞中之聖，並提出姜夔與周邦彥、史達祖並為詞家正宗，在七家中地位最高。

　　道光年間，又有根據宋代詞選，加以汰選改正之詞選，頗有調和各派偏頗之意。如：葉申薌《天籟軒詞選》六卷，《天籟軒詞選》前四卷，大致依毛晉《宋六十名家詞》次序。此選意在調停于柳、周、蘇、辛之間，尚雅正，尤標舉南宋辛棄疾；除了對婉約派晏幾道、周邦彥之關注外，更關注到少受人關注之詞人，姜夔收錄於卷二，有 17 首詞，所收作品數量排名在 20 名以外，數量並不多。

　　黃蘇《蓼園詞選》雖成書於道光，然仍沉浸在《草堂詩餘》之詞風中，自成一格。粵西詞學家黃蘇以為《草堂詩餘》精選名章俊語，輕雅朗潤，最益初學，因此淘汰《草堂詩餘》近俳近俚之詞者，只存群賢精華，擇取「有襟抱、有性情」之詞。從明·顧從敬選、沈際飛評《草堂詩餘正集》取材，因《草堂詩餘正集》並未選錄姜夔詞，故《蓼園詞選》亦未選錄姜詞。《蓼園詞選》以《草堂詩餘》為選本基礎，表現了黃蘇之獨到見解，突破了浙派與常州派之藩籬，扭轉了清初推崇《詞綜》之流風遺韻，以及當時詞壇否定《草堂詩餘》以致矯往過正之現象。黃蘇《蓼園詞選》如同常州詞派，提倡比興寄託，適應了乾嘉時期歷史轉變之需要。

第三節　清代末期（1840～1911 年）詞選汰選
　　　　　姜夔詞情形

　　晚清詞選雖然仍秉持著常州詞派某些理念，但已開始反思與彌補常州詞派罅漏之處，如陳廷焯《詞則》、梁令嫻《藝衡館詞選》、朱祖謀《宋詞三百首》皆有常州詞派之理念，卻傾向以執本馭中之態

度，改進常州派理念。

　　另外有依據叢編選錄之馮煦《宋六十一家詞選》，以毛晉《宋六十名家詞》為底本；王闓運《湘綺樓詞選》以刪取宋代《絕妙詞選》、點定清代《詞綜》之後，補缺之詞選，皆試圖以客觀之選取法，建立新詞選。

　　朱祖謀《宋詞三百首》雖然至民國才成書，然朱祖謀為晚清集大成者，故一併列入此期討論。以下為清代末期詞選內容之大概：

表格 19：清代末期詞選內容一覽表

序號	成書時間	詞選名稱	編選者	籍貫	排列方式	選詞數量	詞選規模	詞選性質	選域範圍	姜夔詞數量
1	光緒十三年（1887）	宋六十一家詞選	馮煦	金壇（今江蘇市）	以人為序	1249	大型詞選	斷代詞選	宋	33
2	光緒十六年（1890）	詞則‧大雅集	陳廷焯	丹徒（今江蘇鎮江）	以人為序	571	中型詞選	歷代詞選	唐、五代、宋、金、元、明、清	23
3	光緒十六年（1890）	詞則‧閑情集	陳廷焯	丹徒（今江蘇鎮江）	以人為序	655	中型詞選	歷代詞選	唐、五代、宋、金、元、明、清	3
4	光緒十六年（1890）	詞則‧別調集	陳廷焯	丹徒（今江蘇鎮江）	以人為序	685	中型詞選	歷代詞選	唐、五代、宋、金、元、明、清	3
5	光緒二十三年（1897）	湘綺樓詞選	王闓運	湘潭（今湖南）	以人為序	76	微型詞選	歷代詞選	五代、宋	5
6	光緒三十四年（1908）	藝蘅館詞選	梁令嫻	新會（今廣東）	以人為序	689	中型詞選	歷代詞選	唐、五代、宋、清	16
7	民國十三年（1924）	宋詞三百首	朱祖謀	歸安（今浙江湖州）	以人為序	300	中型詞選	斷代詞選	宋	16

　　清代末期詞選皆以詞人為序，微型詞選有《湘綺樓詞選》、中型詞選有《藝蘅館詞選》，陳廷焯《詞則》合〈大雅集〉、〈閑情集〉、〈別

調集〉、〈放歌集〉四集，為大型詞選，但〈放歌集〉未選姜詞，故此
未列入討論。以下依各詞選成書時間論之。

一、《宋六十一家詞選》：姜詞天籟人力，兩臻絕頂

　　《宋六十一家詞選》十二卷，清・馮煦輯，成肇麐審正。馮煦
（1844～1927）[註222]，字夢華，號蒿庵，金壇（今屬江蘇）人。辛
亥革命後，以遺老寓居上海，著有《蒿庵類稿》三十二卷。

　　是書卷首有光緒十三年丁亥（1887 年）馮氏自序，是書應成於此
時。共選 61 家詞人，凡詞 1249 闋。是書序與例言，介紹編選源起、
宗旨和理論，例言部分後迻錄成《蒿庵論詞》，主體詞選中不再有評
語，形成選詞與論詞分離。

　　馮煦《宋六十一家詞選》依毛晉《宋六十名家詞》順序，選輯而
成。其自序云：「予年十五從寶應喬笙巢（守敬）先生游。先生嗜倚
聲，日手毛氏《宋六十一家詞》一編。顧謂予曰：詞至北宋而大，至
南宋而深，是刻實其淵叢，小子識之。……十七八少小學為詞，先生
以前卒，無可是正，友學南朔求是刻，亦竟不得。」[註223]馮煦十五
歲（1859）從喬笙巢先生得知《宋六十名家詞》係大且深之淵叢，然
而十七八歲（1861）年左右，就不得此書。「乙酉，有徐州之役，道宿
遷過王氏池東書庫，則是刻在焉。服先生之教懷之幾三十年，始獲一
見，驚喜欲狂。……先生所云大且深者，亦比比而在，讀之凡三月，
未嘗去手，且念赭寇之亂，是刻或為煨燼，以予得之之難，而海內傳
本不數數覯也，乃別其尤者，寫為一編。」[註224]距三十年後，至光
緒乙酉十一年（1885）才又看到《宋六十名家詞》，失而復得，驚喜欲

〔註222〕《清代硃卷集成》記馮煦於道光癸卯十二月初一日，生於江蘇鎮江
　　　　府金壇縣，西曆為 1844 年。顧廷龍主編：《清代硃卷集成》（臺北：
　　　　成文出版社，1992 年 11 月），冊 169，頁 245。
〔註223〕〔清〕馮煦：《宋六十一家詞選》（臺北：文化圖書公司，1956 年），
　　　　序。
〔註224〕〔清〕馮煦：《宋六十一家詞選》（臺北：文化圖書公司，1956 年），
　　　　序。

狂,且當日赭寇之亂,怕此書遭逢煨燼,因此乃選「其尤者」,略其蕪
穢,別成一編。是知馮煦所以取毛晉《宋六十名家詞》為底本,是因
為此書大且深,為兩宋淵藪,且當時得是刻之難,故馮煦意在保存此
書精華,「汲古原刻未嘗差別時代……,蓋隨得隨雕,無從排比。今選
一依其次,亦不復第厥後先。惟篇帙較原書不及十之二三,聯合成
卷,異乎人自為集矣。」〔註225〕故這六十一家詞人馮煦悉數收錄,未
曾刪減或增補詞人。

　　是書之擇取標準,在於甄錄各家本色。不以格律取捨,係對戈載
之反撥,據《宋六十一家詞選·例言》曰:「近戈氏載撰《詞林正韻》,
列平上去為十四部,入聲為五部,參酌審定,盡去諸弊,視以前諸家,
誠為精密。故所選七家,即墨守其說,名章佳構,未嘗少有假借。」
〔註226〕戈載於道光元年(1821)成《詞林正韻》、道光十七年(1837)
成《宋七家詞選》,二書雖審定精密,但卻守律太嚴,《例言》又說:

> 然考韻錄詞,要為兩事,削足就屨,寗無或過。且綺筵舞
> 席,按譜尋聲,初不暇取禮部韻略,逐句推敲,始付歌板。
> 而土風各操,又詎能與後來撰著逐字吻合邪。……今所甄
> 錄,就各家本色擷精舍麤。……是在讀者折衷今古,去短從
> 長,固無庸執後儒論辯,追貶曩賢。亦不援宋人一節之疏,
> 自文其脫略,斯兩得之。〔註227〕

重韻律之缺失,在於作詞初不暇取禮部韻略,且方言難以吻合韻部,
太重格律則致錯失佳作。故馮煦採折衷之法,去短從長,在六十一家
詞選中,取各家本色精華,汰其凡下,「篇帙較原書不及十之二三,聯
合成卷,異乎人自為集矣。」〔註228〕,再參照《詞律》、《詞綜》等書,
進行校改。馮煦這樣侷限於底本,不同於清代詞選多藉以立宗派,如
朱彝尊《詞綜》、張惠言《詞選》等,以選本為載體,宣揚各自詞學理

〔註225〕〔清〕馮煦:《宋六十一家詞選·例言》,頁12。
〔註226〕〔清〕馮煦:《宋六十一家詞選·例言》,頁14。
〔註227〕〔清〕馮煦:《宋六十一家詞選·例言》,頁15。
〔註228〕〔清〕馮煦:《宋六十一家詞選·例言》,頁12。

論；或如周濟《宋四家詞選》、戈載《宋七家詞選》，「以一人心思才力，進退古人」〔註229〕。馮煦在選本中淡化己見，有學者說：「馮煦的本色說以忠恕之選心，通古人之性情，是晚清詞壇漸由學詞轉向詞學研究之客觀態度的表徵。」〔註230〕，表現著晚清詞史型選本之雛型。《宋六十一家詞選》選取精粹，陳廷焯《白雨齋詞話》謂該選「甚屬精雅」〔註231〕，陳匪石《聲執》以為馮煦雖「不以己意為取捨。然擇詞尤雅，誹謔之作則所無也。」〔註232〕馮煦在例言中對詞人多有評論，如指出蘇軾「若豪放之致，時與太白為近」〔註233〕，又指出其詞空靈蘊藉；評辛棄疾有「負高世之才，不可羈勒，……而〈摸魚兒〉、〈西河〉、〈祝英台近〉諸作，摧剛為柔，纏緜悱惻，尤與粗獷一派，判若秦越。」；評「淮海、小山真古之傷心人也，其淡語皆有味，淺語有致，求之兩宋詞人實罕其匹。」〔註234〕……等。止如序中所言：「諸家所詣，短長、高下、周疏不盡同，而皆嶷然有以自見。」〔註235〕而馮煦取各家本色，乃在於存錄各家多樣性之特色。近代學者劉興暉認為馮煦「推崇詞筆與意境既空靈且沉鬱的渾成之作，試圖以執本馭中的態度評價不同詞派的寫作風格。」〔註236〕，可知馮煦在一定程度上「擷精舍纇」，以見其大〔註237〕。

〔註229〕〔清〕周濟：《介存齋論詞雜著》，收錄在唐圭璋：《詞話叢編》冊2，頁1636。

〔註230〕劉興暉：〈馮煦《宋六十一家詞選》的論詞與選詞〉，《中山大學學報》（社會科學版）（2007年第6期）第47卷，頁68。

〔註231〕〔清〕陳廷焯：《白語齋詞話》，收錄唐圭璋：《詞話叢編》冊4，頁3889。

〔註232〕陳匪石編、鍾振振校點：《宋詞舉》（外三種）（南京：江蘇古籍出版社，2002年），頁204。

〔註233〕〔清〕馮煦：《宋六十一家詞選·例言》，頁2。

〔註234〕〔清〕馮煦：《宋六十一家詞選·例言》，頁3。

〔註235〕〔清〕馮煦：《宋六十一家詞選·序》。

〔註236〕劉興暉：〈馮煦《宋六十一家詞選》的論詞與選詞〉，《中山大學學報》（社會科學版）（2007年第6期）第47卷，頁67。

〔註237〕陳匪石云《宋六十一家詞選》：「前冠《例言》……與其所選之詞參互觀之，即可了然于何者當學，及如何學步，而仍非有宗派之見存，

以下為收錄 30 闋詞以上之詞人統計表（詞人以時代歸類，並按詞數多寡排列）：

時　代	詞　人	詞　數	統　計
北宋	晏幾道	87	308
	周邦彥	64	
	蘇軾	51	
	陸游	36	
	秦觀	38	
	歐陽脩	32	
南宋	吳文英	138	389
	史達祖	49	
	辛棄疾	38	
	周紫芝	35	
	姜夔	**33**	
	趙長卿	33	
	張孝祥	32	
	程垓	31	

據表列可知，選取數量最多者為吳文英（138 首），接著晏幾道（87首）、周邦彥（64）、蘇軾（51 首）、史達祖（49 首）分屬前五名，姜夔於數量排列上，列屬第九名。南宋詞略多於北宋詞。馮煦曾論吳文英詞：「夢窗之詞，麗而則，幽邃而綿密，脈絡井井，而卒焉不能得其端倪。……予則謂商隱學老杜，亦如文英之學清真也。」〔註238〕而周邦彥（清真）詞之特色在於高健幽咽的「渾化天成」，馮煦說：「周（邦

可謂能見其大者矣。」見陳匡石編、鍾振振校點：《宋詞舉》（外三種），頁 204。舍之（施蟄存）稱《宋六十一家詞選》：「實宋詞選本之至善也。」見舍之：〈歷代詞選集敘錄〉，《詞學》（上海：華東師範大學出版社，1988 年）第 6 輯，頁 224。

〔註238〕〔清〕馮煦：〈蒿庵論詞〉，收錄在唐圭璋編：《詞話叢編》冊 4，頁3594～3595。

彥）之勝史（達祖），則又在渾之一字。」〔註239〕吳文英詞在幽邃綿
密中，隱藏幽咽之情，為馮煦所稱讚。但據劉興暉〈馮煦《宋六十一
家詞選》的論詞與選詞〉〔註240〕、吳婉君《馮煦詞學研究》〔註241〕
可知，馮煦自毛晉《宋六十名家詞》中，選取詞作之比例最高者，為
姜夔，毛本原收姜詞34闋，馮煦選錄33闋，僅〈鷓鴣天〉（京洛風
流絕代人）一首未收，錄選幾達百分百。其餘諸家選錄比例，僅盧祖
皋、陳與義達六成，其他大多未達三成。從入選比例與選詞最多最多
來看，顯見馮煦對姜夔、吳文英兩家之揄揚。

　　馮煦在例言中，評姜夔曰：

　　　白石為南渡一人，千秋論定，無俟揚榷。《樂府指迷》獨稱
　　　其〈暗香〉、〈疏影〉、〈揚州慢〉、〈一萼紅〉、〈琵琶仙〉、〈探
　　　春慢〉、〈淡黃柳〉等曲。《詞品》則以詠蟋蟀〈齊天樂〉，一
　　　闋為最勝。其實石帚所作，超脫蹊逕，天籟人力，兩臻絕
　　　頂，筆之所至，神韻俱到。非如樂笑、二窗輩，可以奇對警
　　　句，相與標目，又何事於諸調中強分軒輊也。野雲孤飛，去
　　　留無迹。彼讀姜詞者必欲求下手處，則先自俗處能雅，滑處
　　　能澀始。〔註242〕

從「超脫蹊逕，天籟人力，兩臻絕頂，筆之所至，神韻俱到」之評
論，可見馮煦已是極高度讚揚姜夔了。樂笑即張炎，二窗為夢窗（吳
文英）與草窗（周密），元·陸行直《詞旨》一書，都是從張炎、姜夔、
吳文英、史達祖等詞摘錄字詞文句輯成，如有「樂笑翁奇對」二十三
則，「樂笑翁警句」十三則……等，然馮煦認為姜夔詞之神韻自然，不
似張炎、吳文英、周密，在「奇對警句、相與標目」中爭勝，因此不

〔註239〕〔清〕馮煦：〈蒿庵論詞〉，收錄在唐圭璋編：《詞話叢編》冊4，頁
　　　　3588。
〔註240〕劉興暉：〈馮煦《宋六十一家詞選》的論詞與選詞〉，《中山大學學
　　　　報》（社會科學版）（2007年第6期）第47卷，頁67。
〔註241〕吳婉君：《馮煦詞學研究》（國立成功大學中國文學系碩士論文，
　　　　2009年），頁122。
〔註242〕〔清〕馮煦：《宋六十一家詞選·例言》，頁9。

須要在姜夔諸調中強分軒輊，且姜夔所作「俗處能雅，滑處能澀」，能以深厚秀折補償淺滑粗俗之弊，故對於毛晉所載姜詞，幾乎完全收錄於《宋六十一家詞選》中。

蕭鵬曾說清代詞選有兩次「極盛時代」〔註 243〕，一次在康熙年間，以朱彝尊《詞綜》為代表，第二次在道光以迄民國，這一時期由於浙西、常州、吳中詞派思想交融和互補，出現了兼收並蓄之唐宋詞選本，編於光緒十三年之《宋六十一家詞選》就是其中代表。而此詞選，亦不忽略曾於清初詞壇縱橫一時之姜夔詞作，並給予極高評價。

二、《詞則》：姜詞為四詞聖之一

《詞則》二十四卷，清·陳廷焯輯。廷焯（1853～1892）原名世焜，字耀先，一字亦峰，江蘇丹徒人。同治十三年（1874）初習倚聲，受浙派影響，以姜、張為師法，選古今詞二十六卷計 3400 餘首，名曰《雲韶集》，並歸納其觀點為《詞壇叢話》。後期陳氏轉宗常州詞派，於光緒十六年（1890），編選了《詞則》，並在《詞則》之基礎上，於光緒十七年（1891）撰成了《白雨齋詞話》〔註 244〕。舍之評《白雨齋詞話》曰：「以申張氏之說，於詞之風格主雅正，於詞之內容，主有比興、有寄託。又提出沉鬱頓挫為詞之氣骨。」〔註 245〕將常州詞派之理論推向極至。

《詞則》釐為四編：擇其尤雅者，為《大雅集》6 卷 571 首；取縱橫排奡、感激豪宕之作，為《放歌集》6 卷 449 首；取盡態極妍、哀感頑艷之作，為《閑情集》6 卷 655 首；取清圓柔脆、爭奇鬥巧之作，為《別調集》6 卷 685 首。全書收錄唐、五代、宋、金、元、明、清人詞，共選詞 2360 首，詞人 470 多家。

〔註 243〕 蕭鵬：《群體的選擇——唐宋人選詞與詞選通論》（臺北：文津出版社，1992 年），頁 19。

〔註 244〕 李睿：〈從《雲韶集》和《詞則》看陳廷焯詞學思想的演進〉，《中國韻文學刊》（2005 年 9 月）第 19 卷第 3 期，頁 64。

〔註 245〕 舍之（施蟄存）：〈歷代詞選集敘錄〉，《詞學》（上海：華東師範大學出版社，1988 年）第 6 輯，頁 224。

是書成書原因，據《詞則‧總序》曰：「詞也者，樂府之變調，風騷之流派也。溫、韋發其端，兩宋名賢暢其緒，風雅正宗，於斯不墜。金、元而後，競尚新聲，眾喙爭鳴，古調絕響，操選政者，率昧正始之義，媸妍不分，雅鄭並奏，後之為詞者，茫乎不知其所從。」〔註246〕陳廷焯認為兩宋詞，保留了風雅正宗之精神，然金元之後，眾家爭鳴，雅鄭並奏，造成後之學者無所適從。到清代，朱彝尊《詞綜》以尚律呂、重醇雅為主，奉姜夔、張炎為極則，著眼於格律技巧，不重思想內容；張惠言《詞選》提倡意內言外，注重作品之思想內容，意在矯正浙派之失，但張惠言《詞選》又篇幅過小，只選唐宋 116 首詞，不足以見諸賢面目。接著又說：「卓哉皋文，《詞選》一篇，宗風賴以不滅，可謂獨具只眼矣，惜篇幅狹隘，不足以見諸賢之面目，而去取未當者，十亦有二三。夫風會既衰，不必無一篇之偶合，而求諸古作者，又不少靡曼之詞，衡鑒不精，貽誤匪淺。」〔註247〕張惠言《詞選》主張詞之作用，同於詩騷，講究比興寄託之意，「掃靡曼之浮音，接風騷之真脈」〔註248〕，兩宋宗風賴此不滅。張氏詞選具有巨識，可惜精而未備。〔註249〕因此陳廷焯於靡曼詞風流行之詞學衰世中，志在編纂一部繼承備而精之詞選。

　　《詞則》擇取標準，在於「大雅」。據《詞則‧總序》曰：

　　　白唐迄今，擇其尤雅者五百餘闋，彙為一集，名曰《大雅》。長吟短諷，覺南薰雅化，湘漢騷音，至今猶在人間也。顧境以地遷，才有偏至，執是以尋源，不能執是以窮變。《大雅》而外，愛取縱橫排奡、感激豪宕者四百餘闋，為一集，名曰《放歌》；取盡態極妍、哀戚頑豔者六百餘闋，為一集，名

〔註246〕〔清〕陳廷焯：《詞則‧序》（上海：上海古籍出版社，1984 年 5 月），頁 1。

〔註247〕〔清〕陳廷焯：《詞則‧序》，頁 1。

〔註248〕〔清〕陳廷焯：《白雨齋詞話》卷 4，第 68 則，頁 100。

〔註249〕至於陳廷焯對於朱彝尊《詞綜》之看法，則是「可備覽觀，未嘗為探本之論」，雖備覽卻未探本。見〔清〕陳廷焯：《白雨齋詞話‧序》，頁 1。

曰《閑情》；其一切清圓柔脆、爭奇斗巧者，別錄一集，得
六百餘闋，名曰《別調》。《大雅》為正，三集副之，而總名
之曰《詞則》。求諸《大雅》固有餘師，即遁而之他，亦即
可于《放歌》、《閑情》、《別調》中求《大雅》，不至入于歧
趨。〔註250〕

《詞則》宗旨在於「大雅」，是指具有「長吟短諷」之風騷精神，執是
應變，內容擴展許多。所入選詞之表現，有放歌激豪、閑情綺思、或
歌詠江山、規模物類之型態等，如《閑情集序》中言：「名以閑情，願
學者情有所閑而求合於正，亦聖人思無邪旨也。」〔註251〕情感多樣，
但皆合於正道〔註252〕，以不至走入淫詞、鄙詞、游詞之歧路中。舍之
也說：「陳氏選詞，以雅正為歸，《大雅》一集，固其心目中以為詞之
最為雅正者，即《放歌》等三集，雖不入雅正，亦不失其為變風、變
雅也。陳氏于所選詞，幾乎每詞皆有眉評，議論均有卓見，不拾人牙
慧。其評論宗旨，亦重在於扶雅放鄭。」〔註253〕《詞則》以雅正為主，
然而變風、變雅亦輔以行之。

　　《詞則》總序之下，又分別有集序，據《大雅集・序》可知，陳
廷焯乃提倡大雅，而又復求寄託，序云：

詞至兩宋而後，幾成絕響。古之為詞者，志有所屬，而故鬱
其辭，情有所感，而或隱其義，而要皆本諸風騷，歸於忠
厚。自新聲競作，懷才之士皆不免為風氣所囿，務取悅人，
不復求本原所在。……。無往不復，臬文溯其源，蒿庵引
其緒，兩宋宗風，一燈不滅。斯編之錄，猶是志也。錄《大
雅集》。〔註254〕

〔註250〕〔清〕陳廷焯：《詞則・序》，頁2。
〔註251〕〔清〕陳廷焯：〈閑情集序〉，見〔清〕陳廷焯：《詞則》，頁841。
〔註252〕侯雅文：〈論晚清常州詞派對『清詞史』的『解釋取向』及其在常派
　　　　發展上的意義〉，《淡江中文學報》（2005年12月）第13期，頁203。
〔註253〕舍之（施蟄存）：〈歷代詞選集敘錄〉，《詞學》（上海：華東師範大學
　　　　出版社，1988年）第6輯，頁225。
〔註254〕〔清〕陳廷焯：《大雅集・序》，收錄在〔清〕陳廷焯：《詞則》（上
　　　　海：上海古籍出版社，1984年5月），頁7。

所謂詞之本原，乃「本諸風騷，歸於忠厚」，此為「大雅」集選錄之志向。所承接上者，乃張惠言（皋文）、莊棫（蒿庵）所提倡之意內言外、比興寄託之復古精神。林玫儀總結陳氏之批評體系說：「只要出自真性情就是佳作；而這種感情如果根柢於風騷，能出諸比興，就是正聲，較前者又進一層。如果再能出諸含蓄不露，而又歸諸忠厚——即是用沉鬱之筆來表現的，則又更進一層。」〔註255〕只要「志有所屬」、「情有所感」，《詞則》也兼收並蓄，所以有《放歌》、《閑情》、《別調》集，然再以「鬱其辭，隱其義」出之者，自屬上上乘，則歸於《詞則》中之《大雅集》。

清初以來詞風之務取悅人，不求本原，據《大雅集序》曰：

> 自新聲競作，懷才之士皆不免為風氣所囿，務取悅人，不復求本原所在。迦陵以豪放為蘇辛，而失其沈鬱；竹垞以清和為姜史，而昧厥旨歸。下此者更無論矣。〔註256〕

陳廷焯不滿陳維崧（迦陵）標舉蘇軾、辛棄疾豪放，卻失去「沉鬱」，朱彝尊（竹垞）標舉姜夔、史達祖清和，卻不明思想主旨。學姜、史之浙西派學者，流於游詞，內容空泛，不求風騷本原，卻造成清初以來之流行。在《白雨齋詞話》中也提到清初學宋詞之弊病：

> 近人為詞，習綺語者，托言溫、韋；衍游詞者，貌為姜、史；揚湖海者，倚為蘇、辛。近今之弊，實六百餘年來之通病也。余初為倚聲，亦蹈此習。自丙子年與希祖先生遇後，舊作一概付丙，所存不過己卯後數十闋，大旨歸于忠厚，不敢有背《風》、《騷》之旨。過此以往，精益求精，思欲鼓吹蒿庵（莊棫），共成茗柯（張惠言）復古之志。蒿庵有知，當亦心許。〔註257〕

清初以來，習溫、韋者，衍為綺語者、習蘇、辛之者，衍為揚湖海者，

〔註255〕林玫儀：《晚清詞論研究》（國立臺灣大學中國文學研究所博士論文，1979年），頁238。

〔註256〕〔清〕陳廷焯：《大雅集・序》，收錄在〔清〕陳廷焯：《詞則》，頁7。

〔註257〕〔清〕陳廷焯：《白雨齋詞話》卷5，見唐圭璋：《詞話叢編》冊4，頁3885。

習姜、史之浙西詞派後期，流為游詞，被陳廷焯視為弊病。於是標
舉張惠言、莊棫之「歸于忠厚，不敢有背《風》、《騷》之旨」之復古
之志。

　　陳廷焯所鄙薄者乃清代詞風，對於宋代詞人姜夔，陳廷焯則多
抱持尊崇之意。對於清人學習源頭之一：姜夔，他體認到他獨特之詞
學成就，據《白雨齋詞話》卷八曰：

> 唐宋名家，流派不同，本原則一。論其派別，大約溫飛卿為
> 一體。皇甫子奇、南唐二主附之。韋端己為一體。牛松卿附
> 之。馮正中為一體。唐五代諸詞人以暨北宋晏、歐、小山等
> 附之。張子野為一體。秦淮海為一體，柳詞高者附之。蘇東
> 坡為一體，賀方回為一體。毛澤民、晁具茨高者附之。周美
> 成為一體。竹屋、草窗附之。辛辛棄疾為一體。張、陸、劉、
> 蔣、陳、杜合者附之。姜白石為一體。史梅溪為一體，吳夢
> 窗為一體，王碧山為一體。黃公度、陳西麓附之。張玉田為
> 一體。其間惟飛卿、端己、正中、淮海、美成、梅溪、碧山
> 七家，殊途同歸，餘則各樹一幟，而皆不失其正。東坡、白
> 石，尤為矯矯。〔註258〕

可見陳廷焯區分了不同流派，指出了風格之多樣性。肯定蘇軾、姜夔
在詞學發展中之歷史地位，不同周濟將姜夔歸為辛棄疾之附庸，而是
與蘇軾一樣，為獨樹一格之作家。〔註259〕

　　《大雅集》為正，三集為副，可見「陳氏則將『大雅』視為詞諸
多體式中，品格最高的一種。」〔註260〕以下為《大雅集》收錄 10 闋
以上之詞數統計，以見其選錄重心（詞人依時代歸類，並按詞數多寡
排列）：

〔註258〕〔清〕陳廷焯：《白雨齋詞話》卷 8，見唐圭璋：《詞話叢編》冊 4，
　　　　頁 3962。
〔註259〕屈興國：〈《詞則》與《白雨齋詞話》的關係〉，《詞學》（上海：華東
　　　　師範大學出版社，1988 年）第 5 輯，頁 134、137。
〔註260〕侯雅文：〈論晚清常州詞派對「清詞史」的「解釋取向」及其在常派發
　　　　展上的意義〉，《淡江中文學報》（2005 年 12 月）第 13 期，頁 191。

《大雅集》			
時　代	詞　人	詞　數	統　計
唐	溫庭筠	20	20
五代十國	馮延巳	13	13
北宋	秦觀	20	37
	周邦彥	17	
南宋	王沂孫	38	147
	張炎	33	
	姜夔	**23**	
	吳文英	16	
	周密	13	
	史達祖	12	
	陳允平	12	
清	莊棫	30	69
	譚獻	14	
	陳維崧	13	
	厲鶚	12	

據表格可知，在《大雅集》中，收錄詞數 10 闋以上之詞人以南宋最多，清代次之，北宋再次之。兩宋詞人中數量第一名為南宋王沂孫 38 首詞，張炎 33 首第二名，清代詞人莊棫 30 首第三名，南宋姜夔 23 首詞，為第四名，北宋秦觀 20 首第四名。

　　在陳廷焯早期尊崇浙派所編之《雲韶集》，清代詞人，以朱彝尊最多，共選錄 53 首。〔註261〕兩宋詞人中以北宋周邦彥選錄最多，共 31 首，南宋姜夔只入選 24 首，卻已是當時陳廷焯所見姜夔詞之全部〔註262〕。〔清〕陳廷焯《詞壇叢話》載：「白石詞中之仙也。惜其《樂

〔註261〕林玫儀：〈新出資料對陳廷焯詞論之證補〉，《詞學》合訂本第 4 卷（上海：華東師範大學出版社，2009 年）第 11 輯，頁 213。

〔註262〕康熙十七年（1678）朱彝尊《詞綜發凡》云：「惜乎《樂府》五卷，今僅存二十餘闋也。」《詞綜》只見錄姜夔詞 23 闋，屈興國注曰：「《雲韶集》除全錄《詞綜》23 闋外，又增入〈鬲溪梅令〉一闋，共

府》五卷,今僅存二十餘闋,自國初已然,今更無論矣。當於各書肆中,以及窮鄉僻壤遍訪之。」〔註263〕然至晚期所編《詞則·大雅集》中,周邦彥於《大雅集》只入選 17 首,其他三集合共亦僅得 11 首,姜夔仍然有 23 首之多〔註264〕,清代朱彝尊已降至 8 首,非專力為詞之常州詞派張惠言,反有 5 首。可見在《詞則·大雅集》中,排斥浙西詞派宗主朱彝尊詞,卻極為推崇姜夔詞。

在《詞則·大雅集》中,所收王沂孫詞最多,陳廷焯建立了以「王沂孫、周邦彥、秦觀、姜夔」為主之四詞聖,據《詞則·大雅集》評王沂孫曰:

> 詞有碧山而詞乃尊,以其品高也。古今不可無一,不可有
> 二。詞法莫密於清真,詞理莫深於少游,詞筆莫超於白石,
> 詞品莫高於碧山。皆聖於詞者。〔註265〕

詞品最高為王沂孫,詞法最密為周邦彥,詞理最深為秦觀,姜夔為詞筆最超高。王沂孫之地位,凌駕其他三家,因他「品最高,味最厚,意境最深,力量最沉;感時傷世之言,而出以纏綿忠愛。詩中之曹子健、杜子美也。詞人有此,庶幾無憾。」〔註266〕、「碧山詞性情和厚,學力精深。怨慕幽思,本諸忠厚而運以頓挫之姿,沉鬱之筆。論其詞

24 闋。《全宋詞》今錄白石詞 87 闋。」康熙時,朱彝尊只見姜夔詞 20 餘首,至光緒時期之陳廷焯《雲韶集》中,也只在《詞綜》23 闋基礎上,多收入 1 闋姜夔詞。見〔清〕陳廷焯著、屈興國校注:《白雨齋詞話足本校注》(濟南:齊魯書社,1983 年),頁 821。

〔註263〕見〔清〕陳廷焯著、屈興國校注:《白雨齋詞話足本校注》,頁 821。
〔註264〕《詞則·大雅集》中所收姜夔詞 23 首,並非完全如同《詞綜》所收姜夔 23 闋詞。《詞則·大雅集》多於《雲韶集》之詞有四首:〈霓裳中序第一·亭皋〉、〈秋宵吟·古簾〉、〈點絳唇·金谷〉、〈水龍吟·夜深〉。《詞則·別調集》多於《雲韶集》之詞有二首:〈驀山溪·與鷗〉、〈憶王孫·冷紅〉。《詞則·閒情集》多於《雲韶集》之詞有一首:〈少年遊·雙螺〉。晚期《詞則》所收姜夔詞之數量,多於早期《雲韶集》至少七闋,可見晚期收錄姜夔詞數量之增加。
〔註265〕見於〔清〕陳廷焯:《詞則》〈高陽臺〉「和周草窗寄月中諸友韻」(雪殘庭陰),頁 147。
〔註266〕〔清〕陳廷焯:《詞則》〈天香〉「龍涎香」(孤嶠蟠煙),頁 137。

品，已臻絕頂，古今不可無一，不能有二。」〔註267〕王沂孫如詩人曹植、杜甫之感時傷世、沉鬱忠厚，故被陳廷焯推崇為古今第一。至於詞選中入選數屬第二名之張炎詞，陳氏評曰：「玉田詞感時傷事，與碧山同一機軸，沉厚微遜碧山，其高者頗有姜白石意趣。」〔註268〕張炎「感時傷事」近王沂孫，是入選第一標準，惟入選數量雖多於姜夔，卻不如姜夔，陳氏曾說：「南宋詞家，白石、碧山純乎純者也，梅溪、夢窗、玉田輩大純而小疵，能雅不能虛，能清不能厚也。」〔註269〕姜夔、王沂孫於雅、虛、清、厚間遊刃有餘，純正於史達祖、吳文英、張炎之輩，為南宋詞家佼佼者，可知姜夔地位不與張炎相提並論，又如評張炎〈湘月〉（行行且止）曰：「胸襟高曠，氣象超逸，可與白石把臂入林。」〔註270〕更可說明張炎攀比姜夔之跡。姜夔在數量上雖少於張炎，其地位却高於他。

　　《大雅集》中所收清詞，以莊棫詞最多，「莊棫乃字中白，一名忠域，字希祖，丹徒人監生，有蒿庵詞」〔註271〕，陳廷焯認為莊氏詞「發源於國風小雅，胎息於淮海大晟，而寢饋於碧山。」〔註272〕又說「千古詞宗，溫韋發其源，周秦竟其續，白石碧山各出機杼，以開來學。嗣是六百餘年，顯有知者，得茗柯一發其旨，而詞以不滅，特其識解雖超，尚未能盡窮底蘊，然則復古之功，興於茗柯，必也成於蒿庵乎？」〔註273〕可知他認為莊棫乃宗風雅宗風，而此流派，乃自溫廷筠、韋莊、周邦彥、秦觀、姜夔、王沂孫而來，至清代，則以張惠言、

〔註267〕〔清〕陳廷焯：《詞則》《白雨齋詞話》卷2，見唐圭璋：《詞話叢編》冊4，頁3808。

〔註268〕〔清〕陳廷焯：《大雅集》卷4，收錄在〔清〕陳廷焯：《詞則》（上海：上海古籍出版社，1984年5月），頁157。

〔註269〕〔清〕陳廷焯：《大雅集》卷4，收錄在〔清〕陳廷焯：《詞則》，頁138。

〔註270〕〔清〕陳廷焯：《大雅集》卷4，收錄在〔清〕陳廷焯：《詞則》，頁160。

〔註271〕〔清〕陳廷焯：《大雅集》卷6，收錄在〔清〕陳廷焯：《詞則》，頁266。

〔註272〕〔清〕陳廷焯：《白雨齋詞話》卷5，見唐圭璋：《詞話叢編》冊4，頁3876。

〔註273〕〔清〕陳廷焯：《大雅集》卷6，收錄在〔清〕陳廷焯：《詞則》，頁267～268。

莊棫復古成功。在《大雅集》中所選前幾名，陳氏收錄標準主風雅宗風、纏綿忠厚之情，收錄姜夔之因，也不離其衷。

　　據前文所說，姜夔乃承「溫、韋、周、秦」而自出機杼者，可見陳氏認為姜夔為正宗詞派，且因「詞筆超」被列為四詞聖之一，再據《大雅集》中陳廷焯評姜夔，可知對其讚賞處在於：

　　　白石詞清虛騷雅，前無古人，後無來者，真詞中之聖也。
　　〔註 274〕

這是承繼張炎評姜詞「清虛騷雅」之說〔註 275〕，雖然「清虛」，卻蘊含騷雅意味。陳氏評姜詞〈探春慢〉（衰草愁煙）曰：「一幅歲暮旅行畫圖。詞意超妙，正如野鶴閒雲，去來無迹」〔註 276〕；評張炎〈湘月〉（行行且止）時說：「胸襟高曠，氣象超逸，可與白石把臂入林。」〔註 277〕點出姜夔之特色。評姜夔〈點絳脣〉（燕雁無心）曰：「字字清虛，無一筆犯實，只摹歎眼前景物，而令讀者弔古傷今，不能自止，真絕調也」〔註 278〕；評〈疏影〉曰：「上章（指〈暗香〉）已極精妙，此更運用故事，設色渲染，而一往情深，了無痕迹，既清虛，又脥鍊，直是壓徧千古。」〔註 279〕凡此，皆可見其推重姜夔之意。

　　姜詞蘊含「身世感懷」、「弔古傷今」之情，出以沉鬱寄託之筆，形成蒼涼哀婉之風格，與周邦彥、王沂孫同為一路，陳氏曾說周邦彥「蒼涼沉鬱，開白石碧山一派。」〔註 280〕評姜夔〈玲瓏四犯〉（疊鼓夜寒）曰：「音調蒼涼，白石諸闋，惟此篇詞最激，意亦最顯，蓋亦身

〔註 274〕〔清〕陳廷焯：《大雅集》卷 3，收錄在〔清〕陳廷焯：《詞則》，頁 93。
〔註 275〕〔宋〕張炎《詞源・清空》：「：「白石詞如〈疏影〉、〈暗香〉、〈揚州慢〉、〈一萼紅〉、〈琵琶仙〉、〈探春〉、〈八歸〉、〈淡黃柳〉等曲，不惟清空，又且騷雅，讀之使人神觀飛越。」收錄在唐圭璋《詞話叢編》冊 1，頁 259。
〔註 276〕〔清〕陳廷焯：《大雅集》卷 3，收錄在〔清〕陳廷焯：《詞則》，頁 94。
〔註 277〕〔清〕陳廷焯：《大雅集》卷 4，收錄在〔清〕陳廷焯：《詞則》，頁 160。
〔註 278〕〔清〕陳廷焯：《大雅集》卷 3，收錄在〔清〕陳廷焯：《詞則》，頁 95。
〔註 279〕〔清〕陳廷焯：《大雅集》卷 3，收錄在〔清〕陳廷焯：《詞則》，頁 96。
〔註 280〕〔清〕陳廷焯：《大雅集》卷 2，收錄在〔清〕陳廷焯：《詞則》，頁 69。

世之感，有情不容已者」〔註281〕；評〈清波引〉（冷雲迷浦）：「白石諸詞，鄉心最切。身世之感，當於言外領會」〔註282〕；評〈八歸〉（芳蓮墜粉）：「氣骨雄蒼，詞意哀婉」〔註283〕；評〈長亭怨慢〉（漸吹盡）：「哀怨無端，無中生有，海枯石爛之情，纏綿沈著。」〔註284〕陳廷焯以為姜夔在詞意上講究清虛超妙外，也有婉轉發露身世之感、家國之情，能出諸含蓄不露，沉鬱之筆，此乃陳廷焯所針對浙西派，走至「昧厥旨歸」之反省。

　　至於其他三集之情況，茲統計《閑情集》、《別調集》、《放歌集》收錄 10 闋以上（含姜夔）之詞數，以見其選錄重心（詞人依時代歸類，並按詞數多寡排列）：

閑情集			別調集			放歌集		
時代	詞人	詞數	時代	詞人	詞數	時代	詞人	詞數
北宋	晏幾道	30	唐	溫庭筠	11	北宋	蘇軾	10
南宋	**姜夔**	**3**	五代十國	馮延巳	17	南宋	辛棄疾	35
清	朱彝尊	72		皇甫松	12		**姜夔**	**0**
	董以甯	42	北宋	賀鑄	15	清	陳維崧	164
	陳維崧	40	南宋	吳文英	12		鄭燮	16
	王時翔	17		李清照	11		吳偉業	13
	趙文哲	16		**姜夔**	**3**		蔣士銓	12
	吳偉業	10	清	陳維崧	61		朱彝尊	10
				朱彝尊	22			
				董以甯	12			
				雙卿	12			
				王策	11			
				尤侗	10			
				沈星煒	10			

〔註281〕〔清〕陳廷焯：《大雅集》卷3，收錄在〔清〕陳廷焯：《詞則》，頁102。
〔註282〕〔清〕陳廷焯：《大雅集》卷3，收錄在〔清〕陳廷焯：《詞則》，頁103。
〔註283〕〔清〕陳廷焯：《大雅集》卷3，收錄在〔清〕陳廷焯：《詞則》，頁104。
〔註284〕〔清〕陳廷焯：《大雅集》卷3，收錄在〔清〕陳廷焯：《詞則》，頁97。

由表列可知,《閑情集》中所收朱彝尊之詞最多,《別調集》《放歌集》中所收陳維崧之詞最多。陳廷焯認為「迦陵(陳維崧)以豪放為蘇、辛,而失其沈鬱;竹垞(朱彝尊)以清和為姜、史,而昧厥旨歸」〔註285〕不能入《大雅集》,《大雅集》卷四亦云:「竹垞、其年在國初可稱兩雄,而心折秀水者尤眾,至以為神明乎姜、史,本朝作者雖多,莫之能過。其實朱、陳兩家皆非詞中正聲,其年氣魄沉雄而未能深厚,竹垞措辭溫雅而未達淵微,求一篇如兩宋諸公之沉鬱頓挫頗不易得,余不敢隨聲附和也」〔註286〕;「竹垞疏中有密,但少沉厚之意」〔註287〕;「迦陵詞沉雄俊爽,論其氣魄,古今無敵手,若能加以渾厚沉鬱,便可突迫蘇辛,獨步千古,惜哉。」〔註288〕兩人缺少宋詞中之沉鬱頓挫,非詞學正聲,故少入《大雅集》。

　　然在其他三集中,仍然反映詞史現實,將曾造成清詞潮流之陳維崧與朱彝尊,分類安放。《大雅集》云:「吾於竹垞,獨取其艷體,詳見《閑情集》中,若《大雅集》則不敢濫登也。」〔註289〕又云:「迦陵真是詞壇一霸,詳見《放歌集》中。」〔註290〕崇姜、史之朱彝尊詞大多歸入《閑情詞》,尊蘇、辛之陳維崧,歸入《放歌集》、《別調集》中。

　　除《大雅集》外,其他三集所選姜夔詞不多,《閑情集》只選錄三闋姜夔詞,《別調集》也只選錄三首姜夔詞,數量都在各選集排名前二十名外,《放歌集》未選錄姜夔詞。《閑情集》所選為姜詞戲弄之作,以及離別情狀。如戲平甫之〈少年遊〉(雙螺未合),評曰:「綺語自白石出之,亦自閑雅,具有仙筆」〔註291〕;以及戲張仲遠之〈百

〔註285〕〔清〕陳廷焯:《大雅集・序》,收錄在〔清〕陳廷焯:《詞則》,頁7。
〔註286〕〔清〕陳廷焯:《大雅集》卷5,收錄在〔清〕陳廷焯:《詞則》,頁204。
〔註287〕〔清〕陳廷焯:《大雅集》卷5,收錄在〔清〕陳廷焯:《詞則》,頁204。
〔註288〕〔清〕陳廷焯:《大雅集》卷5,收錄在〔清〕陳廷焯:《詞則》,頁208。
〔註289〕〔清〕陳廷焯:《大雅集》卷5,收錄在〔清〕陳廷焯:《詞則》,頁205。
〔註290〕〔清〕陳廷焯:《大雅集》卷5,收錄在〔清〕陳廷焯:《詞則》,頁208。
〔註291〕〔清〕陳廷焯:《閑情集》卷2,收錄在〔清〕陳廷焯:《詞則》,頁913。

宜嬌〉（看垂楊連苑），評曰：「言情微志」〔註292〕；還有描寫回憶與
情人分手之〈解連環〉（玉鞭重倚），評曰：「寫離別情事，妙在起四
字，……用筆矯變莫測。『柳怯雲鬆』四字精絕。左與言滴粉搓酥，不
足道矣。」〔註293〕《別調集》所選有〈憶王孫〉（冷紅葉葉）：「零落
江南不自由」，評姜夔〈隔溪梅令〉（好花不與殢香人）曰：「節短音長
溫讓可喜」〔註294〕；評姜夔〈鬲山溪〉（與鷗為客）「百年心事，惟有
玉闌知」曰：「高朗」〔註295〕。《別調集》所選姜詞，多有抑鬱心志，
出以高朗之筆。

　　故陳廷焯安置姜夔大多數詞，於《詞則・大雅集》中，對其「清
虛騷雅」，風騷精神尤重視，而非如朱彝尊《詞綜》主「醇雅」，講究
「字琢句鍊」之音律技巧。姜夔以清虛高超之詞意，蘊含無限身世情
感，以忠厚之情出以沉鬱之筆，也成為陳廷焯推舉他為詞聖之因。

三、《湘綺樓詞選》：姜夔「語高品下」

　　《湘綺樓詞選》三卷，清・王闓運輯。王闓運（1833～1916），字
壬秋，號湘綺，湘潭（今屬湖南）人。清文宗咸豐七年（1857）舉人，
曾入曾國藩幕，辛亥革命後，任國史館館長兼參政院參政。因對袁世凱
稱帝不滿，告病回鄉，旋卒於長沙。門人輯所著為《湘綺樓全書》。

　　《湘綺樓詞選》分前編、本編、續編三卷，卷首有清光緒二十三
年（1897）王闓運自序。前編從《詞綜》選出，自後唐莊宗至南宋人
詞，計32家41首；本編從《絕妙好詞》選出，依原書順序排列，共
選18家24首；續編為王闓運「自錄精華名篇，以示諸從學詩文者」
〔註296〕，共11家11首。不計續編中重複選錄的6家，三編共選詞

〔註292〕〔清〕陳廷焯：《閑情集》卷2，收錄在〔清〕陳廷焯：《詞則》，頁913。
〔註293〕〔清〕陳廷焯：《閑情集》卷2，收錄在〔清〕陳廷焯：《詞則》，頁913。
〔註294〕〔清〕陳廷焯：《別調集》，收錄在〔清〕陳廷焯：《詞則》，頁619。
〔註295〕〔清〕陳廷焯：《別調集》，收錄在〔清〕陳廷焯：《詞則》，頁619。
〔註296〕〔清〕王闓運：《湘綺樓詞選・序》，收錄在〔清〕王闓運：《王闓運
　　　　手批唐詩選》（附《湘綺樓詞選》）（上海：上海古籍出版社，1989
　　　　年），頁1436。

人 55 家、詞作 76 首。〔註297〕詞選之選域範圍為五代至南宋。

《湘綺樓詞選》之成書動機，乃因為刪取《絕妙好詞》、點定《詞綜》而成。據王闓運《湘綺樓詞選·序》可知：

> 及至成都，年垂五十，與及門諸子談藝，間及填詞，稍稍為之，則闌入北宋，非復前孫氏之宗旨。然篋中故無詞本，僅有三十年前孫曼青所贈《絕妙好詞》，朱竹垞竊得者，其詞有規格，不入蘇黃粗鄙之音，猶孫說也。又十餘年，楊氏婦兄妹學詩之功甚篤，……既作東洲，日短得長，六時中更無所為，爰取《詞綜》覽之，所選乃無可觀。姑就其本，更加點定。餘暇又自錄精華名篇，以示諸從學詩文者，俾知小道可觀，致遠不泥之道云。〔註298〕

王闓運早歲與孫麟趾（曼青）同客南昌，孫麟趾工填詞，啟發王闓運學詞門徑。但五十歲之王闓運已不同孫麟趾重南宋之宗旨，填詞談藝多闌入北宋。《湘綺樓詞選》本編就是在《絕妙好詞》之基礎下，刪取詞作。後來「爰取《詞綜》覽之，所選乃無可觀。姑就其本，更加點定。」經過點定過《詞綜》後，又自選精華名篇，以續補本篇之不足。可知王闓運最先完成以刪取《絕妙詞選》為底本之本編，再次以點定《詞綜》為底本之前編，最後才完成續編。

前編以點定《詞綜》為底本，有五代、北宋、南宋詞，本編因自《絕妙好詞》刪取，故全為南宋詞；續編乃「自錄精華名篇」十一首詞，多為北宋詞，只有蔣捷一家為南宋詞。其中續編有宋祁、張先、蘇軾、周邦彥、蔣捷六家，前編已收錄。《湘綺樓詞選》所收錄姜夔五闋詞，皆自《絕妙好詞》得來。

〔註297〕本編共選 18 家 24 首，從《絕妙好詞》選出。亦偶有例外，如周密〈曲遊春〉（禁苑東風外），在《絕妙好詞》中未收，但入本編。見劉興暉：〈「綺語」與「合道」——論王闓運《湘綺樓詞選》「雅趣並擅」之詞學觀〉，《廣西大學學報》（哲學社會科學版）第 31 卷第 4 期（2009 年 8 月），頁 101。

〔註298〕〔清〕王闓運：《湘綺樓詞選·序》，收錄在〔清〕王闓運：《王闓運手批唐詩選》（附《湘綺樓詞選》）（上海：上海古籍出版社，1989 年），頁 1435～1437。

　　以下為《湘綺樓詞選》收錄 2 闋詞以上之詞人統計表（詞人以時代歸類，並按詞數多寡排列）：

時　代	詞　人	詞　數	總　計
五代	李煜	3	3
北宋	蘇軾	5	16
	周邦彥	3	
	宋祁	2	
	張先	2	
	秦觀	2	
	范仲淹	2	
南宋	姜夔	**5**	12
	辛棄疾	3	
	李清照	2	
	周密	2	

據表列可知：蘇軾與姜夔詞並列第一，李煜、周邦彥、辛棄疾並列第二。《湘綺樓詞選》收錄 2 闋詞以上之詞總數以北宋詞最多，舍之（施蟄存）分析該選的編選宗旨云：「蓋頗厭朱竹垞、孫月坡力宗南宋之說。以《絕妙好詞》、《詞綜》為無足觀，遂有此選，鼓吹晚唐、北宋。」〔註299〕《湘綺樓詞選》雖由《絕妙好詞》、《詞綜》入手，宗旨卻不同。以下為《絕妙好詞》、《詞綜》前九名之詞人列表，可知其選詞大概：

詞集	《絕妙好詞》		《詞綜》	
序號	詞　人	詞　數	詞　人	詞　數
1	周密	22	周密	54
2	吳文英	16	吳文英	45
3	姜夔	**13**	張炎	38
4	李彭老	12	周邦彥	37

〔註299〕孫月坡指孫麟趾，見施蟄存：〈歷代詞選集敘錄〉，《詞學》（上海：華東師範大學出版社，1988 年）第 6 輯，頁 226。

5	李萊老	13	辛棄疾	35
6	施岳	11〔註300〕	溫庭筠	33
7	史達祖	10	王沂孫	31
8	盧祖皋	10	張先	27
9	王沂孫	10	張翥	27
……			……	……
11			姜夔	**23**

《絕妙好詞》與《詞綜》皆以周密、吳文英、姜夔等南宋雅詞派為主，的確與《湘綺樓詞選》不廢南宋，稍重五代、北宋詞有所不同。《湘綺樓詞選》收錄2闋詞以上之詞人統計表，姜夔與蘇軾各佔5首，數量最多。按時代分，北宋以蘇軾、周邦彥為多，南宋以姜夔、辛棄疾為多，顯示婉約、豪放、清雅詞並重。

王闓運在《湘綺樓詞選・前編》中有意淡薄南宋大家，選取名氣較小之詞人詞作，如鄧剡、黃公紹、徐君寶妻、文及翁、余桂英等，而在《湘綺樓詞選・續編》中也大多選錄北宋詞人，南宋只再續補蔣捷一人。這可能是《湘綺樓詞選・本編》中，以選錄南宋詞為主之《絕妙好詞》為底本，故在前編與續編中，多選錄北宋詞之故。

王闓運之作詞態度，乃是「閒情逸致，遊思別趣」，據其自序可知：「楊氏婦兄妹學詩之功甚篤，然未秀發。余間為女婦言：亦知有小詞否？靡靡之音，自能開發心思，為學者所不廢也。周官教禮，不屏野舞縵樂，人心既正，要必有閒情逸致，遊思別趣，如徒端坐正襟，茅塞其心，以為誠正，此迂儒枯禪之所為，豈知道哉。」〔註301〕主張雅正外，亦須有游思別趣，啟發心智。王闓運雅趣並擅，尋求「綺語」中之「可觀小道」，反映出清末民初對詞體審美特質的重新

〔註300〕錢增述古堂元鈔本《絕妙好詞》中，施岳〈清平樂〉缺五首，原來應有11首，目前可見只剩6首，見上海古籍出版社編、唐圭璋等校點：《唐宋人選唐宋詞》，頁1081。

〔註301〕〔清〕王闓運：《湘綺樓詞選・序》，收錄在〔清〕王闓運：《王闓運手批唐詩選》（附《湘綺樓詞選》）（上海：上海古籍出版社，1989年），頁1436。

認識。〔註302〕

　　在詞選評語中，王闓運評為上上品之詞作，有范大成〈眼兒媚〉（酣酣日腳紫煙浮），評曰：「自然移情，不可言說，綺語中仙語，放上上」〔註303〕；周密〈醉落魄〉（餘寒正怯），評曰：「此亦偶然得句，而清豔天然，篋于化工，亦放上上。」〔註304〕可知王闓運喜「自然移情」、「清豔天然」之作，不喜工琢之作。故王闓運評姜夔〈暗香〉、〈疏影〉曰：

　　　　如此起法即不是詠梅矣，此二詞最有名，然語高品下，以其
　　　　貪用典故也。〔註305〕

欣賞姜夔之高格清超之句，却不喜其貪用典故。又評〈琵琶仙〉（雙槳來時）曰：「此又以作態為妍」〔註306〕；評〈淡黃柳〉（空城曉角）曰：「亦以眼前語妙。」〔註307〕讚賞姜詞對於歌女美態，形容曲盡，景語融情之高妙。

　　早年影響王闓運之孫麟趾，喜愛姜夔之清超高澹，其《詞逕》曾曰：「作詞十六要訣：清、輕、新、雅、靈、脆、婉、轉、留、托、澹、空、皺、韻、超、渾。……識見低，則出句不超。超者出乎尋常意計之外，白石多清超之句，宜學之。」〔註308〕又曰：「高澹婉約，艷麗

〔註302〕劉興暉：〈「綺語」與「合道」——論王闓運《湘綺樓詞選》「雅趣並擅」之詞學觀〉，《廣西大學學報》（哲學社會科學版）第 31 卷第 4 期（2009 年 8 月），頁 100。

〔註303〕〔清〕王闓運：《湘綺樓詞選》，收錄在〔清〕王闓運：《王闓運手批唐詩選》（附《湘綺樓詞選》），頁 1464。

〔註304〕〔清〕王闓運：《湘綺樓詞選》，收錄在〔清〕王闓運：《王闓運手批唐詩選》（附《湘綺樓詞選》），頁 1476。

〔註305〕〔清〕王闓運：《湘綺樓詞選》，收錄在〔清〕王闓運：《王闓運手批唐詩選》（附《湘綺樓詞選》），頁 1468。

〔註306〕〔清〕王闓運：《湘綺樓詞選》，收錄在〔清〕王闓運：《王闓運手批唐詩選》（附《湘綺樓詞選》），頁 1470。

〔註307〕〔清〕王闓運：《湘綺樓詞選》，收錄在〔清〕王闓運：《王闓運手批唐詩選》（附《湘綺樓詞選》），頁 1470。

〔註308〕〔清〕孫麟趾：《詞逕》，收錄於唐圭璋：《詞話叢編》冊 3，頁 2555～2556。

蒼莽，各分門戶。欲高澹學太白、白石。欲婉約學清真、玉田。欲艷麗學飛卿、夢窗。欲蒼莽學蘋洲、花外。至于融情入景，因此起興，千變萬化，則由于神悟，非言語所能傳也。」﹝註309﹞孫麟趾以「高澹、婉約、艷麗、蒼莽」四種門戶，各舉南北宋詞人為則，說明詞之特色，而姜夔乃高澹之代表。然而王闓運除了這四種門戶外，對屬於豪放派之蘇軾、辛棄疾，亦收錄了蘇軾〈念奴嬌〉（赤壁懷古）、〈水調歌頭〉等「大開大合」﹝註310﹞之作，顯見其不偏頗之意。至於王闓運對於姜夔，大概也繼承孫麟趾稱頌姜詞高澹之看法，但也指出姜詞用典雕琢之缺失，並非一味推崇。

四、《藝衡館詞選》：多轉述常州詞派評姜詞

《藝衡館詞選》五卷，梁令嫻輯。令嫻，廣東新會人，梁啟超長女，任教北平。早年從麥蛻庵學詞，麥蛻庵為任公之摯友，名孟華，字儒博，別號蛻庵，詩詞並號當代名家。﹝註311﹞

是書前有清光緒戊申三十四年（1908）梁氏自序，凡五卷，甲卷為唐五代詞，乙卷為北宋詞，丙卷為南宋詞，丁卷為清詞。戊卷為後來增補之補遺。元、明兩代名家者少，故闕焉。﹝註312﹞

各家略以時代先後為次，帝王則冠每卷之首，方外、閨秀則附每卷之末。共 179 家，詞 689 首。間綴評語於眉端，或錄舊說，或出己意，皆絕精﹝註313﹞，詞之本事附錄於詞末。此選本最初乃梁氏手鈔詞家專集，序云：「資諷誦殆二千首。乞丈（麥蛻庵）更為甄別去取得如干首，同學數輩展轉乞傳鈔，不勝其擾，乃付剞劂，聊用自娛。」﹝註314﹞

﹝註309﹞〔清〕孫麟趾：《詞逕》，收錄於唐圭璋：《詞話叢編》冊3，頁2557。

﹝註310﹞〔清〕王闓運評語：《湘綺樓詞選》，收錄在〔清〕王闓運：《王闓運手批唐詩選》（附《湘綺樓詞選》），頁1447。

﹝註311﹞〔清〕梁令嫻著；中華書局提要：《藝蘅館詞選·提要》（臺北：臺灣中華書局，1970年）。

﹝註312﹞〔清〕梁令嫻：《藝蘅館詞選·例言》（臺北：臺灣中華書局，1970年）。

﹝註313﹞〔清〕梁令嫻著；中華書局提要：《藝蘅館詞選·提要》。

﹝註314﹞〔清〕梁令嫻：《藝蘅館詞選·序》。

此書乃又經麥蛻庵刪減兩千首之後而成。書後附有李清照《詞論》、楊纘《作詞五要》、張炎《詞源》、陸輔之《詞說》、周濟《詞選序論》、況周頤《玉梅詞話》。

　　是書編選目的，據自序可知，歷代詞選未能見正變之軌：

> 顧詞之為道，自唐訖今千餘年，在本國文學界中，幾於以附庸蔚為大國。作者無慮數千家，專集固不可悉讀，選本則自《花間集》、《樂府雅詞》、《陽春白雪》、《絕妙好詞》、《草堂詩餘》等皆斷代取材，末由盡正變之軌。〔註315〕

因早期詞選大多屬唐宋代詞選，未能見唐至清，詞學正變之軌跡。接著又說近代詞選之缺失：

> 近世朱竹垞氏網羅百代，泐為《詞綜》；王德甫氏繼之，可謂極茲事之偉觀，然苦於浩瀚，使學子有望洋之歎。若張臬文氏之《詞選》，周止庵氏之《宋四家詞選》，精粹蓋前無古人，然引繩批根，或病太嚴，主奴之見，亮所不免，令嫻茲編斟酌於繁簡之間。〔註316〕

而清代朱彝尊《詞綜》雖跨唐宋至清，卻太過廣博浩瀚；張惠言《詞選》、周濟《宋四家詞選》又去取太嚴，且主奴同出一氣。因此《藝蘅館詞選》乃衡量於繁簡之間，適當其可。中華書局之《藝蘅館詞選·提要》就說：「千餘年來，詞學正變之軌，此中瞭然無餘矣。」〔註317〕

　　以下為收錄15闋詞以上之詞人統計表（詞人以時代歸類，並按詞數多寡排列）：

時　代	詞　人	詞　數	統　計
唐五代	溫庭筠	21	21
北宋	周邦彥	24	42
	秦觀	18	

〔註315〕〔清〕梁令嫻：《藝蘅館詞選·序》。
〔註316〕〔清〕梁令嫻：《藝蘅館詞選·序》。
〔註317〕〔清〕梁令嫻著；中華書局提要：《藝蘅館詞選·提要》。

南宋	吳文英	35	137
	辛棄疾	27	
	姜夔	**21**	
	王沂孫	18	
	周密	18	
	張炎	18	
清	朱祖謀	20	55
	納蘭性德	19	
	鄭文焯	16	

據表列可知，詞選最多者乃南宋吳文英（35 首）第一，辛棄疾（27 首）第二名，北宋周邦彥（24）第三名，姜夔、溫庭筠皆 21 首，同屬第四名。整體看來，南宋詞多於清代詞、北宋詞。梁令嫻在《藝蘅館詞選·例言》中有言：「詞之有宋，如詩之有唐，南宋則其盛唐也，故是編所鈔以宋詞為主，南宋尤夥。」〔註318〕以為南宋乃詞之盛世，故多選南宋。

又《例言》云：

清真、辛棄疾、白石、碧山、夢窗、草窗、西麓、玉田詞之李、杜、韓、白也，故所鈔視他家獨多。〔註319〕

可見梁令嫻之推崇南宋詞，尤其對辛棄疾、姜夔、王沂孫、吳文英、周密、陳允平、張炎之詞，至於北宋就只有周邦彥，可視為詞中大家。而選本中所選這些詞人之數量，周邦彥（24 首）、辛棄疾（27 首）、姜夔（21 首）、王沂孫（16 首）、吳文英（35 首）、周密（18 首）、陳允平（9 首）、張炎（18 首），亦符例言所說，較他家獨多。且梁令嫻《藝蘅館詞選》中大量抄錄張惠言、周濟、譚獻等人之詞評，詞選中所選常州詞派周濟所標舉之周邦彥、辛棄疾、吳文英、王沂孫四大家之詞作所佔又多，陳廷焯所標舉之秦觀（18 首）、姜夔（21 首）數

〔註318〕〔清〕梁令嫻：《藝蘅館詞選·例言》。
〔註319〕〔清〕梁令嫻：《藝蘅館詞選·例言》。

量也不少，因此《藝衡館詞選》受常州詞派之影響較為明顯〔註320〕。常州詞派順應了時代要求，在晚清危機四起，世變日烈下，常州詞派講求「意內言外」、「比興」、「寄託」，側重於社會批評方面，符合了當時改革之心態，故為梁氏所重視。

　　梁令嫻此選本多錄梁啟超評語，亦可見其父梁啟超之詞學見解。梁啟超之詞學宗尚，與「常州派」略同，他現存 63 首詞中，有幾首標明「學清真體」、「用草窗夢窗韻」。且據梁啟超《雙濤閣日記》（1910 年《庚戌日記》）所載，他曾抄寫姜夔詞數月不輟。〔註321〕其後他將韻文裡頭所表現之情感分類，其中「回盪之表情法」有「蘊藉」、「熱烈盤礴」兩類〔註322〕，姜夔列為蘇、辛一派，皆歸為「熱烈盤礴」類，他說：

> 這一派（熱烈盤礴）的詞，除了辛棄疾外，還有蘇東坡、姜白石，都是大家。蘇辛同派，向來詞家都已公認，我覺得白石也是這一路，他的好處不在微詞，而在壯采，但蘇姜所處的地位與辛不同，辛詞格外真切，所以我拿他作這一派的代表。〔註323〕

梁啟超如同周濟，以為姜夔同蘇、辛一路。但梁啟超將姜夔詞置於蘇軾之列，與辛棄疾還是有別，強調姜詞之好在於壯采，不似辛詞之真切。梁令嫻《藝衡館詞選》對於收錄姜詞數量 21 闋（有 16 闋詞收錄在丙卷南宋詞中，然在戊卷中又補遺了 5 闋），總數量在南宋屬第三名之列（前兩名為吳文英、辛棄疾），數量可謂不少。

　　《藝衡館詞選》所收姜詞評語，乃多轉述張炎、張惠言、周濟之語，如〈暗香〉上載有張炎評語：「白石〈暗香〉、〈疏影〉二曲，前無

〔註320〕曹辛華：〈梁啟超詞學研究論述〉，《岱宗學刊》（2002 年 9 月）第 6 卷第 3 期，頁 10。
〔註321〕曹辛華：〈梁啟超詞學研究論述〉，《岱宗學刊》第 6 卷第 3 期，頁 8。
〔註322〕〔清〕梁啟超：《飲冰室文集》（臺北：中華書局，1983 年）冊 13，卷 37，頁 93。
〔註323〕〔清〕梁啟超：《飲冰室文集》冊 13，卷 37，頁 96。

古人，後無來者，自立新意，真為絕唱。」〔註324〕以及周濟評語：「想
其盛時，感其衰時。」〔註325〕張惠言評語：「題曰石湖詠梅，此為石
湖作也，時石湖蓋有避隱之志，故作二詞以沮之，此章言已嘗有用世
之志，今老無能但望諸石湖也。」〔註326〕〈疏影〉上載有張惠言評
語：「此二章更以二帝之憤發之，故有昭君之句。」〔註327〕以及張
炎、周濟評語。〈琵琶仙〉（雙槳來時）上載有張炎評語：「情景交鍊，
得言外意。又云白石〈暗香〉、……等曲不惟清虛且又騷雅，讀之使
人神觀飛越。」〔註328〕總之這些評語皆稱：姜夔詞具有言外之意，且
清虛騷雅，具有比興寄託之筆法。其中〈長亭怨慢〉（漸吹盡）：「日暮
望高城不見，只見亂山無數。」有麥丈評語曰：「麥丈云渾灝流轉，奪
胎辛棄疾。」〔註329〕麥孟華乃明白指出姜夔與辛棄疾相通之處，在於
「渾灝流轉」。而其父梁啟超亦在〈玲瓏四犯〉（疊鼓夜寒）：「酒醒明
月下，夢逐潮聲去」評曰：「與清真之『斜陽冉冉春無極』，同一風
格。」〔註330〕梁啟超將姜夔詞境，聯想至周邦彥之詞。麥孟華與梁啟
超之評，將姜詞分往辛棄疾與周邦彥方面去聯想。然而梁令嫻對於姜
夔之接受，大部分是承接張炎、張惠言、周濟等人的看法。

五、《宋詞三百首》：以周、吳為主，輔升姜、蘇地位

　　《宋詞三百首》不分卷，為朱祖謀（1857～1931）所選輯。朱祖
謀，原名孝臧，字古微，號漚尹，又號彊邨，晚仍用原名，世為浙江歸
安人，清光緒九年（1883）進士，與王鵬運、況周頤、鄭文焯並稱清季
四大詞人，卒前著作盡授其門人龍沐勛，彙刊為彊邨遺書〔註331〕。

〔註324〕〔清〕梁令嫻：《藝蘅館詞選》，頁 113～114。
〔註325〕〔清〕梁令嫻：《藝蘅館詞選》，頁 113～114。
〔註326〕〔清〕梁令嫻：《藝蘅館詞選》，頁 113～114。
〔註327〕〔清〕梁令嫻：《藝蘅館詞選》，頁 114。
〔註328〕〔清〕梁令嫻：《藝蘅館詞選》，頁 116。
〔註329〕〔清〕梁令嫻：《藝蘅館詞選》，頁 119。
〔註330〕〔清〕梁令嫻：《藝蘅館詞選》，頁 115。
〔註331〕朱祖謀「所輯唐宋金元百六十三家詞，取善本勘校，最完美。又輯
　　　　《湖州詞徵》廿四卷、《國朝湖州詞徵》二卷。他《遺稿語業》三卷、

　　《宋詞三百首》成書於民國十三年（1924），朱祖謀為前朝遺臣，
具有集詞學大成之地位〔註332〕。是書選宋人 87 家，詞 300 首，首列
帝王宋徽宗，終於女流李清照，其他詞人各依時代先後排列。朱祖謀
《宋詞三百首》出版後，出現各種箋注本，多達 221 種，其中唐圭璋
箋注本影響最多，原編本現難以得見，本文乃用王兆鵬所見 1924 年
刻本〔註333〕，大致了解朱氏編詞內容。

　　是書編選之因，據況周頤《宋詞三百首箋注·序》云：「近世以
小慧側豔為詞，致斯道為之不尊；往往塗抹半生，未窺宋賢門徑，何
論堂奧！」〔註334〕可知晚清仍然以為小慧側豔之詞盛行，未窺宋賢
門徑。《宋詞三百首》乃晚清詞學家之詞學觀，「朱祖謀編選《宋詞三
百首》，既是他與當時詞學家王鵬運、鄭文焯、況周頤等互相切磋而
行成相對一致的詞學觀的具體體現，也是朱祖謀積數十年學詞經歷」
〔註335〕，乃斟酌清代中期常州詞派理念，後自出手眼。

　　朱祖謀《宋詞三百首》之編選標準，求之體格、神致，以渾成為
主旨。臨桂詞人況周頤《宋詞三百首箋注·序》曰：「詞學極盛於兩
宋，讀宋人詞當於體格、神致間求之，而體格尤重於神致。以渾成之

　　　《棄稿》一卷、《詞薊》一卷、足本《雲謠集》一卷、定本《夢窗詞
　　　集》不分卷、《滄海遺音集》十三卷，又集外詞一卷，遺文一卷。卒
　　　前盡授其門人龍沐勛，彙刊為《彊邨遺書》」見陳三立：〈清故光祿
　　　大夫禮部右是侍郎朱公墓誌銘〉，收錄在唐圭璋：《宋詞三百首箋注》
　　　（臺北：漢京文化事業有限公司，1983 年 6 月），頁 5。
〔註332〕龍榆生曰：「有關世運，非可力強而致，故終清之世，窮詞之變，竟
　　　不能恢復歌詞之法，仍惟有自成其為『長短不葺之詩』，而常州詞派
　　　所標尊體之說，乃得發揚光大，因緣時會，已造成清季諸大家，而
　　　歸安朱彊邨先生，則又其集大成者也。」見龍榆生：《龍榆生詞學論
　　　文集》（上海：上海古籍出版社，1997 年），頁 378。
〔註333〕王兆鵬：〈《宋詞三百首》版本源流考〉，《湖北師範學院學報（哲學
　　　社會科學版）》（2006 年）第 26 卷第 1 期，頁 86～90。
〔註334〕朱祖謀編、唐圭璋箋注、況周頤序：《宋詞三百首箋注·序》（臺北：
　　　漢京文化事業有限公司，1983 年 6 月），頁 4。
〔註335〕彭玉平：〈朱祖謀《宋詞三百首》探論〉，《學術研究》（2002 年第 10
　　　期），頁 121。

一境為學人必赴之境，更有進於渾成者，要非可躐而至，此關係學力者。神致由性靈出，即體格之至美，積發而為清暉芳氣而不可掩者也。……彊邨先生嘗選宋詞三百首，為小阮逸馨誦習之資，大要求之體格、神致，以渾成為主旨。」〔註336〕唐圭璋也說：「清嘉慶間，張惠言校錄《詞選》，所選宋詞只六十八首，且不錄柳永及吳文英兩家。是其所選，誠不免既狹且偏。牆村先生茲選，量既較多，而內容主旨以渾成為歸，亦較精闢。」〔註337〕可見朱祖謀《宋詞三百首》講求渾成，與常州詞派周濟提出之「渾成」相同。

　　《宋詞三百首》〔註338〕所選詞家 10 首以上，表列如次（詞人以時代歸類，並按詞數之多寡排列），以析其選詞趨向：

時　代	詞　人	詞　數	前五名名次	詞數統計
北宋	周邦彥	22	2	99
	晏幾道	18	3	
	柳永	13	5	
	蘇軾	12		
	賀鑄	12		
	晏殊	11		
	歐陽脩	11		
南宋	吳文英	24	1	50
	姜夔	**16**	**4**	
	辛棄疾	10		

由表列可知，朱祖謀所選 10 首以上詞家，以北宋詞居多。選詞最多者，乃南宋吳文英、北宋周邦彥、晏幾道為前三名，所選姜夔 16 首，佔第四名，姜詞在此選中數量可謂不少。從所選詞家看來，朱氏仍以清空、騷雅、渾成為主。

〔註336〕朱祖謀編、唐圭璋箋注、況周頤序：《宋詞三百首箋注・序》，頁 4。
〔註337〕朱祖謀編、唐圭璋序：《宋詞三百首箋注・序》，頁 3。
〔註338〕王兆鵬：〈《宋詞三百首》版本源流考〉，《湖北師範學院學報（哲學社會科學版）》（2006 年）第 26 卷第 1 期，頁 86～90。

　　龍沐勛以為朱祖謀選《宋詞三百首》，乃是「以半塘翁（王鵬運）有取東坡之清雄，對止庵退蘇進辛之說，稍致不滿，且以碧山與於四家領袖之列，亦覺輕重不倫，乃益致力於東坡，輔以方回（賀鑄）、白石（姜夔），別選《宋詞三百首》，示學者以軌範，雖隱然以周（清真）、吳（夢窗）為主，而不偏不倚，視周氏之《四家詞選》，尤為博大精深，用能於常州之外，別樹一幟焉。」〔註339〕又在〈論常州詞派〉一文中說：「彊邨晚輯《宋詞三百首》，於張（惠言）、周（濟）二選所標舉外，復參己意，稍揚東坡而抑辛、王，益以柳耆卿、晏小山、賀方回，冀以救止庵之偏失。」〔註340〕彭玉平說：「《宋詞三百首》，雖仍隱然以周邦彥、吳文英為宗，但對蘇軾、柳永、晏幾道、賀鑄、姜夔詞的熱情已是明顯增加，試圖以不偏不倚為宗旨，對流行已久的常州派重要選本《詞選》、《宋四家詞選》作補苴罅漏的工作。」〔註341〕朱祖謀雖然服膺於周濟所論渾化之境界，以周邦彥、吳文英為宗，但對於周濟「退蘇進辛，糾彈姜、張」、以王沂孫為四家領袖之一有所疑慮，因此《宋詞三百首》彌補周濟缺失，稍揚蘇軾而抑辛棄疾、王沂孫，且輔升姜夔。周濟《宋四家詞選》所選蘇軾詞只佔 3 首，姜夔只佔 11 首，但在《宋詞三百首》中，蘇軾佔有 12 首，姜夔佔有 16 首，數量增加，名次也明顯趨升，而辛棄疾、王沂孫、張炎之排名，在《宋詞三百首》中都下降。見以下《宋四家詞選》與《宋詞三百首》比較：

詞　選	《宋四家詞選》		《宋詞三百首》		二詞選比較後，排名名次趨勢
總詞數	239		300		
詞　人	詞　數	排　名	詞　數	排　名	
蘇軾	3	20	12	6	升
辛棄疾	24	2	10	10	降

〔註339〕龍榆生：〈晚近詞風之轉變〉，《龍榆生詞學論文集》，頁 382。
〔註340〕龍榆生：〈論常州詞派〉，《龍榆生詞學論文集》，頁 404。
〔註341〕彭玉平：〈朱祖謀《宋詞三百首》探論〉，《學術研究》（2002 年第 10 期），頁 121。

姜夔	11	5	16	4	升
張炎	8	10	5	15	降
王沂孫	20	4	5	15	降

同、光後期政治腐敗、潰爛不可挽回,積極的改革亦無作用,詞人內心深沉悲哀的複雜情懷,則寄託於隱晦的吳文英詞中,吳文英詞成一代風會。朱祖謀最推崇吳文英,所選其詞最多,他於光緒二十五年(1899),就與王鵬運合校《夢窗四稿》,前後經四校,又作《夢窗詞集小箋》〔註342〕,且其創作亦學吳文英,王鵬運即說:「自世之人,知學夢窗,知尊夢窗,皆所謂但學蘭亭面者。六百年來,真得髓者,非公更有誰耶?」〔註343〕,朱祖謀精力所在於夢窗詞,而又兼取蘇軾〔註344〕,輔以柳永、姜夔等,以疏濟密,在常州詞派之基礎上,開拓更為博大精深之詞風。

六、小結

以下為清代末期詞選收錄姜詞之概況:

表格 20:清代末期詞選收錄姜詞一覽表

成書時間	詞選名稱	作者	派別歸屬	詞選特色	詞選性質	選詞數量	收錄姜詞	名次	關於評論姜詞
光緒十三年(1887)	宋六十一家詞選	馮煦		擷取六十一家本色精華	斷代詞選	1249	33	9	吳文英、晏幾道、周邦彥為前三名,姜夔屬第9名。評姜詞超脫蹊逕,天籟人力,兩臻絕

〔註342〕《夢窗詞集小箋》,收錄在《彊村叢書》,見朱孝臧:《彊村叢書》(上海:上海書店、江蘇廣陵古籍刻印社,1989 年 7 月)。

〔註343〕嚴迪昌:《近現代詞紀事會評》(合肥:黃山書社,1995 年),頁 320～323。

〔註344〕李正明:〈從《宋詞三百首》看朱孝臧的詞學思想〉,《黑龍江史志》(2010 年 11 月,總第 228 期),頁 141。

									頂，筆之所至，神韻俱到
光緒十六年（1890）	詞則·大雅集	陳廷焯	常州詞派	以雅正為歸	歷代詞選	571	23	4	清虛騷雅，詞中之聖，以周邦彥、秦觀、姜夔、王沂孫為詞聖
光緒十六年（1890）	詞則·閑情集	陳廷焯	常州詞派	盡態極妍、哀戚頑豔	歷代詞選	655	3	42名，未達前20名	
光緒十六年（1890）	詞則·別調集	陳廷焯	常州詞派	縱橫排奡、感激豪宕	歷代詞選	685	3	44名，未達前20名	
光緒二十三年（1897）	湘綺樓詞選	王闓運		刪取《絕妙好詞》、點定《詞綜》而成	歷代詞選	76	5	1	蘇軾與姜夔詞並列第一，李煜、周邦彥、辛棄疾列第二。曾評姜詞語高品下
光緒三十四年（1908）	藝蘅館詞選	梁令嫻	常州詞派	常州詞派之影響較為明顯	歷代詞選	689	16	4	所選吳文英、辛棄疾、周邦彥詞為前三名，溫庭筠、姜夔詞屬第四名
民國十三年（1924）	宋詞三百首	朱祖謀	常州詞派	補《詞選》、《宋四家詞選》之闕漏；揚蘇抑辛、王，輔以柳、姜	斷代詞選	300	16	4	吳文英、周邦彥、晏幾道詞為前三名，姜夔佔第四名

晚清詞選，雖然仍籠罩在常州詞派影響下，但開始提出對常州詞論之檢討與彌補，如針對周濟提出「退蘇進辛，糾彈姜、張」之反撥，蘇軾、姜夔地位因此再次受重視，這類詞選如：

（一）陳廷焯《詞則》

《詞則》宗旨在於「大雅」，乃「本諸風騷，歸於忠厚」，執是應

變。肯定蘇軾、姜夔在詞學發展中「尤為矯矯」之歷史地位，不同周濟將姜夔歸為辛棄疾之附庸，體認到姜詞獨特之詞學成就。以為姜夔乃承「溫、韋、周、秦」而自出機杼者，可見陳氏認為姜夔為正宗詞派，且因「詞筆超」被列為「王沂孫、周邦彥、秦觀、姜夔」四詞聖之一。姜夔以清虛高超之詞意，蘊含無限身世情感，以忠厚之情出以沉鬱之筆，成為陳廷焯推舉他為詞聖之因。

陳廷焯雖同為常州詞派講究比興寄託、風騷忠厚之意，但不同於周濟將姜夔列入辛棄疾詞學之「變」類，也未「退蘇進辛，糾彈姜、張」，認為蘇、辛、姜、張同為詞學流派之一體。而周濟所建立之詞統為「周邦彥、辛棄疾、吳文英、王沂孫」，至陳廷焯時，除認為王沂孫、周邦彥為詞聖外，姜夔、秦觀也列入四詞聖之一。姜夔在晚清陳廷焯之推舉下，轉變至重要地位中。

（二）梁令嫻《藝蘅館詞選》

《藝蘅館詞選》乃衡量於繁簡之間，見詞學正變之軌。以為南宋乃詞之盛世，故多選南宋詞，詞選最多者依序為吳文英、辛棄疾、周邦彥，姜夔、溫庭筠屬第四名，蘇軾不入十名內。《藝蘅館詞選》雖受常州詞派周濟「退蘇進辛」之影響，卻不糾彈姜夔。且梁啟超同周濟，把姜夔歸為蘇辛一路，但姜夔詞較類似蘇軾詞。《藝蘅館詞選》所收姜詞評語，多轉述張炎、張惠言、周濟之語，以為姜夔詞具有言外之意，且清虛騷雅，具有比興寄託之筆法。

（三）朱祖謀《宋詞三百首》

《宋詞三百首》編選標準，求之體格、神致，以渾成為主旨。與常州詞派周濟提出之「渾成」相同。選詞最多者，依序為南宋吳文英、北宋周邦彥、晏幾道，姜夔佔第四名。朱祖謀雖然以周邦彥、吳文英為宗，但對於周濟「退蘇進辛，糾彈張、姜」、以王沂孫為四家領袖之一有所疑慮，因此《宋詞三百首》稍揚蘇軾而抑辛棄疾、王沂孫，輔以柳永、晏幾道、姜夔等詞人，以彌補周濟之缺失。《宋詞三百首》對

流行已久的常州派重要選本《詞選》、《宋四家詞選》作補苴罅漏之工作，開展別樹一幟之詞選陣列。

另外晚清有試圖以刪取前人叢編、詞選，建立新面貌之詞選。如：

馮煦《宋六十一家詞選》，以毛晉《宋六十名家詞》為底本，取各家本色精華，汰其凡下，反撥戈載之《詞林正韻》、《宋七家詞選》守律太嚴，因此不以格律取捨，而以收錄各家多樣性為選名。《宋六十一家詞選》選取數量最多者為吳文英，接著晏幾道、周邦彥，姜夔在數量排列第 9 名。然馮煦自毛晉《宋六十名家詞》，選取詞作之比例最高者，為姜夔，且稱姜夔「超脫蹊逕，天籟人力，兩臻絕頂，筆之所至，神韻俱到」，極高度讚揚姜夔。總之，馮煦係推崇吳文英、姜夔等空靈且沉鬱的渾成之作，並試圖以執本馭中之態度評價不同詞派之風格。

王闓運《湘綺樓詞選》係刪取《絕妙詞選》、點定《詞綜》而成。所選詞作，以蘇軾與姜夔各佔 5 首，數量最多；再細分來看，北宋以蘇軾、周邦彥為多，南宋以姜夔、辛棄疾為多，顯示婉約、豪放、清雅詞並重。王闓運喜「自然移情」、「清豔天然」之作，不喜工琢之作。王闓運繼承孫麟趾稱頌姜詞高澹之看法，故稱姜夔「語高」，然又評其「品下，以其貪用典故」，顯然不喜其用典雕琢。

因清代中期常州詞派周濟提出「退蘇進辛」之論點，在晚清詞壇中蘇軾、辛棄疾之排名，有升有降，變化較劇，但對於姜夔之地位，各家詞選幾乎都反對周濟之「糾彈」，因此姜夔排名絕大多數在前四名之內。第一名之機會大多是周邦彥、吳文英，但第四名之位置則非姜夔莫屬。清代中期周濟提出姜夔同蘇辛一類，並列為清剛一體後，除梁啟超亦從之。但多數詞選不把姜詞歸為蘇辛類，而體認各家自有特色，如陳廷焯《詞則》、朱祖謀《宋詞三百首》、馮煦《宋六十一家詞選》等，傾向客觀化之執本馭中之態度，改正常州詞派之論點，明顯不同於清代前、中期強烈之詞派選詞現象。

第五章　建構格律接受之鏈：
　　　　　詞譜接受

　　詞譜有兩重含義，一為詞之音樂譜，一為詞之格律譜。前者指宮商板眼，後者指字句間之聲響。〔註1〕明代詞譜都是格律譜，清代也絕大多是格律譜，不過清代開始有了以音樂譜（工尺譜）為收錄重點之詞譜。

　　詞譜之選錄重點，與詞選不同，張仲謀說：「詞譜不同於詞選，詞選只考慮擇取名篇佳作，而不在乎是否完全合律。而詞譜則首先要求合律。《康熙詞譜・凡例》所謂『圖譜專主備體，非選詞也』，即是此意。又詞往往一調多體，以哪一體為正體而以其他各體為『又一體』，亦大費斟酌。既要合乎正體格律要求，又要時間較早，審美價值較高，合乎這三點要求，才有資格作為詞調譜式。」〔註2〕袁志成也說：「詞譜與詞選的標準畢竟不同。詞選看重詞作的整體效果，包括詞作的思想情感、藝術特色等，而詞譜首先強調的是詞調的首創性、詞調的音樂性格律性。」〔註3〕因此詞譜重詞調之首創、合律與否，

〔註1〕江合友：《明清詞譜史》（上海：上海古籍出版社，2008年），頁285。
〔註2〕張仲謀：〈張綖《詩餘圖譜》研究〉，《文學遺產》（2010年第5期），
　　　　頁114。
〔註3〕袁志成：〈《天籟軒詞譜》研究〉，《廣西大學學報》（哲學社會科學版）
　　　　（2008年10月）第30卷第5期，頁102。

而詞選則可以不強調這些，而以審美標準為主。以下擇明清常見詞譜，以探討姜詞接受狀況。

第一節　明代詞譜汰選姜夔詞情形

　　從詞譜編纂史之角度論之，明‧張綖《詩餘圖譜》具有開創意義，對後世詞譜產生巨大影響；不過從文獻角度衡之，明‧周瑛《詞學筌蹄》則為現存最早之詞譜雛型。因此本節從明代《詞學筌蹄》開始，歸納明代幾本重要詞譜，收錄姜夔詞之情況，以了解姜詞之接受狀況。以下為明詞譜簡略資料：

表格 21：明詞譜資料表

成書時間	詞選名稱	編選者	籍　貫	排列方式	總調	總體	選域範圍	姜夔詞數量
弘治七年（1494）	詞學筌蹄	周瑛	福建莆田	依詞調	176	354	唐至宋	0
嘉靖十五年（1536）	詩餘圖譜	張綖	江蘇高郵	依小令、中調、長調	150	223	唐至宋	0
萬曆（1580年以前）	文體明辨‧詩餘	徐師增	江蘇吳江	以調名類從	332	450	唐至元	0
萬曆四十七年（1619）	嘯餘譜	程明善	安徽新安（歙縣）	以調名類從	332	450	唐至元	0

　　明詞譜雖有「按譜填詞」、以調為主之方式，但仍帶有詞選之觀念，並未明確以格律為先，或以首創正體為選錄標準。張宏生曾勾稽萬樹批評明人詞譜，有幾個方面：分類不倫、分類序次無據、辨析調式有誤、斷句錯誤、失校而致調舛、不願普遍創作實踐，隨意標注平仄、不顧時代先後邏輯，任意命名詞牌。〔註4〕說明了明代詞譜之分類無據、格律失校、首創正體之順序等問題，然而明人詞譜中存有詞選之審美標準，也是這一時期初啟山林之特色。如《詞學筌蹄‧自序》云：「《草堂》舊所編，以事為主，諸調散入事下，此編以調為主，諸事併入調下，且

〔註4〕張宏生：〈明清之際的詞譜反思與詞風演進〉，《文藝研究》（2005年第4期），頁92～96。

逐調為之譜。」〔註5〕於是參照《草堂詩餘》，而加以改變排列方式。

　　明代後期《草堂詩餘》之各種續編、擴編本，絕大多數都採用了分調編排之形式，這種分調編排充當了詞譜之作用。《四庫全書總目‧類編草堂詩餘四卷提要》云：「詞家小令、中調、長調之分，自此書始。後來詞譜，依其字數以為定式，未免稍拘，故為萬樹《詞律》所譏。然填詞家終不廢其名，則亦倚聲之格律也。」〔註6〕清楚指出分調本對詞譜形成之功用，詞譜在以調編排之詞選形式中，慢慢發展出更重格律之專門書籍，而周瑛著《詞學荃蹄》，可算是最早採擷詞選創作詞譜之第一人。

　　又張綖《詩餘圖譜‧凡例》曰：「圖後錄一古名詞以為式，間有參差不同者，惟取其調之純者為正，其不同者亦錄其詞于後，以備恭考。」〔註7〕且「今所錄為式者，必是婉約，庶得詞體。」〔註8〕《詩餘圖譜》雖以古名詞為式，但却也以婉約詞為選錄標準，帶有選詞之目的。

　　至於明徐師增《文體明辨序》曰：「然詩餘謂之填詞，則調有定格、字有定數，韻有定聲，至於句之長短，雖可損益，然亦不當率意而為之，……此《太和正音》及今《圖譜》之所為作也，然正音定擬四聲，失之拘泥，圖譜圈別黑白，又易謬誤，故今採諸調，直以平仄作譜列之於前，而錄詞其後。」〔註9〕《太和正音譜》係載元曲之譜，曲旁列四聲；《文體明辨》則參考元曲和前人《詩餘圖譜》記譜之法，加以改進，然亦曰：「詞貴感人，要當以婉約為正，否則雖極精工，終

〔註5〕〔明〕周瑛：《詞學荃蹄》（上海：上海古籍出版社，2002年，《續修四庫全書》據上海圖書館藏清初抄本影印），頁392。

〔註6〕〔清〕永瑢等撰：《四庫全書總目‧類編草堂詩餘四卷》（北京：中華書局，1965年6月）卷199，頁1824。

〔註7〕〔明〕張綖：《詩餘圖譜》（上海：上海古籍出版社，2002年，《續修四庫全書》據北京圖書館藏明萬曆二十七年謝天瑞刻本），頁472。

〔註8〕〔明〕張綖：《詩餘圖譜》，《續修四庫全書》，頁473。

〔註9〕〔明〕徐師增：《文體明辯‧詩餘序》，《四庫全書存目叢書》（臺南：莊嚴文化事業有限公司，1997年6月，北京大學圖書館藏明萬曆建陽游榕銅活字印本），頁545。

乖本色，非有識之所取也。」〔註10〕這與《詩餘圖譜》所說以婉約為正體，如出一轍。詞譜帶有詞選之意味，在明代乃是常態。

一、《詞學筌蹄》：未收姜夔詞

　　《詞學筌蹄》編者明・周瑛，字梁石，晚號翠渠，福建莆田人。據周瑛《詞學筌蹄・自序》作於「弘治甲寅」，即明孝宗弘治七年（1494），該書已編成。

　　《詞學筌蹄》共八卷，凡調 176 調，354 闋詞〔註11〕。記譜方式為：「圓者平聲，方者側聲」〔註12〕。《詞學筌蹄》乃以《草堂詩餘》為基本文獻，從中選錄佳詞〔註13〕，周瑛《詞學筌蹄・自序》云：「《草堂》舊所編，以事為主，諸調散入事下，此編以調為主，諸事併入調下，且逐調為之譜。」〔註14〕說明編纂乃參照《草堂詩餘》，不以「春恨」、「秋感」等題材類型分類，而改以詞調為序，且同一調不重出。

　　張仲謀曾取樣對比，確認《筌蹄》襲用《草堂》之情形，如：1. 同調詞所選詞例基本相同。2. 入選詞人及其作品數量基本相同，《筌蹄》入選最多者為周邦彥（55 首）、秦觀（26 首）、蘇軾（22 首）、柳永（20 首），與《草堂詩餘》所選基本相同，《筌蹄》僅增入少量名作。3.《筌蹄》照抄《草堂》誤處等。〔註15〕可以說《筌蹄》，就是以《草堂詩餘》為藍本，然後變其編排體例，並未增入多少新詞。《草堂詩餘》本就不收姜夔、吳文英、張炎等人詞作，脫胎於《草堂詩餘》之

〔註10〕〔明〕徐師增：《文體明辯・詩餘序》，《四庫全書存目叢書》，頁 545。

〔註11〕〔明〕周瑛：《詞學筌蹄・自序》寫「凡為調一百七十七，為詞三百五十三」，然據正文所錄，全書收詞調 176，詞 354 首。

〔註12〕〔明〕周瑛：《詞學筌蹄・自序》（上海：上海古籍出版社，2002 年，《續修四庫全書》據上海圖書館藏清初抄本影印），頁 392。

〔註13〕張仲謀：〈張綖《詩餘圖譜》研究〉，《文學遺產》（2010 年第 5 期），頁 115。

〔註14〕〔明〕周瑛：《詞學筌蹄》（上海：上海古籍出版社，2002 年，《續修四庫全書》據上海圖書館藏清初抄本影印），頁 392。

〔註15〕參看張仲謀：〈《詞學筌蹄》考論〉，《中國文化研究》（2005 年第 3 期），頁 111～112。

《詞學筌蹄》也就未選入姜夔詞了。

二、《詩餘圖譜》：未收姜夔詞

　　《詩餘圖譜》編撰者為張綖，字世文（一作世昌），號南湖。《詩餘圖譜》有明世宗嘉靖丙申（十五年，1536）刊本，內有嘉靖丙申十五年（1536）夏四月張綖〈自序〉，因之此書應完成於此。〔註16〕《詩餘圖譜》共三卷，卷一收有小令 65 調，卷二收有中調 49 調，卷三收有長調 36 調，共收有 150 調，所收詞例共有 223 首。

　　嘉靖本《詩餘圖譜》〔註17〕凡例第八條：「圖譜未盡見者，錄其詞于後集，仍註字數韻腳于下，分為四卷，庶博集眾調，使作者采焉。」〔註18〕張綖自序云：「近檢篋笥，得諸詞，為成圖譜三卷，後集四卷。」〔註19〕張仲謀推論說：「可知張綖《詩餘圖譜》三卷，意在收錄常用詞調凡一百五十調，然後把不太常用的詞調編為《詩餘圖譜後集》四卷，不加圖譜，僅注字數、韻腳等。然而後來《後集》迄未刻行，單看圖譜三卷，所謂『後集』也就沒有著落了。」〔註20〕由此可知當時常用詞調才放在《詩餘圖譜》中，不常用詞調原來是要放在「後集」中。且《詩餘圖譜》僅選 150 調，張綖之編選動機，在於「面向廣大填詞愛好者，定位於常用詞調之譜，而不是要編一部包羅眾調的詞律大全。」〔註21〕所以姜夔 14 首自度曲調〔註22〕，沒有一

〔註16〕陶子珍：《明代詞選研究》（臺北：秀威資訊科技，2003 年），頁 243。

〔註17〕〔明〕張綖：《詩餘圖譜》（明嘉靖丙申（十五年，1536）刊本，臺北：國家圖書館藏）。

〔註18〕〔明〕張綖：《詩餘圖譜》（明嘉靖丙申（十五年，1536）刊本，臺北：國家圖書館藏）凡例。

〔註19〕〔明〕張綖：《詩餘圖譜》（明嘉靖丙申（十五年，1536）刊本，臺北：國家圖書館藏）自序。

〔註20〕張仲謀：〈張綖《詩餘圖譜》研究〉，《文學遺產》（2010 年第 5 期），頁 109。

〔註21〕張仲謀：〈張綖《詩餘圖譜》研究〉，《文學遺產》（2010 年第 5 期），頁 116。

〔註22〕根據黃兆漢：《姜白石詞詳注》，頁 1，注一所附錄，現存白石詞共有十二首自度曲，若加上〈徵招〉、〈悽涼犯〉則共有十四首。

調收入《詩餘圖譜》內。

　　《詩餘圖譜》參考什麼書籍編譜呢？據卷一〈賀聖朝〉調，以宋葉清臣詞為譜式，《詩餘圖譜》於該詞後注曰：

　　　　按此調多有參差不同，今惟取《詩餘》所載者為正。〔註23〕
可知《詩餘圖譜》所據有《草堂詩餘》。根據張仲謀說：「《詩餘圖譜》所采用的《草堂詩餘》，不可能是嘉靖十五年（1536）之後刊行的各種不同版本，而只能是洪武二十五年（1392）遵正堂刻本《增修箋注妙選群英草堂詩餘》」〔註24〕，偏偏《增修箋注妙選群英草堂詩餘》並未收入任何一首姜夔詞。〔註25〕

　　張綖編《詩餘圖譜》時，亦著有《草堂詩餘別錄》〔註26〕。張綖編輯《草堂詩餘別錄》目的是，刪除《草堂詩餘》中「猥雜不粹」之作而保留「平和高麗之調」。《草堂詩餘別錄》79闋詞中，有20闋亦見於《詩餘圖譜》。且《草堂詩餘別錄》可能成於《詩餘圖譜》之前，據《詩餘圖譜》凡例按語云：

　　　　詞體大略有二：一體婉約，一體豪放。婉約者欲其辭情蘊藉，豪放者欲其氣象恢弘。蓋亦存乎其人。如秦少游之作多是婉約，蘇子瞻之作多是豪放，大抵詞體以婉約為正……今所錄為式者，必是婉約，庶得詞體。〔註27〕

〔註23〕〔明〕張綖：《詩餘圖譜》（臺南：莊嚴文化事業有限公司，1997年，《四庫全書存目叢書》據北京大學圖書館藏明末毛氏汲古閣刻詞苑英華本影印）集部425冊，頁216。

〔註24〕張仲謀：〈張綖《詩餘圖譜》研究〉，《文學遺產》（2010年第5期），頁111。

〔註25〕另卷二〈漁家傲〉調下，《詩餘圖譜》注曰：「平韻即憶王孫豆葉黃，但每句第二字平仄相反，見《天機雲錦》。」只不過目前並未見《天機雲錦》一書。見〔明〕張綖：《詩餘圖譜》（臺南：莊嚴文化事業有限公司，1997年，《四庫全書存目叢書》據北京大學圖書館藏明末毛氏汲古閣刻詞苑英華本影印）集部425冊，頁228。

〔註26〕林玫儀：〈罕見詞話──張綖《草堂詩餘別錄》〉，《中國文哲研究通訊》（2004年12月）第14卷第4期，頁191～230。

〔註27〕〔明〕張綖：《詩餘圖譜》（明嘉靖丙申（十五年，1536）刊本，臺北：國家圖書館藏）凡例。

明確提出詞以婉約為正。朱崇才認為：「《詩餘圖譜·凡例》中的『婉約豪放二體說』，來自《草堂詩餘別錄》中的『精工豪放二體說』。『婉約豪放二體說』的提出，完成了這一詞學觀念從描述到論述、從個別到一般、從具體到抽象、從概念到範疇的飛躍。」〔註28〕以詞學觀念之形成至定論，來斷定成書年代，可見張綖主張「婉約」「豪放」二體概念，以及以「婉約」為正，在張綖兩本著作中都具有一致性。

　　張綖《詩餘圖譜》所錄以婉約為體式，是因偏愛秦觀。張綖曾於嘉靖己亥（十八年，1539）年間〔註29〕，重新編校刊刻《淮海集》，其中包含《淮海長短句》。且張綖創作《南湖詩餘》，亦被朱曰藩曰：「先生從王西樓遊，早傳斯技之旨。每填一篇，必求合某宮某調、某調第幾聲，其聲出入第幾犯，務俾抗墜圓美合作而出，故能獨步於絕響之後，稱再來少游。」〔註30〕崇禎己亥（八年，1635），王象晉更因兩者相肖之甚，乃將秦觀與張綖詞集，合為《秦張兩先生詩餘合璧》，序云：「南湖張先生與少游同里，閈慕少游之為人，輒效少游之所為詩文，內取宋人詩餘，彙而圖之為譜，一時名公神情丰度規式，意調較若列眉，誠修詞家功臣已。今觀先生長短句諸作，命意懇至，摛詞婉雅，儼然少游再生。」〔註31〕可知張綖作詞、選詞以及編撰詞譜之詞學活動，皆崇尚秦觀這種婉約詞風〔註32〕，因此張綖不錄姜夔

〔註28〕朱崇才：〈論張綖「婉約―豪放」二體說的形成及理論貢獻〉，《文學遺產》，2007 年第 1 期，頁 72。

〔註29〕朱崇才：〈論張綖「婉約―豪放」二體說的形成及理論貢獻〉，《文學遺產》，2007 年第 1 期，頁 73。

〔註30〕朱曰藩〈南湖詩餘序〉作於嘉靖壬子（三十一年，1552），〔明〕朱曰藩：〈南湖詩餘序〉，收錄在〔明〕王象晉編：《秦張兩先生詩餘合璧·序》（臺南：莊嚴文化事業有限公司，1997 年 6 月《四庫全書存目叢書》北京大學圖書館藏明末毛氏汲古閣刻詞苑英華本），頁 287。亦可見趙尊岳輯：《明詞匯刊》（上海：上海古籍出版社，1992 年），頁 84。

〔註31〕〔明〕王象晉編：《秦張兩先生詩餘合璧·序》，《四庫全書存目叢書》（臺南：莊嚴文化事業有限公司，1997 年 6 月北京大學圖書館藏明末毛氏汲古閣刻詞苑英華本），頁 262。

〔註32〕見甘松：〈《草堂詩餘》與明前中期詞學演變――以陳鐸、張綖等人為例〉，《合肥師範學院學報》（2010 年 1 月）第 28 卷第 1 期，頁 24。

原因之一，乃風格不同。

再者《詩餘圖譜》成書於嘉靖丙申（十五年，1536）〔註33〕，嘉靖時期之詞選：《天機餘錦》、《百琲明珠》最多只選錄姜夔詞一闋，《詞林萬選》甚至沒見過姜夔詞，未選任何一闋姜夔詞。只有到萬曆時期之《花草粹編》才選錄姜夔詞 19 闋。曹濟平〈略論張綖及其《詩餘圖譜》〉一文說：「但宋人詞集經過宋亡元末的戰爭動亂，散失很多，……例如，宋錢希武刻本的《白石道人歌曲》六卷本，就不可能見到。……從這裡透露出一個信息，張綖在《詩餘圖譜》中所選詞作範圍不廣，詞人收錄不多，譬如姜夔詞一首未選，這就是受到時代條件的限制。」〔註34〕或許嘉靖時期，姜夔詞集流傳不廣，故張綖當時並未看到姜夔詞集。

故《詩餘圖譜》未收姜夔詞，其原因為，其一、《詩餘圖譜》主要編普遍流行之詞譜，姜夔詞則不普及。二、《詩餘圖譜》受《草堂》之影響，未收姜詞。三、張綖崇尚秦觀等婉約詞風，姜夔詞風與之差異甚大。

三、《文體明辨·詩餘》：未收姜詞

《文體明辨·詩餘》之作者徐師曾，卒於明神宗萬曆八年（1580），因之《詩餘》最遲當成書於萬曆初年。〔註35〕

徐師曾於《文體明辨附錄卷之三·詩餘》曰：「所錄僅三百二十餘調，似為未盡，然以備考，則庶幾矣。」〔註36〕徐師曾以為自己收所錄之詞調三百多調，雖未收錄齊全，但已經大略列出當時常用之詞

〔註33〕《詩餘圖譜》有明嘉靖丙申（十五年，1536）刊本，內有嘉靖丙申（十五年，1536）夏四月張綖〈自序〉。

〔註34〕曹濟平：〈略論張綖及其《詩餘圖譜》〉，《汕頭大學學報》第 1、2 期，1988 年，頁 88。

〔註35〕陶子珍：《明代詞選研究》，頁 248。

〔註36〕〔明〕徐師增：《文體明辨·附錄卷之三》，《四庫全書存目叢書》（臺南：莊嚴文化事業有限公司，1997 年 6 月，北京大學圖書館藏明萬曆建陽游榕銅活字印本），頁 545。

調。雖然《文體明辨》比起張綖《詩餘圖譜》只收一百五十調，多出一倍多，然而也未收姜夔任何一闋詞，以及任何一首姜夔自度曲。

徐師曾於《文體明辨附錄卷之三・詩餘》又曰：「論其詞則有婉約者，有豪放者。婉約者欲其辭情醞藉，豪放者欲其氣象恢弘，蓋雖各因其質，而詞貴感人，要當以婉約為正，否則雖極精工，終乖本色，非有識之所取也，學者詳之。」〔註37〕《文體明辨・詩餘》亦如張綖《詩餘圖譜》所說，詞分婉約、豪放，也以婉約為正，故所列譜例，多以北宋詞為式。

明代時期詞選開始多選姜夔詞者，應屬萬曆癸未（十一年，1583）大型詞選《花草粹編》〔註38〕，計選姜詞 18 闋。在此之前，明代詞選甚少選錄姜夔詞，成書於萬曆初年之《文體明辨》，所能參考之文獻，也就少有載錄姜夔詞之資料。江合友說：「將《文體明辨》中〈洞仙歌〉四體與《類選箋釋草堂詩餘》相比照，發現四首例詞均取自該書，可以說徐師曾的文獻基礎比之張綖沒有擴展太多，使用的仍然是《花間》、《草堂》、《花庵詞選》等常見詞選集。」〔註39〕江合友以為張綖《詩餘圖譜》與徐師曾《文體明辨》皆未見到姜夔詞集，故未選姜夔詞〔註40〕，陶子珍亦持此論〔註41〕。徐師曾也許同張綖一樣，受到時代條件之限制，所以製譜時均未見姜夔詞集。

事實上《花庵詞選》收有姜夔詞，然而姜夔深知樂律，自創曲調，卻曲高和寡。明代姜夔之詞不甚流行，少人用其詞調，擁有其詞集，以及詞選少選錄，且「張綖《詩餘圖譜》刊行以來，明代多種詞譜均踵其體例予以修訂增廣，幾乎沒有憑空結撰者，所以詞譜的成書

〔註37〕〔明〕徐師增：《文體明辯・附錄卷之三》，《四庫全書存目叢書》，頁545。

〔註38〕陶子珍：《明代詞選研究》，頁195。

〔註39〕江合友：〈徐師曾《詞體明辨》的譜式體例及其詞學影響〉，《江淮論壇》，2008年第5期，頁179。

〔註40〕江合友：〈徐師曾《詞體明辨》的譜式體例及其詞學影響〉，《江淮論壇》，2008年第5期，頁179。

〔註41〕陶子珍：《明代詞選研究》，頁256。

一般都是世代累積型的。」〔註42〕在能參考文獻有限的情況下,《文體明辨》與《詩餘圖譜》,當然無法將姜夔作品列入詞譜中。

四、《嘯餘譜》：未收姜詞

《嘯餘譜》書前有萬曆己未(四十七年,1619)仲夏程明善〈自序〉,此書應完成於此時。然《嘯餘譜》係收錄當時流行詞曲聲韻之匯編叢書,《嘯餘譜‧詩餘譜》是輯錄徐師曾《文體明辨‧詩餘》而成,江合友列出其相同點有:二者卷數皆為 25 卷、詞調數量皆為 330 調、重複詞調數量、詞牌皆為 13 調、詞調異體總數皆為 450 體、列調順序相同、詞調分類標目和數量皆 25 題、詞調異體標示方法相同,均使用「第某體」標示〔註43〕。既然《嘯餘譜‧詩餘譜》是整體移植自徐師曾《文體明辨‧詩餘》,那麼以婉約為正之《文體明辨》,未收姜夔及其任何一闋自度曲,《嘯餘譜》亦如是。

《詩餘圖譜》與《文體明辨》、《嘯餘譜》按律製譜,多以北宋詞為式〔註44〕,皆少收錄姜夔、史達祖、王沂孫等南宋雅詞派詞作(見以下明代詞譜收錄雅詞派表格)。只有《詩餘圖譜》所選史達祖二闋詞〈綺羅香‧做冷欺花〉、〈雙雙燕‧過春社了〉,《文體明辨》、《嘯餘譜》亦選此二闋,此乃踵步《詩餘圖譜》之後塵。

表格 22：明代詞譜收錄雅詞派作品數量一覽表

詞選名稱	詞學筌蹄	詩餘圖譜	詩　餘	嘯餘譜
時代	弘治七年 (1494)	嘉靖丙申(十五 年,1536)	萬曆(1580 年 以前)	萬曆四十七年 (1619)
作者	周瑛	張綖	徐師增	程鳴善
姜夔	0	0	0	0

〔註42〕江合友:《明清詞譜史》(上海:上海古籍出版社,2008 年 5 月),頁 57～58。

〔註43〕江合友:《明清詞譜史》,頁 57。

〔註44〕陶子珍:《明代詞選研究》,頁 255。

史達祖	1〔註45〕	2	2	2
吳文英	0	0	0	0
王沂孫	0	0	0	0
張炎	0	0	0	0
周密	0	0	0	0
蔣捷	0	0	0	0

五、小結

　　明代詞譜皆未收姜夔詞，是因為受到《草堂詩餘》的影響。如：

　　（一）最早之明代弘治七年（1494）周瑛《詞學筌蹄》，一以《草堂詩餘》為藍本，而變其以調列序，故未收姜詞。

　　（二）嘉靖時期之張綖《詩餘圖譜》，編譜時亦參考《草堂詩餘》，也未收錄姜詞。且嘉靖時期之詞選也幾乎只收錄一首或沒有收錄姜詞，如《草堂詩餘》未收、《天機餘錦》收錄一首；楊慎之《詞林萬選》未收，而《百琲明珠》收錄一首。

　　（三）萬曆初年之徐師增《文體明辨》，文獻基礎比之張綖《詩餘圖譜》沒有擴展太多，仍然採用《花間》、《草堂》、《花庵詞選》等常見詞選集，未收錄姜詞。萬曆己未（四十七年，1619）之《嘯餘譜》，整體移植自《文體明辨・詩餘》，故亦未選錄姜詞。

　　再者，明代詞譜多踵前人體例予以修訂增廣。如《詩餘圖譜》說詞一體婉約，一體豪放，《文體明辨》也說婉約、豪放，並以婉約為正；《嘯餘譜》又整體移植自《文體明辨》，故明代詞譜皆在前人之累積下，增修廣訂，未有太多突破。茲將明代四部格律譜收錄數量最多之前五名表列如次〔註46〕，可知每部詞譜收錄之大概：

〔註45〕《詞學筌蹄》卷六收有〈綺羅香・做冷欺花〉未題作者，實為史達祖詞。見〔明〕周瑛：《詞學筌蹄》（上海：上海古籍出版社，2002年，《續修四庫全書》據上海圖書館藏清初抄本影印），頁440。
〔註46〕修改自夏婉玲：《張先詞接受史》（臺南：國立成功大學中國文學系碩士論文，2011年），頁57～61。

詞譜	詞學筌蹄		詩餘圖譜		文體明辨		嘯餘譜	
排名	詞人	數量	詞人	數量	詞人	數量	詞人	數量
1	周邦彥	49	秦觀	15	周邦彥	46	周邦彥	46
2	秦觀	23	張先	12	辛棄疾	40	辛棄疾	40
3	蘇軾	19	柳永	11	柳永	28	秦觀	29
4	柳永	17	晏殊	11	秦觀	27	柳永	28
5	李清照	10	周邦彥	7	毛文錫	21	歐陽脩	23
			歐陽脩	7				

據表列可知，明代四部詞譜中最大之相同點，是柳永、周邦彥、秦觀
這三位北宋詞人，皆位居數量最多之五名內。其他可能是蘇軾、張
先、歐陽脩、晏殊、李清照等輪流進入五名內，南宋詞人只有辛棄疾
入圍。總言之，明代詞譜之重複性高，且以柳永、周邦彥、秦觀三位，
引領北宋詞人婉約派，佔詞譜數量絕大多數。

　　受到《草堂詩餘》影響，明代詞譜以北宋婉約派為正宗，如張綖
《詩餘圖譜》崇尚秦觀詞，《文體明辨》、《嘯餘譜》以婉約為正，故所
列譜例，多以北宋詞為式，對南宋姜夔雅詞派並未多加注意，也就未
收姜詞了。

第二節　清代詞譜汰選姜夔詞情形

　　清代詞譜則以講究格律為先，以首創之作為正體之觀念更為明
確，因「詞調盈千，各具體格，能不事規矩繩墨哉？」〔註47〕清詞譜
以建立經典詞格為目的，如《詞律·發凡》曰：「自沈吳興分四聲以
來，凡用韻樂府無不調平仄者，至唐律以後浸淫而為詞，尤以諧聲為
主，倘平仄失調，則不可入調，……今雖音理失傳，而詞格具在，學
者但宜依仿舊作，字字恪遵，庶不失其中矩矱。」〔註48〕《欽定詞譜

〔註47〕〔清〕賴以邠撰：《填詞圖譜》，《四庫全書存目叢書》，頁1。
〔註48〕〔清〕萬樹：《詞律·發凡》，《四部備要》（臺北：中華書局，1981年，
　　　　中華書局據恩杜合刻本校刊），頁9。

凡例》亦曰：「每調選用唐、宋、元詞一首，必以創始之人所作本詞為
正體。」〔註49〕《天籟軒詞譜》收錄原則亦為「選詞自以原製之詞，
及名人佳作為譜。」〔註50〕清代詞譜強調詞之首創性，與經典名詞，
比起明代詞譜，較具客觀選錄標準。

　　在詞選部分，本文以嘉靖二年張惠言《詞選》成書，以及道光十
九年鴉片戰爭（1840）以後，分為清代前期、中期、末期，因此詞譜
部分亦藉此斷代，看姜夔詞之傳播過程。以下為清代重要詞譜簡略
資料：

表格 23：清代重要詞譜資料表

時代	成書時間	詞選名稱	編選者	籍　貫	排列方式	總調	總體	選域範圍	詞譜性質
清代前期	清初	選聲集	吳綺	江蘇江都	依小令、中調、長調	246	246	五代至宋	格律譜
	康熙十八年（1679）	填詞圖譜	賴以邠	浙江仁和	依小令、中調、長調	545	679	唐至明代	格律譜
	康熙二十六年（1687）	詞律	萬樹	江蘇宜興	依字數多寡排列	660	1180	唐至元代	格律譜
	康熙五十一年（1712）	詩餘譜式	郭鞏	江西吉水	依主題分類	330	450	唐至宋	格律譜
	康熙五十四年（1715）	欽定詞譜	王奕清杜詔樓儼	江蘇太倉、江蘇無錫、浙江義烏	依字數多寡排列	826	2306	唐至元代	格律譜
	乾隆十一年（1746）	九宮大成曲譜	周祥鈺徐興華		按曲調分類	174	174	唐至元代	音樂譜
	乾隆末嘉慶初	白香詞譜	舒夢蘭	江西靖安	依字數多寡排列	100	100	唐至清	音樂譜
清代中期	道光十一年（1831）	天籟軒詞譜	葉申薌	福建閩縣	依字數多寡排列	771	1194	唐至元代	格律譜

〔註49〕〔清〕陳廷敬、王奕清等編：《康熙詞譜》（長沙：岳麓書社，2000
　　　　年），頁 2。
〔註50〕〔清〕葉申薌：《天籟軒詞譜・發凡》（清道光間刊本，臺北：國家圖
　　　　書館藏），頁 6。

清代末期	道光二十七年（1847）	碎金詞譜	謝元淮	湖北松滋	依宮調排列	449	558	唐至明代	音樂譜
	道光二十七年（1847）	碎金續譜	謝元淮	湖北松滋	依宮調排列	180	244	唐至明代	音樂譜
	咸豐初年	詞繫	秦巘	江蘇揚州	以時代先後為次	1029	2200餘	唐至元代	格律譜
	同治中	詞律拾遺	徐本立	浙江德清	依字數多寡排列	165	495	唐至元代	格律譜
	同治中	詞律補遺	杜文瀾	浙江秀水	依字數多寡排列	50	50	唐至元代	格律譜

一、清代前期詞譜

清代前期詞譜發展多樣化，除了受明代詞譜影響之《選聲集》、《填詞圖譜》、《詩餘譜式》，康熙年間也有重新反省明詞譜，取唐宋名作，排比求其格律之萬樹《詞律》。還有官製《欽定詞譜》，重視首創為正體，為集大成之書。這兩本大型詞譜，皆影響後世甚鉅。乾隆時也開始注意到音樂譜之記載保存，有《九宮大成曲譜》之問世。除了大型詞譜之發展，也有簡化便行之微型詞譜，如只選一百首之舒夢蘭《白香詞譜》，都顯示了清代前期對詞譜之重視。

（一）《選聲集》：收姜詞二闋

《選聲集》，清·吳綺輯，清初刻本，《選聲集》三卷附《詞韻簡》一卷，分為小令、中調、長調。小令 118 調，中調 46 調，長調 82 調，凡 246 調。《選聲集·序》云：「調有定格，字有定數，韻有定聲。」〔註51〕寫成時，正值重視詞律之時代，詞譜選詞重格律，在《選聲集》中也逐漸甦醒〔註52〕。《四庫全書存目叢書》曰：「國朝吳綺撰有《嶺南風物記》，已著錄是編，小令、中調、長調各一卷，皆五代宋人之詞。」〔註53〕是知其選域範圍為五代宋人詞。

〔註51〕〔清〕吳綺：《選聲集》，《四庫全書存目叢書》（臺南：莊嚴文化事業有限公司，1997 年，中國人民大學圖書館藏清大來堂刻本）冊 424，頁 437。
〔註52〕江合友：《明清詞譜史》（上海：上海古籍出版社，2008 年），頁 92。
〔註53〕〔清〕吳綺：《選聲集》，《四庫全書存目叢書》冊 424，頁 514。

　　《四庫全書存目叢書》曰：「標舉平仄以為式，其字旁加方匡者，皆可平可仄之字，餘則平仄不可易者也，其法仍自《填詞圖譜》而來，其第一體第二體之類，亦從其舊。後附《詞韻簡》一卷，皆祖沈謙、毛先舒之說，蓋取便攜閱而已，無大創作也。」〔註54〕亦即認定《選聲集》係祖述《填詞圖譜》之法。然而賴以邠編撰，查繼超增輯之《填詞圖譜》，先有格律譜，後有詞例，而《選聲集》則於詞中標明方框註記平仄。且《填詞圖譜》之格律以圓圈：○表平、●表仄、◖表平而可仄、◗表仄而可平，而《選聲集》乃以□標誌，並不同於《填詞圖譜》。再者《選聲集・凡例》曰：「舊刻平聲用□，仄聲用｜，可平可仄用□□，稍有模糊，反生淆亂。」〔註55〕並未提到舊刻使用圓圈標明格律。

　　關於又一體之說，《選聲集・凡例》曰：「是集專取音節諧暢，可誦可歌以毋失樂府審音之旨。故凡一調有數體者，只取一體入譜，既法省而易諧。」〔註56〕譜式甚為簡略。而《填詞圖譜・凡例》曰：「有一調而具二體，如〈竹枝詞〉……又如〈憶秦娥〉……概為標出。」第一體、第二體皆標出，譜式較為完整。故《選聲集》法自賴以邠編撰，查繼超增輯，毛先舒、王又華等參訂之《填詞圖譜》之說，頗有可疑。

　　以下為《選聲集》收錄詞人數量前五名之統計表，按收入作品多寡排列：

《選聲集》〔註57〕		
時　代	入選詞人	作品數量
北宋	秦觀	20
北宋	柳永	16

〔註54〕〔清〕吳綺：《選聲集》，《四庫全書存目叢書》冊424，頁514。
〔註55〕〔清〕吳綺：《選聲集》，《四庫全書存目叢書》冊424，頁438。
〔註56〕〔清〕吳綺：《選聲集》，《四庫全書存目叢書》冊424，頁438。
〔註57〕修改自夏婉玲：《張先詞接受史》（臺南：國立成功大學中國文學系碩士論文，2011年），頁86。秦觀部分參考許淑惠：《秦觀詞接受史》（臺南：國立成功大學中國文學系碩士論文，2010年），頁68。

北宋	周邦彥	15
南宋	辛棄疾	14
北宋	張先	10
……	……	……
南宋	**姜夔**	**2**

所收姜夔 2 闋詞都屬長調，為〈眉嫵〉、〈琵琶仙〉。《選聲集·序》曾
曰：「夫纏綿悽艷，步秦、柳之柔情，磊落激揚倣蘇、辛之豪舉，天實
生才人，拈本色此，又詞非譜出，而譜不盡詞也。」〔註58〕其中所錄
秦觀、柳永、辛棄疾之詞，數量都在前五名中。南宋姜夔只有兩首長
調入選，數量顯得極少。

（二）《填詞圖譜》〔註59〕：略選姜詞

《填詞圖譜》，清·賴以邠編撰，查繼超增輯，毛先舒、王又華
等參訂。〔註60〕全書六卷，續集三卷，共收 545 調，679 體，分小令、
中調、長調三體，各卷按字數多寡為序。查繼超收入《詞學全書》
中，有康熙十八年（1679）原刻本。《填詞圖譜》之選域範圍為唐至元
明。每調先列圖，次列譜，編排方式多繼承明《詩餘圖譜》、《嘯餘譜》
二書。

賴以邠，字損菴，浙江仁和人。其〈凡例〉曰：「古來才人多工於
詞，近日詞家皆俎豆周、柳，規模晏、辛，其才華情致，不讓古人，然
陶資虛無而生於規矩，匠運智巧而不棄繩墨，詞調盈千，各具體格，能
不事規矩繩墨哉？」〔註61〕清楚提到清初主要是宗主周邦彥、柳永、
晏殊、辛棄疾。明末以來《文體明辨》、《嘯餘譜》、清初《選聲集》以
此幾家所選甚多，而《填詞圖譜》內，所選周邦彥有 51 首，柳永 38

〔註58〕〔清〕吳綺：《選聲集》，《四庫全書存目叢書》冊 424，頁 437。
〔註59〕〔清〕賴以邠撰：《填詞圖譜》，《四庫全書存目叢書》（臺南：莊嚴文
　　　　化事業有限公司，1997 年，北京大學圖書館藏清康熙十八年刻詞學
　　　　全書本）冊 426。
〔註60〕江合友：《明清詞譜史》，頁 89。
〔註61〕〔清〕賴以邠撰：《填詞圖譜》，《四庫全書存目叢書》，頁 1。

首，晏殊 11 首，辛棄疾 29 首，也是以此宋代幾家模範之作甚多。

　　以下為《填詞圖譜》收錄詞人數量前五名之統計表，按收入作品多寡排列：

《填詞圖譜》〔註62〕		
時　代	入選詞人	作品數量
北宋	周邦彥	51〔註63〕
北宋	柳永	38
南宋	辛棄疾	29
五代	毛文錫	20
北宋	張先	20
北宋	秦觀	20〔註64〕
……	……	……
南宋	姜夔	**8**

具表列可知，《填詞圖譜》所收詞作前五名，仍然是以北宋周邦彥、柳永、張先、秦觀等為多，南宋只有辛棄疾入圍。《填詞圖譜》雖收有姜夔詞 8 首，與周邦彥、柳永等相比，數量則不多。書中收有姜夔中調〈淡黃柳〉（空城曉角）、長調〈長亭怨慢〉（漸吹盡）、〈琵琶仙〉（雙槳來時）、〈探春慢〉（衰草愁烟）、〈百宜嬌（眉嫵）〉（看垂楊迷苑）。《填詞圖譜續集》中收有姜夔中調〈悽涼犯〉（綠楊巷陌西風起）、長調〈暗香〉（舊時月色）、〈八歸〉（芳蓮墜粉），《填詞圖譜》與《續集》中，凡收姜詞 8 闋。

　　《填詞圖譜》繼承張綖《詩餘圖譜》之基礎〔註65〕，《四庫全書存目叢書》於此書後總結曰：「是編踵張綖之書而作，亦取古詞為譜，

〔註62〕修改自夏婉玲：《張先詞接受史》（臺南：國立成功大學中國文學系碩士論文，2011 年），頁 87。

〔註63〕夏婉玲數 49 闋，然筆者數 51 闋。

〔註64〕秦觀依據許淑惠《秦觀詞接受史》中所計算數字，見許淑惠：《秦觀詞接受史》（臺南：國立成功大學中國文學系碩士論文，2010 年），頁 68。

〔註65〕江合友：《明清詞譜史》，頁 95。

而以黑白圈記其平仄，為圖顛倒錯亂，譌漏百出，為萬樹《詞律》所駁者不能縷數。」〔註66〕《填詞圖譜》以黑白圈記平仄，學習張綖之法，然明‧張綖《詩餘圖譜》150調中，未收姜夔詞，清‧賴以邠編、查繼超《填詞圖譜》545調中，則收有姜詞8闋。

（三）《詞律》：姜夔、吳文英各有所創

《詞律》，清‧萬樹撰，全書二十卷，收錄660調，1180體，《發凡》曰：「本譜但敘字數，不分小令、中長之名。」〔註67〕以字數長短為序編排。有康熙二十六年（1687）萬樹自序，是書成於此時。《詞律》選域範圍，自序云：「取之唐宋，兼及金元，而不收明朝自度，本朝自度之腔。于字則論其平仄，兼分上去，而每詳以入作平。」〔註68〕故知所收係唐至金、元之作品

《詞律》之創作動機，據其序可知：「萬樹《詞律》一書，所以發憤而作也，詞律之作蓋以有明以來，詞學失傳，舉世奉《嘯餘》、《圖譜》為準繩，但取其便乎吻，而不知其戾乎，於是掃除流俗，立追古初，一字一句皆取宋元名作排比，而求其律。」〔註69〕《詞律》為在前代詞譜《嘯餘》、《圖譜》錯謬之基礎上，全面系統地考察宋元名作，為詞調集大成之作。《詞律‧發凡》曰：

> 自沈吳興分四聲以來，凡用韻樂府無不調平仄者，至唐律以後浸淫而為詞，尤以諧聲為主，倘平仄失調，則不可入調，周、柳、万俟等之製腔造譜，皆按宮調故拹於歌喉，播諸絃管，以迄白石、夢窗輩，各有所翔，未有不悉音理，而可造格律者，今雖音理失傳，而詞格具在，學者但宜依仿舊作，字字恪遵，庶不失其中矩矱。〔註70〕

北宋周邦彥、柳永、万俟雅言等製腔造譜，皆按宮調，至南宋姜夔、

〔註66〕〔清〕賴以邠撰：《填詞圖譜》，《四庫全書存目叢書》，頁224。
〔註67〕〔清〕萬樹：《詞律》，《四部備要》（臺北：中華書局，1981年，中華書局據恩杜合刻本校刊），頁10。
〔註68〕〔清〕萬樹：《詞律‧序》，頁3。
〔註69〕〔清〕俞樾：《詞律‧序》，頁1。
〔註70〕〔清〕萬樹：《詞律‧發凡》，頁9。

吳文英亦各有創製新譜之功勞，亦皆恪遵格律，故後來學者，應按照
此詞格矩矱，故填寫作品。以下為《詞律》選錄最多詞數之前五名，
表列如次，以見《詞律》編選重心：

《詞律》[註71]		
時　　代	入選詞人	作品數量
北宋	柳永	112
南宋	吳文英	56
北宋	周邦彥	47
北宋	黃庭堅	30
北宋	趙長卿	29
	……	……
南宋	**姜夔**	**15**

據表列可知，《詞律》仍然多選入北宋柳永、周邦彥之詞，對創製新聲
有功之柳永、周邦彥最為肯定。而與前代詞譜最為不同處，在於對南
宋詞家之選擇，所選吳文英之數量大於辛棄疾，《選聲集》、《填詞圖
譜》、《詩餘譜式》中辛棄疾排名數量屬前五名，然而在《詞律》中，
吳文英首度超越辛棄疾。姜夔入選 15 首，也是自明代詞譜以來，在
詞譜中入選最多之一次。《詞律》並曾曰：「我朝以文治天下，詞學甚
盛而宮調之理，律呂之學無能通明者，大為憾事，安得起白石、夢窗
輩于九京，而暢言之乎？」[註72] 姜夔、吳文英通宮調之理、律呂之
學，尤為《詞律》所讚揚。

　　《詞律》附杜文瀾〈詞人姓名錄〉載：「姜夔，字堯章，鄱陽人，
流寓吳興，自號白石道人，嘗進樂書免解不第，而卒有白石詞五卷。」
[註73]《詞律》收姜夔 15 闋詞，其中有 9 首詞下注姜夔自度曲：〈鬲
溪梅令〉、〈玉梅令〉、〈清波引〉、〈惜紅衣〉、〈石湖仙〉、〈長亭怨慢〉、

〔註71〕參考夏婉玲：《張先詞接受史》，頁 87。
〔註72〕解〈淒涼犯〉調所言，見〔清〕萬樹：《詞律》卷 19，頁 14。
〔註73〕〔清〕萬樹：《詞律》，頁 9。

〈琵琶仙〉、〈翠樓吟〉、〈疏影〉。然而〈暗香〉一調雖為姜夔製,《詞律》因吳文英步趨之嚴謹,乃選擇吳文英詞,所謂:「此調惟堯章創之,君特填之耳,觀其步趨原曲,如此謹嚴,所謂斷髭踏醋,令人有擊鉢揮毫之懼。」〔註74〕並在〈疏影〉注曰:「余前于〈暗香〉錄夢窗所作,此調夢窗亦有,因有殘缺,故仍載白石……此雖白石自製腔,然夢窗與白石交最深,自當知其律呂也。」〔註75〕〈暗香〉、〈疏影〉為姜夔所創,吳文英填之,萬樹雖然知〈暗香〉創調者姜夔,然亦以最嚴謹、完美者之吳文英詞入選。〔註76〕

　　《詞律》以為〈淒涼犯〉為吳文英自製調,非姜夔所製。《詞律》將吳文英〈淒涼犯〉91 字、姜夔〈淒涼犯〉93 字皆列出,並於姜夔〈淒涼犯·綠楊巷陌〉注曰:「按此篇載《白石集》,題下注云:仙呂調犯雙調,合肥秋夕作。而夢窗《乙稿》亦載之,題曰:〈淒涼調〉,注云:合肥巷陌皆種柳,秋風起騷騷然,余客居闔戶時,聞馬嘶,出

〔註74〕〔清〕萬樹:《詞律》卷 15,頁 11。

〔註75〕〔清〕萬樹:《詞律》卷 19,頁 13。

〔註76〕吳文英有〈解連環·思和雲結〉詞題:「留別姜石帚」、〈拜星月慢·絳雪生涼〉詞序:「姜石帚以盆蓮數十置中庭,宴客其中」、〈惜紅衣·鷺老秋絲〉詞序云:「余從姜石帚游苕霅間三十五年矣,重來傷今感昔,聊以詠懷」等六首,《四庫全書總目·夢窗稿四卷補遺一卷提要》曾說:「文英及與姜夔、辛棄疾游,倡和具載集中,……〈惜紅衣〉一闋,仿白石調而作,後闋『當時醉近鏽箔,夜吟』句止八字,考姜夔原詞,作『維舟試望故國,渺天北』句實九字,不惟少一字,且脫一韻。」張壽鏞〈重刻夢窗詞稿序〉也說:「姜白石、周草窗,善倚聲者也,讀其詩詞,蓋可考見夢窗之生平。」昔人以石帚即姜夔,朱彊村、劉毓崧皆以石帚即白石,然夏承燾以為二人時不相及,斷非白石。《唐宋詞匯評》也以為白石詩詞,均無涉及吳文英,以相從三十五年之友,卻無詩詞酬唱,似不近情,因此贊成夏承燾所說:姜夔與吳文英時不相及。見《四庫全書總目·夢窗稿四卷補遺一卷提要》,收錄在施蟄存主編:《詞籍序跋萃編》(北京:中國社會科學出版社,1994 年 12 月),頁 346。張壽鏞:〈重刻夢窗詞稿序〉,收錄在施蟄存主編:《詞籍序跋萃編》,頁 363。夏承燾箋校:《姜白石詞編年箋校》(上海:上海古籍出版社,1998 年 12 月),頁 283。吳熊和:《唐宋詞匯評·兩宋卷》(杭州:浙江教育出版社,2004 年 12 月)冊 4,頁 3344。

城四顧，則荒煙野草，不勝淒黯，乃著此體，琴有淒涼調，假以為名，歸行都，以此曲示國工田正德，使以亞觱栗吹之，其韻極美，亦曰〈瑞鶴仙影〉，據此則是篇乃夢窗自製之調，非姜作明矣。想此二公交厚，同游最久，故集中混入耳。」〔註77〕然此詞乃毛刻《乙稿》誤收夢窗詞〔註78〕，原是姜夔作自度曲〈淒涼犯〉，吳文英相繼填之，兩者集中皆有，以致出現不明自度曲是何人之混淆現象。《詞律》又載吳文英〈洞仙歌·花中慣識〉，然「按此詞為姜白石詞，非吳夢窗作」〔註79〕，可知吳文英與姜夔之詞，具有相似之處。

　　《詞律》入選姜詞後，特於其後注明自度腔，15 首中有 9 首，可知姜夔能被《詞律》入選之主要原因，乃在於熟悉音律，創製許多自度腔。

　　清穆宗同治時期，徐本立《詞律拾遺》又補姜詞 2 闋。《詞律拾遺》八卷，有補調、補體、補注三類，用以輔翼原書，《詞律拾遺·凡例》曰：「《御選歷代詩餘》及葉小庚《天籟軒詞譜》補入為多，葉書原本《欽定詞譜》尤有根據，其有未備，更采之於他書，如毛刻《六十家詞》……〈白石道人歌曲〉……《詞林正韻》諸書」〔註80〕所參考之書甚多；俞樾〈詞律序〉云：「同治中，吾邑徐城庵大令又撰《詞律拾遺》補其未收之調一百六十有五，補其未備之體三百一十有六，雖遺漏尚多，然蒐輯之功亦不可沒也。」〔註81〕《詞律拾遺》共補了 165 調，495 體。茲將《詞律拾遺》選錄最多詞數之前五名，表列如次，以見補錄重心〔註82〕：

〔註77〕〔清〕萬樹：《詞律》卷 13，頁 13。

〔註78〕普義南：《吳文英接受史》（臺北：私立淡江大學中國文學系博士論文，2010 年），頁 126。

〔註79〕〔清〕萬樹：《詞律》卷 12，頁 11。

〔註80〕〔清〕徐本立：《詞律拾遺·凡例》（臺北：中華書局，1981 年，《四部備要》中華書局據恩杜合刻本校刊），頁 1。

〔註81〕俞樾〈詞律序〉，見〔清〕萬樹：《詞律》（臺北：中華書局，1981 年，《四部備要》中華書局據恩杜合刻本校刊），頁 1。

〔註82〕參考夏婉玲：《張先詞接受史》，頁 87。

《詞律拾遺》		
時　　代	入選詞人	作品數量
北宋	張先	22
北宋	柳永	17
北宋	賀鑄	11
南宋	張炎	11
南宋	陳允平	9
	……	……
南宋	**姜夔**	**2**

據表列可知，補錄最多者為北宋張先，補強了萬氏少錄張先詞之遺憾；其次補錄創立新聲之柳永詞，北宋賀鑄、南宋張炎、陳允平之詞，亦輔翼萬氏闕漏之處。所補姜夔詞，共有兩闋，一為補調：〈醉吟商〉（正是春歸），一為補體：〈霓裳中序第一〉（亭皋正望極）。

　　杜文瀾又編有《詞律補遺》，「徐氏拾遺所補各體之外，又得五十調，附為補遺一卷」〔註83〕，內未補錄姜夔詞。

（四）《詩餘譜式》：未收姜詞

　　《詩餘譜式》，郭鞏編。郭鞏，號可亭，東園子、文水道人、鐵樹道人、復初子，江西吉水（今江西吉水）人，康熙、雍正間人。編《詩餘譜式》二卷，宗法《嘯餘譜》。書前有韓侯振〈詩餘譜式序〉，作於康熙壬辰（五十一年，1712），是書最遲成於此時。

　　此譜無論分類與詞調，一依《嘯餘譜》，分為 25 類，選詞 330 調，450 體，收錄範圍為唐、宋。在卷次安排上，郭鞏自分為前後卷，從「歌行題」到「人物題」為前卷，從「人事題」到「七字題」為後卷，屬於郭鞏《詩餘譜式》之特色者，乃最後附錄之「如絕句八式」，將與絕句格律相同之詞調列出。《詩餘譜式》與《嘯餘譜》不同處在於，郭鞏用了上下分層之編排技術，上詞例，下圖譜，使譜詞對

〔註83〕　〔清〕杜文瀾：《詞律補遺》，《四部備要》（臺北：中華書局，1981 年，中華書局據恩杜合刻本校刊），頁 1。

照方便。

　　郭鞏詞調皆奉《嘯餘譜》為宗，《詩餘譜式引》曰：「余之刻是書也，悉遵《嘯餘》古本，刪其大繁，非別有增釋，亦不另入近來詞調。總為初學填詞，苦於磨對字句平仄，故為圈法。」〔註84〕但對於詞調異體則多予省略，僅摘錄介紹體式不同之文字，形成了一調一詞之體製，其餘異體略有涉及，如此規模銳減，卷帙不繁。

　　茲將《詩餘譜式》收錄詞作數量前五名，表列如次，以見詞譜重心大概：

《詩餘譜式》〔註85〕		
時　代	入選詞人	作品數量
北宋	周邦彥	37
北宋	柳永	26
南宋	辛棄疾	20
北宋	秦觀	19〔註86〕
北宋	歐陽脩	15
……		……
南宋	姜夔	0

據表列可知，《詩餘譜式》承繼清初宗奉明詞譜之《選聲集》與《填詞圖譜》，以北宋周邦彥、柳永、秦觀，南宋辛棄疾為主。雖然康熙二十六年，萬樹《詞律》大規模集成後，已經注意到南宋吳文英之自創曲多於辛棄疾，可是《詩餘譜式》還是宗奉明代《嘯餘譜》，收錄南宋詞之數量中，以辛棄疾最多。康熙五十一年（1712），萬樹《詞律》已刊行二十五年之久，江西人郭鞏之詞學視野仍停留在明代，可見新詞譜在江浙地區已大行其道，而僻處四隅之詞學者，却仍未收新

〔註84〕〔清〕郭鞏：《詩餘譜式》，收錄於《四庫未收書輯刊》（北京：北京出版社，2000年，清康熙可亭刻本）冊30，頁442。
〔註85〕參考夏婉玲：《張先詞接受史》，頁86。
〔註86〕夏婉玲《張先詞接受史》作秦觀18首，今據許淑惠《秦觀詞接受史》作19首，見許淑惠：《秦觀詞接受史》，頁69。

資訊，體現了區域發展之不平衡〔註87〕。明代《嘯餘譜》多以北宋詞為式，未收姜夔詞，而全依《嘯餘譜》之《詩餘譜式》，當然也未選錄姜夔詞。

（五）《欽定詞譜》：收錄姜詞三十四闋

《欽定詞譜》成書于康熙五十四年（1715），在康熙四十六年（1707）編成《御選歷代詩餘》後，由陳廷敬、王奕清等二十餘人，奉旨共同編定、校勘，收 826 調，2306 體，調以長短分先後，《欽定詞譜凡例》云：「每調選用唐、宋、元詞一首，必以創始之人所作本詞為正體。」〔註88〕避免了時代先後顛倒，編排更為科學。是書之選域範圍，為唐至元，「凡唐至元之遺篇，靡弗採錄。元人小令其言近雅者，亦間附之。」〔註89〕元小令亦錄之。

《欽定詞譜》之創作動機，是因明清詞譜之舛誤。據《詞譜凡例》可知：「宋元人所撰詞譜，流傳者少。明《嘯餘譜》諸書不無舛誤。近刻《詞律》，時有發明，然亦得失并見。」〔註90〕《四庫全書總目提要》也說：「自《嘯餘譜》以下，皆用此法（互校）推究。得其崖略，定為科律而已。然見聞未博，考證未精，又或參以臆斷無稽之說，往往不合於古法。惟近時萬樹作《詞律》，析疑辨誤，所得為多，然仍不免於舛漏。」〔註91〕於是《欽定詞譜》「是譜繙閱群書，互相參訂，凡舊譜分調、分段及句讀、音韻之誤，悉據唐、宋、元詞校定。」〔註92〕借鑑前面詞譜之經驗，得以成就此書。

《欽定詞譜》得力於奉旨編撰之優勢，有王奕清等二十餘學者共

〔註87〕江合友：《明清詞譜史》，頁 106。

〔註88〕〔清〕陳廷敬、王奕清等編：《康熙詞譜》（長沙：岳麓書社，2000年），頁 2。

〔註89〕〔清〕永瑢等撰：《四庫全書總目》（北京：中華書局，1965 年），頁 1827。

〔註90〕〔清〕陳廷敬、王奕清等編：《康熙詞譜》，頁 1。

〔註91〕〔清〕永瑢等撰：《四庫全書總目》，頁 1827。

〔註92〕〔清〕陳廷敬、王奕清等編：《康熙詞譜》，頁 1。

同編定，以及官家藏書之富可資比對，考訂更為嚴謹，解說更詳盡，為詞譜之集大成者，是目前集唐宋金元詞，最為完備、精審之一部詞譜。《欽定詞譜》編撰之目的，乃以存史為原則，窮盡蒐羅，保存詞譜資料，《詞譜凡例》曰：「宋人集中如柳永、姜夔詞間存宮調，悉照原注備載。」〔註93〕《四庫全書總目提要》也說：「元以來南北曲行，歌詞之法遂絕，姜夔白石詞中閒有旁記節拍，如西域梵書狀者，亦無人能通其說。今之詞譜，皆取唐宋舊詞，以調名相同者互校，以求其平仄。」〔註94〕可知在當時，看不懂姜夔詞譜的人，所在多有，故朝廷為保留詞譜珍貴文獻，廣泛搜求，在詞調輯錄、詞調異體羅列上，皆超過以往詞譜。而其缺點，據陳匪石《聲執》可知：「《欽定詞譜》依次收錄創調者，或最先之作者，什九可據。惟以備體之故，多覺氾濫。所收之調，涉入元曲範圍，又不如萬氏之嚴。」〔註95〕收取氾濫，不甚嚴格為其缺失。茲將《欽定詞譜》選錄數量最多之前五名（含姜夔），表列如次〔註96〕：

《欽定詞譜》		
時　　代	入選詞人	作品數量
北宋	柳永	145
北宋	周邦彥	85
南宋	吳文英	75
北宋	趙長卿	49
南宋	張炎	45
……	……	……
南宋	**姜夔**	**34**

據表列可知，《欽定詞譜》入選數量最多為柳永、周邦彥、吳文英、趙長卿，與萬樹《詞律》所選前五名之結果相似，皆以創製新聲有

〔註93〕〔清〕陳廷敬、王奕清等編：《康熙詞譜》，頁3。
〔註94〕〔清〕永瑢等撰：《四庫全書總目》，頁1827。
〔註95〕陳匪石：《聲執》卷上，收錄在唐圭璋：《詞話叢編》冊5，頁4929。
〔註96〕參考夏婉玲：《張先詞接受史》，頁88。

功之詞人，柳永、周邦彥入選最多，而《欽定詞譜》所收姜夔詞有34闋。

據《明清詞譜史》可知，《御選歷代詩餘》為《欽定詞譜》完成了大部分匯列同調詞之前其基礎作業〔註97〕，然而《御選歷代詩餘》與《欽定詞譜》仍各有收錄標準，以下為《御選歷代詩餘》與《欽定詞譜》收錄數量前五名之比較表：〔註98〕

書　名	《御選歷代詩餘》		《欽定詞譜》	
排　名	詞　人	數　量	詞　人	數　量
1	辛棄疾	292	柳永	145
2	吳文英	238	周邦彥	85
3	張炎	229	吳文英	75
4	蘇軾	197	趙長卿	49
5	晏幾道	188	張炎	45
	……		……	
	姜夔	**35**	姜夔	**34**

由以上表列可知，《御選歷代詩餘》與《欽定詞譜》各以不同標準收錄詞作，《御選歷代詩餘》廣泛收錄詞作，故創作量較多之詞人，如辛棄疾、吳文英等，入選數量也就較多；而《欽定詞譜》是以收錄詞調為主，故多自創曲調之詞人，如柳永、周邦彥、吳文英等，入選就越多。《御選歷代詩餘》收錄姜夔詞35闋，康熙《欽定詞譜》收錄34闋姜夔詞，其中有28闋詞與《御選歷代詩餘》相同，也就是《御選歷代詩餘》所蒐羅之姜夔詞，有八成〔註99〕成為《欽定詞譜》中之詞譜範式；且《御選歷代詩餘》、《欽定詞譜》有26闋姜夔詞，與《宋六十名家詞》相同，可知清初所收姜夔詞，多數來自明《宋六十名家詞》，而且

〔註97〕江合友：《明清詞譜史》，頁142。
〔註98〕修改自夏婉玲：《張先詞接受史》，頁69、91。
〔註99〕《御選歷代詩餘》收錄白石詞35闋，其中有28闋詞收入《欽定詞譜》，故白石詞有八成都入《欽定詞譜》。

當時所流傳之姜夔詞，多數被《欽定詞譜》認為具有獨創特質。

（六）《新定九宮大成南北詞宮譜》：收姜詞兩闋

《新定九宮大成南北詞宮譜》，習稱《九宮大成曲譜》，清·周祥鈺、徐興華等撰，82 卷〔註100〕。編纂於始於清高宗乾隆六年（1741），清代乾隆十一年（1746）編成，本書兼收唐宋詞、金元諸宮調、南戲、北雜劇、明清傳奇、散曲、宮廷燕樂，凡弦索簫管，悉數收羅，詳列工尺譜；收錄範圍為唐至清，實為古代詞曲聲樂樂譜之總匯。《九宮大成曲譜》合南北曲所存燕樂二十三宮調諸牌名，審其聲音以配十有二月，是書體例在南北曲每一曲牌下，先列正格，次列變格（即又一體），所有曲文均標注工尺譜，附點板眼，標舉韻句，並有格律釋文。吳梅曰：「自此刊出，而詞山曲海，匯成大觀，以視明代諸家，不啻爝火之興日月矣。」〔註101〕于振亦曰：「是編溯聲律之源，極宮調之變，正沿襲之謬，匯南北之全。」〔註102〕故此書實為樂譜之集大成者。

以崑腔為主之南北曲，在清初乾隆年間，曲論、曲集、曲譜已達極盛，《新定九宮大成南北詞宮譜》正是成果之總結。〔註103〕清乾隆六年（1741），和碩親王允祿奉旨成立律呂正義館，續編康熙五十二年（1713）編訂之《律呂正義》一書，此即《律呂正義後編》，盡收歷代廟堂祭祀、朝廷典禮之雅樂。然對於燕樂，有感於缺少完整樂譜，於是召集周祥鈺廣採民間與內府所存詞曲樂譜，歷時五年，於乾隆十一年（1746）完成《新定九宮大成南北詞宮譜》。是書共收曲牌 2183

〔註100〕　《新定九宮大成南北詞宮譜》81 卷外，又有閏卷 1 卷，故此作 82 卷。
〔註101〕　〔清〕吳梅：〈新定九宮大成南北詞宮譜序〉，見〔清〕周祥鈺輯、劉崇德校譯：《新定九宮大成南北詞宮譜校譯》（天津：天津古籍出版社，1998 年）冊 6，頁 4995。
〔註102〕　〔清〕于振：〈新定九宮大成序〉，見〔清〕周祥鈺輯、劉崇德校譯：《新定九宮大成南北詞宮譜校譯》冊 6，頁 4997。
〔註103〕　〔清〕周祥鈺輯、劉崇德校譯：《新定九宮大成南北詞宮譜校譯》，頁 1。

隻，樂曲 4615 首，其中共有詞樂樂譜 174 首〔註104〕，作品收錄範圍有唐、五代、宋、元諸代人所作。

《新定九宮大成南北詞宮譜》以收金元以後之曲牌為主，所以兼收詞樂，劉崇德歸納兩個原因：一是「曲出於詞，故曲之牌亦大半本諸詩餘。其詞句大異者不便附會牽引，其詞句脗合及稍有增損，而格調仍髣髴者，皆從詞譜摘選。」〔註105〕（《北詞凡例》）；第二是「各宮調牌名，曲本所無，選詞以輔之。」〔註106〕（《南詞凡例》）〔註107〕故在《九宮大成曲譜》中之詞牌，是與曲格調相彷彿之詞牌，或者宮調牌名，無曲可證，改選詞輔之。

茲將《新定九宮大成南北詞宮譜》選錄詞樂數量最多之前五名，列表如次：〔註108〕

時　　代	詞　　人	數　　量
北宋	柳永	19
北宋	蘇軾	6
北宋	晏殊	5
北宋	周邦彥	4
北宋	晏幾道	3
北宋	晁補之	3
……	……	……〔註109〕
南宋	姜夔	2

〔註104〕劉崇德將《九宮大成譜》中所載詞樂譜輯出，共得樂譜 174 首。見劉崇德、孫光均譯譜：《碎金詞譜今譯》（保定：河北大學出版社，1999 年），頁 283。

〔註105〕〔清〕周祥鈺、鄒金生編輯：《九宮大成南北詞宮譜》（臺北：臺灣學生書局，1987 年，《善本戲曲叢刊；第 6 輯》據清乾隆內府本影印）冊 1，頁 72。

〔註106〕〔清〕周祥鈺、鄒金生編輯：《九宮大成南北詞宮譜》冊 1，頁 45。

〔註107〕〔清〕周祥鈺輯、劉崇德校譯：《新定九宮大成南北詞宮譜校譯》冊 1，頁 5。

〔註108〕參考夏婉玲：《張先詞接受史》，頁 97。

〔註109〕《新定九宮大成南北詞宮譜》收有張先詞 2 首，秦觀詞 2 首，姜夔詞 2 首，故此以「……」代表還有許多詞人也被收入 2 首。

由表列可知，《新定九宮大成南北詞宮譜》選錄詞樂，數量最多之前五名，皆是北宋詞，其中又以柳永詞最多。而南宋之姜夔只有 2 首，一為卷十一「南詞・中呂宮正曲」〈醉吟商〉，一為卷三十七「南詞・小石調正曲」〈惜紅衣〉。

（七）《白香詞譜》：收姜詞一闋

《白香詞譜》，清・舒夢蘭輯，字香叔，一字白香，晚號天香居士，江西靖安（今江西靖安）人。江合友以為《白香詞譜》約於乾隆末年初刻〔註110〕，嘉慶三年（1798）訥齋重刻此書，並合《小軒詞韻》〔註111〕，成為譜韻完璧。因之《白香詞譜》應編輯刊行於乾隆末嘉慶初〔註112〕，刊行在卷帙浩繁之《詞律》（康熙二十六年，1687）、《御定詞譜》（康熙五十四年，1715）之後，實為一部便利、簡潔之詞譜。至晚清《白香詞譜》不斷重刊，有多種箋釋考定之作，著名者有謝朝征《白香詞譜箋》，陳栩《考正白香詞譜》等。

《白香詞譜》，凡 100 調，每調一詞一譜，作者 59 人。選域範圍由唐至清初，然其選詞不以創調或早出之詞，作為範式，只選符合自己審美情趣之詞作。作者有意遴選唐、宋、金、元、明及清初名人詞作，擷取歷朝精粹之用意，以及宣揚自己審美情趣，因此《白香詞譜》

〔註110〕 丁如明《白香詞譜前言》定為乾隆三十一年（1766）首次刊印《白香詞譜》第 5 頁，（上海：上海古籍出版社，2001 年），不知所據何書，然訥齋嘉慶三年撰《白香詞譜序》提及「南土所鋟，遠莫能致」之版，可知流傳已久，訥齋在京亦得知之，故江合友認為此書初刻之年不會晚於乾隆末年。見江合友：《明清詞譜史》，頁 190。

〔註111〕 〔清〕訥齋：《白香詞譜箋・原序》作於嘉慶戊午（三年，1798 年），收錄於《四部備要》（臺北：中華書局，1981 年，中華書局據半厂叢書本校刊），頁 1。訥齋說《白香詞譜》與《小軒詞韻》合編，〔清〕陳栩、陳小蝶考正《考正白香詞譜》則云「原附《晚翠軒詞韻》，舛誤頗多。」，《小軒詞韻》應是《晚翠軒詞韻》，見〔清〕陳栩、陳小蝶考正：《考正白香詞譜》（臺北：學海出版社，1982 年），頁 6。

〔註112〕 劉慶云、蔡厚士云：「《白香詞譜》編輯、刊行於乾隆末嘉慶初（1796 年前後）」，本文據之，見劉慶云、蔡厚士：〈從《白香詞譜》透視舒夢蘭的詞學觀念〉，《文學遺產》（2009 年第 3 期），頁 115。

去除圖譜，其實是一部風格化之詞選。

茲將《白石詞譜》選錄前五名之詞人，表列如次〔註 113〕，以見選錄重心：

時　代	詞　人	數　量
五代	李煜	6
北宋	秦觀	6
清	朱彝尊	5
北宋	歐陽脩	4
南宋	張炎	4
元	張翥	4
……	……	……
南宋	姜夔	**1**

據表列可知，《白香詞譜》收錄最多為五代李煜、北宋秦觀，清代朱彝尊，南宋張炎、元代張翥也不少，呈現出各朝代皆有代表作者，選錄範圍大為開闊。《白香詞譜》卻只收錄姜詞一闋，〈齊天樂〉，詞題「蟋蟀」。《白香詞譜》在每首詞牌下，附有簡單二個字詞題，從《白香詞譜》所涉及之內容，有男女愛情、登臨懷古、亡國遺恨等，據統計其特色為〔註 114〕：1. 詞多載男女愛情，佔全書一半。2. 登臨懷古、反思歷史與抒發愛國情思之作品，計有 16 首，次高於愛情詞。3. 婉雅與清雅並重之審美取向。

舒夢蘭在清代中期，然清初朱彝尊所標舉姜、張，崇尚醇雅之主張，舒夢蘭受其影響不小。舒夢蘭曾在其所著《古南餘話》中說：「李後主、姜鄱陽，易安居士，一君一民一婦人，終始北宋，聲態絕嫵。秦七黃九皆深於情者，語多入破。柳七雖雅擅騷名，未免俗豔。玉田尚矣，近今惟竹垞遠紹此脈。善手雖眾，鮮能度越諸賢者。」〔註 115〕

〔註 113〕 參考夏婉玲：《張先詞接受史》，頁 96。
〔註 114〕 劉慶云、蔡厚士：〈從《白香詞譜》透視舒夢蘭的詞學觀念〉，《文學遺產》（2009 年第 3 期），頁 118～121。
〔註 115〕 轉引自周作人：《苦竹雜記》（河北：河北教育出版社，2002 年），頁 85。

以為李煜、李清照、姜夔，聲態嫵媚，最為當行，秦觀、黃庭堅深於情，後來接近者，為張炎，近世則朱彝尊承接此脈。柳永太過俗豔，蘇辛之豪放，都被排斥這一醇雅詞脈之外。對照《白香詞譜》選錄最多之李煜、秦觀、朱彝尊、張炎之詞，為舒夢蘭在《古南餘話》所推崇之詞人。

　　然舒夢蘭在《古南餘話》稱讚過姜夔，《白香詞譜》却只收錄姜夔、吳文英詞一闋，乃因舒夢蘭注意「雅不遠俗」，姜夔、吳文英之詞雖雅，却不易索解，故僅錄一首。《白香詞譜》選調一百，是以篇製簡潔、易於傳誦，使初學者易於入門為主，故晦澀難懂，堆垛典故之作，易被淘汰。

二、清代中期詞譜

　　清代中期承前代《詞律》之影響，依據《詞律》編調選詞之《天籟軒詞譜》，重視姜夔製腔作曲之貢獻。

（一）《天籟軒詞譜》：最愛姜、吳詞

　　《天籟軒詞譜》葉申薌編，字小庚，福建閩縣人。編成於道光辛卯（十一年，1831）〔註116〕，共五卷，錄詞調 771 調，1194 體。〔註117〕

　　是書編排體例，據《天籟軒詞譜發凡》曰：「編調仍以字數多寡為序，不分小令、中、長調名曰。其同是一調而字數參差者，自應先列首製原詞，再依序分列各體。」〔註118〕以字數多寡為序，以首製原詞為先。收錄原則為「茲譜擇其音調和雅，且無錯落者方收。如黃山谷鼓笛令之俳體等調，概不敢錄。」〔註119〕以及「選詞自以原製之詞，及名人佳作為譜。」〔註120〕卷五補遺曰「仍因《詞律》舊例，以

〔註116〕〔清〕葉申薌：《天籟軒詞譜》（清道光間刊本，臺北：國家圖書館藏）卷 5 補遺。
〔註117〕江合友：《明清詞譜史》，頁 178。
〔註118〕〔清〕葉申薌：《天籟軒詞譜》，頁 6。
〔註119〕〔清〕葉申薌：《天籟軒詞譜・發凡》，頁 6。
〔註120〕〔清〕葉申薌：《天籟軒詞譜・發凡》，頁 6。

元為斷。」〔註121〕葉申薌說明不錄元人小令，詞調錯落者不收，俳諧體不收，唐宋大曲不收。

《天籟軒詞譜》本萬樹《詞律》編調選詞，顧蒓〈天籟軒詞譜序〉曰：「……復以此譜見示，悉本萬紅友《詞律》而編調選詞，辨韻分句，則有《詞律》之精覈，而無其拘，有《詞律》之博綜，而刪其冗，誠藝苑之圭臬，而詞壇之矩矱也，上追唐賢樂府，下汰元人雜曲，花間而後，此非其善本歟？」〔註122〕張岳崧也說：「葉君小庚……所選《天籟軒詞譜》本萬紅友《詞律》而精審過之，俊語名章足資吟諷，櫛字比句，尤具衡裁」〔註123〕此書經歷兩個步驟，首先是「薌前取萬紅友《詞律》，去其俳俚、缺訛諸調，輯成《天籟軒詞譜》，為詞僅七百首。」〔註124〕於道光戊子（八年，1828 年）冬編好。再者，卷四又誌：「庚寅（道光十年，1830 年）旋里歸後，復從《欽定詞譜》、《御選歷代詩餘》暨《樂府雅詞》、《陽春白雪》、《花庵詞選》、《絕妙好辭》、《花草粹篇》各名家諸書，細加參校，補其缺落，訂其錯訛，仍依《詞律》原列調名，備增諸體，為詞逾千首。其《詞律》未列之調另輯《補遺》一卷附後，亦不忘原書之意云爾。」〔註125〕前四卷詞調皆從《詞律》而出，第五卷乃補遺《詞律》未收之調。

茲將《天籟軒詞譜》收入前五名詞（並含姜夔）之詞家及作品數量，表列如次：

時　　代	詞　　人	數　　量
北宋	柳永	101
北宋	周邦彥	75

〔註121〕〔清〕葉申薌：《天籟軒詞譜》卷 5 補遺。

〔註122〕顧蒓序作於道光九年（1829），〔清〕顧蒓：《天籟軒詞譜‧序》卷 1，頁 3。

〔註123〕〔清〕張岳崧：《天籟軒詞譜‧序》卷 1，頁 5。

〔註124〕〔清〕葉申薌：《天籟軒詞譜》卷 4。

〔註125〕〔清〕葉申薌：《天籟軒詞譜》（清道光間刊本，臺北：國家圖書館藏）卷 4。

北宋	張先	45
北宋	賀鑄	26
南宋	吳文英	25
	……	……
南宋	姜夔	**22**

據表列可知，所收柳永、張先、周邦彥三人作品收錄佔詞譜總數 20%
之多，正說明葉申薌注重詞調原創性和音樂格律性，南宋詞人較受重
視者，為吳文英，有 25 闋詞；而《天籟軒詞譜》所收姜詞，也有 22
闋，數量排名位於前八名內，姜、吳詞之曲緜自度並受重視。《天籟軒
詞譜》22 闋詞中有 18 闋與《詞律》相同，但全在《欽定詞譜》所選
34 闋姜夔詞之範圍中，由此可知，《天籟軒詞譜》係依據《詞律》與
《欽定詞譜》收錄姜詞。

　　《天籟軒詞譜・發凡》曾批判《詞律》：「往往捨原詞，而別收他
作，〈如夢令〉別名〈宴桃源〉，本以原詞『曾宴桃源深洞』之句立名，
即如夢二字，亦原詞中語，《詞律》不收原詞而收秦詞，他如……〈暗
香〉不收姜白石，不勝枚舉。」〔註 126〕在《天籟軒詞譜》中改正《詞
律》之誤，〈暗香〉、〈疏影〉皆收姜詞。

　　據張岳崧《天籟軒詞譜・序》曰：「每讀曩賢佳製，如李青蓮之
飄逸，溫飛卿之雅麗，蘇子瞻之豪宕，秦淮海之情韻，周清真、姜白
石之精深華妙，每一諷詠，情興往來，有如贈答。」〔註 127〕可知道光
時期，周邦彥與姜夔之精深華妙，已受人詠嘆。顧蒓〈天籟軒詞譜序〉
也說：「葉小庚……為詞清空婉麗，直奪堯章、玉田之席」〔註 128〕，
葉申薌本人詞就如姜夔、張炎之風格，可見葉氏對姜詞之喜愛。

三、清代末期詞譜

　　清代末期詞譜，承《九宮大成曲譜》之影響，輯出唐宋詞樂譜編

〔註 126〕〔清〕葉申薌：《天籟軒詞譜・發凡》，頁 6。
〔註 127〕〔清〕張岳崧：《天籟軒詞譜・序》卷 1，頁 5。
〔註 128〕〔清〕葉申薌：《天籟軒詞譜》卷 1，頁 3。

成之《碎金詞譜》，重視姜夔製腔作曲之貢獻。或受到《詞律》影響，出現補闕《詞律》之《詞繫》，或徐本立《詞律拾遺》、杜文瀾《詞律補遺》（與《詞律》討論，此節不再論），都為《詞律》之完美性作修補。

（一）《碎金詞譜》、《碎金續譜》：重現姜詞譜

《碎金詞譜》，謝元淮編撰。謝元淮，字默卿，又作墨卿，又字鈞緒，湖北松茲（今湖北松茲）人。

《新定九宮大成南北詞宮譜》刊行後，影響了古代詞曲音樂之研究工作，乾隆二十二年（1757），許寶善將其中所收詞樂樂譜輯出，刊成《自怡軒詞譜》六卷，今藏於中國國家圖書館，筆者未能寓目。而後謝元淮先於道光二十四年（1844），改正了《自怡軒詞譜》中詞曲界限不清之部分，又從《新定九宮大成南北詞宮譜》輯出唐宋詞樂譜，編成《碎金詞譜》六卷，為甲辰本〔註 129〕。道光二十七年（1847），又增為八百餘首，成十四卷；并《碎金續譜》六卷、《碎金詞韻》四卷，為戊申本。所增之曲，皆是當時樂工陳應祥等四人依時腔所譜。

道光二十七年，謝元淮自序曰：「嘗讀《南北九宮》曲譜，見有唐宋元人詩餘一百七十餘闋，雜隸各宮調下，知詞可入曲其來已尚，於是復遵《欽定詞譜》、《御定歷代詩餘》詳加參訂，又得舊注宮調可按者如干首，補成一十四卷，仍各分宮調，每一字之旁，左列四聲，右具工尺，俾覽者一目了然。」〔註 130〕謝元淮參閱《欽定詞譜》、《御

〔註129〕 道光癸卯（二十三年，1843），甲辰本謝元淮序曰：「嘗讀《九宮大成譜》，見唐宋元人詞一百七十餘闋，分隸於各宮調下。每思摘錄一帙，自為科程。繼睹雲間許穆堂侍御《自怡軒詞譜》，則久已錄出，可謂先獲我心矣。於是謹遵《欽定詞譜》考訂互證，凡句讀之有不同者，悉為補入。」〔清〕謝元淮：《碎金詞譜・序》，見劉崇德、孫光鈞譯譜：《碎金詞譜今譯》（保定：河北大學出版社，1999 年 8 月），頁 279。

〔註130〕 〔清〕謝元淮：《碎金詞譜・序》（臺北：學海出版社，1980 年），頁 13～14。

定歷代詩餘》及其他曲譜，成《碎金詞譜》，收錄南北 24 宮，449 調，558 闋之詞譜。《碎金續譜》共收 180 調 244 闋，以及唐宋大曲共 8 調，77 首，選域範圍為唐、五代、宋、金、元、明。

　　《碎金詞譜》左列四聲，右具工尺，與《欽定詞譜》格律譜最大之不同，是所製訂之格律不是傳統平仄譜，而是四聲譜，因「宋人歌詞，一音協一字，故姜夔、張炎輩所傳詞譜，四聲陰陽不容稍紊。」〔註 131〕故嚴格規範，務求復古。

　　謝元淮除在自序中，提到姜夔之詞譜，《碎金詞譜》之《凡例》也特別提到：「《白石道人歌曲》載有工尺譜，張叔夏《詞源》亦錄之，……其歌曲皆係一字一聲，與今之唱引子者略同，蓋崑腔創於前明魏良輔，始極悠揚頓挫之妙，有一字填寫六七工尺者，固不得泥古以非今，亦不可執今而疑古也。」〔註 132〕宋代詞譜，夏承燾歸納有四：《樂府混成集》、《古今樂律通譜》、《行在譜》、《南方詞編》，詞集兼系譜字者，惟張樞《寄閒集》、楊纘《自度曲》及《白石道人歌曲》而已，然各譜各集，除《白石歌曲》外，今皆殘佚。〔註 133〕姜夔詞譜繫宋代以來詞樂之一線，為聲家之瑰寶，康熙《欽定詞譜·凡例》曾曰：「宋人集中如柳永、姜夔詞間存宮調，悉照原注備載。」〔註 134〕當時早已注意到姜夔詞譜之價值，然《欽定詞譜》只記載格律譜，而謝元淮《碎金詞譜》存錄音樂譜，重現姜詞詞譜。

　　茲將《碎金詞譜》、《碎金續譜》選錄前五名（并含姜夔）之詞人及作品數量，表列如次〔註 135〕：

〔註 131〕道光二十七年謝元淮自序，見〔清〕謝元淮：《碎金詞譜·序》，頁 16。
〔註 132〕道光二十七年謝元淮自序，見〔清〕謝元淮：《碎金詞譜·序》，頁 26。
〔註 133〕夏承燾：〈白石歌曲旁譜辨〉，《燕京學報》第 12 期（1932 年 12 月），收錄在朱傳譽主編：《姜白石傳記資料》（臺北：天一出版社，1982～1985 年）冊 6，頁 1。
〔註 134〕〔清〕陳廷敬、王奕清等編：《康熙詞譜》（長沙：岳麓書社，2000 年），頁 3。
〔註 135〕修改自夏婉玲：《張先詞接受史》，頁 98。

書名	《碎金詞譜》			《碎金續譜》		
排名	時代	詞人	數量	時代	詞人	數量
1	北宋	柳永	50	北宋	周邦彥	10
2	北宋	周邦彥	23	北宋	張先	8
3	南宋	姜夔	**18**	北宋	晁補之	6
4	北宋	蘇軾	17	唐	溫庭筠	5
5	北宋	晏殊	13	南宋	史達祖	5
				南宋	姜夔	**4**

據表列可知，《碎金詞譜》所收以北宋柳永、周邦彥最多，然南宋姜夔詞也有 18 首，居第三名，南宋姜夔音樂譜受重視，於此可見。《碎金續譜》所補最多為周邦彥、張先等，姜夔也有 4 首詞被補入。《碎金詞譜》與《續譜》共收姜詞 22 闋。

　　《白石道人歌曲》由南宋錢希武刻於寧宗嘉泰二年（1202），當時姜夔尚健在，所刻《白石道人歌曲》六卷本或為姜夔手定。錢希武原刻本今亡佚，所傳陶宗儀元世祖至正十年（1350）鈔本，為本集六卷，別集一卷。清代康熙、乾隆開始較多人傳刻《白石道人歌曲》，《白石道人歌曲》中包括鐃歌鼓吹曲辭 14 首，越九歌祠神歌辭 10 首，琴曲辭 1 首，以及以工尺譜記譜 17 首曲子詞〔註 136〕。而《碎金詞譜》與《碎金續譜》所收姜詞 22 闋中，共有 12 首工尺譜，來自《白石道人歌曲》這 17 首之中，另有 10 闋是從其他工尺譜補入。

　　《凡例》曰：「凡《九宮譜》原錄詞調俱有者，則於調首以原字識之，《九宮譜》有調無詞，而各詞自注，及有宮調可按者，以增字別之，其《九宮譜》所未載及竝無宮調可查，現為補度工尺者，以補字記之。」〔註 137〕《碎金詞譜》共收錄姜夔詞 18 闋，除了 2 闋原自《九

〔註 136〕白石十七首詞譜為：〈鬲溪梅令〉、〈杏花天影〉、〈醉吟商小品〉、〈玉梅令〉、〈霓裳中序第一〉、〈揚州慢〉、〈長亭怨慢〉、〈澹黃柳〉、〈石湖仙〉、〈暗香〉、〈疏影〉、〈惜紅衣〉、〈角招〉、〈徵招〉、〈秋宵吟〉、〈淒涼犯〉和〈翠樓吟〉。

〔註 137〕〔清〕謝元淮：《碎金詞譜·序》，頁 46～47。

宮大成曲譜》外，增 15 闋，補 1 闋。《碎金續譜》收錄 4 闋姜夔詞，其中補 3 闋，增 1 闋。

　　總之，《碎金詞譜》、《碎金續譜》所收姜詞音樂譜，共有 22 闋，比《白石道人歌曲》所自譜之 17 首還多，其補錄之操作方法〔註 138〕，乃從《九宮大成》抽音樂譜，或其他舊注宮調曲譜，補入工尺，再從《欽定詞譜》、《御選歷代詩餘》補入詞例和格律譜，故這 22 闋詞都在《欽定詞譜》所收姜詞 34 闋詞之範圍內。

（二）《詞繫》：姜詞為創製楷模

　　《詞繫》，清・秦巘編，二十四卷，秦巘，字玉笙，揚州江都（今江蘇揚州）人，為秦復恩之子。其論宮調及列調，以時代為次。收有 1029 調，2200 餘體，比《欽定詞譜》之詞調還多，為空前之大型詞譜。此書之編寫主要在道光末年以至咸豐初年進行〔註 139〕，選域範圍為唐、宋、金、元〔註 140〕。

　　在《凡例》中他首先列舉了沈際飛《草堂詩餘箋》、張綖《詩餘圖譜》、程明善《嘯餘譜》、朱彝尊《詞綜》、汪汲《詞名集解》、許寶善《自怡軒詞譜》、張宗橚《詞林紀事》、陶樑《詞綜補遺》、謝元淮《碎金詞譜》、葉申薌《天籟軒詞譜》、戈載《詞律訂》諸書，然「然講聲調者不稽格律，紀故實者或略宮商。各拘一格，未能兼備。伏讀《欽定詞譜》、《御選歷代詩餘》，搜羅該洽，論斷詳明，實集詞家之大成也。」〔註 141〕於是「是編薈萃群書，專以時代為次序。首列宮調，次考調名，次敘本事，次辨體裁，末附鄙見。」〔註 142〕

　　《詞繫》是以拾遺補闕《詞律》為己任，〈凡例〉曰：「茲編以《詞

〔註 138〕參考江合友：《明清詞譜史》，頁 163～164。
〔註 139〕〔清〕秦巘編著；鄧魁英、劉永泰校點：《詞繫》（北京：北京師範大學出版社，1994 年），頁 7。
〔註 140〕《詞繫》卷 24 內有宋、元詞。
〔註 141〕〔清〕秦巘編著；鄧魁英、劉永泰校點：《詞繫・凡例》，頁 1。
〔註 142〕〔清〕秦巘編著；鄧魁英、劉永泰校點：《詞繫・凡例》，頁 1。

律》為藍本，於其缺者增之，訛者正之。」〔註143〕直陳《詞律》有四缺六失，唐圭璋曰：「確可彌補萬氏之遺憾。」〔註144〕對於《欽定詞譜》、《御選歷代詩餘》，也多有補充和訂正〔註145〕。

　　《詞繫》詞調之排列方式是「專敘時代」，根據詞出現時代之先後排列，以突出詞調之源流遞嬗，增減變化，「以自度原調為經。其後字數增減，協韻多寡，體格參差，調名異同者，皆列又一體為緯。不以字數為等差，仍以時代為次序。」〔註146〕成為以詞人為序，而不同於一般詞譜以字數多寡排列，突出了譜史之發展觀念。〈凡例〉說：

> 詞本樂府之變體。自唐李白、溫、韋諸人創立詞格，沿及五季，代啟新聲。至宋晏、歐、張、柳、周、姜輩出，製腔造譜，被諸管弦。所著皆刻羽引商，均齊節奏，幾經研煉而成，足為模楷。與其取法于後人，莫若追蹤于作者，故本譜以自度原調為經。〔註147〕

「本譜以自度原調為經」，故熟悉音律，多填製新聲之姜夔，亦是《詞繫》所追蹤源流之詞調大家。茲將《詞繫》選錄數量最多之前五名，表列如次〔註148〕：

《詞繫》			
名　次	時　代	入選詞人	作品數量
1	北宋	柳永	160
2	北宋	周邦彥	84
3	南宋	吳文英	75

〔註143〕〔清〕秦巘編著；鄧魁英、劉永泰校點：《詞繫・凡例》，頁2。

〔註144〕唐圭璋：〈詞繫序〉見〔清〕秦巘；鄧魁英、劉永泰校點：《詞繫》，頁2。

〔註145〕〈詞繫代序〉，見〔清〕秦巘：《詞繫》，頁11。

〔註146〕〔清〕秦巘編著；鄧魁英、劉永泰校點：《詞繫・凡例》，頁1、2。

〔註147〕〔清〕秦巘編著；鄧魁英、劉永泰校點：《詞繫・凡例》，頁2。

〔註148〕參考夏婉玲：《張先詞接受史》，頁89。

4	北宋	張先	71
5	北宋	蘇軾	46
……	……	……	……
	南宋	姜夔	**29**

據表列可知，北宋柳永、周邦彥、張先，製腔造譜，被諸管弦，數量
之多位前五名之內，如同凡例所言，「宋晏、歐、張、柳、周、姜輩
出」足為楷模，不過南宋吳文英詞在《詞律》、《欽定詞譜》中，佔有
極大份量，吳文英詞在《詞繫》中，所佔數量極多，可知吳文英也因
創製許多新聲而受青睞。而南宋姜夔詞數量雖比不過前面幾位，不過
《詞繫》在凡例中，已經點出姜夔如同宋晏、歐、張、柳、周輩，「所
著皆刻羽引商，均齊節奏，幾經研煉而成，足為模楷」，創製詞調之
地位已明，在卷二十二所收錄姜夔 21 闋詞，皆為正體，可知姜詞自
創正體曲調之多。又別錄 8 闋詞為又一體：〈洞仙歌〉（花中慣識）、
〈滿江紅〉（仙姥來時）、〈解連環〉（玉鞍重倚）、〈湘月〉（五湖舊約）、
〈側犯〉（恨春易去）、〈月下笛〉（與客攜壺）、〈一萼紅〉（古城陰）、
〈月上海棠〉（紅妝艷色）。統計《詞繫》正體與又一體所錄姜詞，凡
29 闋。

　　此外，《詞繫》有姜詞 6 調：〈杏花天影〉（綠絲低拂鴛鴦浦）、〈解
連環〉（玉鞍重倚）、〈角招〉（為春瘦）、〈月下笛〉（與客攜壺）、〈洞仙
歌〉（花中慣識）、〈徵招〉（潮回却過西陵浦），《欽定詞譜》未收；《詞
繫》有姜詞 15 調，《詞律》未收，可知《詞繫》所收姜詞範圍更大於
《欽定詞譜》與《詞律》。

四、小結

　　綜上所述清代詞譜選錄姜詞數量，茲列表如次：

表格24：清詞譜選錄姜夔詞一覽表

時代	成書時間	詞選名稱	編選者	詞譜特色	總調	總體	姜詞數量
清前期	清初	選聲集	吳綺	受明詞譜影響	246	246	2
	康熙十八年（1679）	填詞圖譜	賴以邠	受明詞譜影響	545	679	8
	康熙二十六年（1687）	詞律	萬樹	以唐宋名作重新對比	660	1180	15
	康熙五十一年（1712）	詩餘譜式	郭鞏	受明詞譜影響	330	450	0
	康熙五十四年（1715）	欽定詞譜	陳廷敬 王奕清	官定詞譜	826	2306	34
	乾隆十一年（1746）	九宮大成曲譜	周祥鈺 徐興華	以音樂譜為主	174	174	2
	乾隆末嘉慶初	白香詞譜	舒夢蘭	微型詞譜	100	100	1
清中期	道光十一年（1831）	天籟軒詞譜	葉申薌	受《詞律》影響	771	1194	22
清末期	道光二十七年（1847）	碎金詞譜	謝元淮	受《九宮大成曲譜》影響	449	558	18
	道光二十七年（1847）	碎金續譜	謝元淮	受《九宮大成曲譜》影響	180	244	4
	咸豐初年	詞繫	秦巘	受《詞律》影響	1029	2200餘	29
	同治中	詞律拾遺	徐本立	受《詞律》影響	165	495	2
	同治中	詞律補遺	杜文瀾	受《詞律》影響	50	50	0

以下分為清初、清中、清末詞譜論述之：

（一）清代前期詞譜發展盛行，各詞譜收錄姜夔詞特有以下幾個現象：

1. 清代前期詞選受明代詞譜影響大，但漸收錄姜詞。

前文說過明代詞譜多以柳永、周邦彥、秦觀三位，佔詞譜所收詞作前五名，清代初期詞譜這種現象仍然存在。明代後期之《文體明

辨》、《嘯餘譜》重複性最高之前四名「周邦彥、辛棄疾、柳永、秦觀」，在清初詞譜《選聲集》、《填詞圖譜》、《詩餘譜式》中（見以下明代清初詞譜關係表），也都是以這四名為最常見。但清代初期不似明代詞譜皆未錄姜詞，《選聲集》專取音節諧暢，已收有姜詞2首，《填詞圖譜》也收有8首。

康熙十八年（1679），賴以邠《填詞圖譜》雖編排方式多繼承明《詩餘圖譜》、《嘯餘譜》二書，但不似明詞譜未收姜詞。康熙十七年朱彝尊《詞綜》一書收有姜詞23闋，賴以邠《填詞圖譜》所收8闋皆在這23闋中。浙西詞派《詞綜》推尊了南宋雅詞派周密、吳文英、張炎，尤其對姜夔詞之重視，多少也影響了《填詞圖譜》。

只有郭鞏《詩餘譜式》，宗法明代《嘯餘譜》，未選錄姜夔詞。在康熙五十一年（1712），萬樹《詞律》已刊行二十五年之久後，江西人郭鞏之詞學視野仍停留在明代，可見區域發展之不平衡。

表格25：明代清初詞譜關係表

成書時間	明詞譜		清初詞譜		
	明萬曆（1580年以前）	明萬曆四十七年（1619）	清　初	康熙十八年（1679）	康熙五十一年（1712）
排名	《文體明辨》	《嘯餘譜》	《選聲集》	《填詞圖譜》	《詩餘譜式》
1	周邦彥	周邦彥	秦觀	周邦彥	周邦彥
2	辛棄疾	辛棄疾	柳永	柳永	柳永
3	柳永	秦觀	周邦彥	辛棄疾	辛棄疾
4	秦觀	柳永	辛棄疾	毛文錫	秦觀
5	毛文錫	歐陽脩	張先	張先、秦觀	歐陽脩
收姜夔詞（首）	0	0	2	8	0

2. 清初反省明詞譜，有重新取宋元名作，排比格律成《詞律》一書，開始重視吳文英、姜夔詞。

萬樹《詞律》掃除前代詞譜《嘯餘》、《圖譜》之錯謬，一字一句皆取宋元名作排比，而求其格律。《詞律》仍如明代，對創製新聲有功之柳永、周邦彥最為肯定，而與前代詞譜最為不同處，在於對南宋詞家之選擇，吳文英之數量大於辛棄疾；因《選聲集》、《填詞圖譜》、《詩餘譜式》所選辛棄疾作品排名數量屬前五名，而《詞律》所選吳文英作品首度超越辛棄疾。姜夔、吳文英通宮調之理、律呂之學，最為《詞律》所讚揚。《詞律》入選姜詞後，特於其後注明自度腔，15 首中有 9 首，可知姜夔能被《詞律》入選之主要原因，乃在於熟悉音律，創製許多自度腔。同治中，徐本立《詞律拾遺》又補姜詞 2 闋。補錄最多者為北宋張先，補強了萬氏少錄張先詞之遺憾，其次補錄創立新聲之柳永詞，以及北宋賀鑄、南宋張炎、陳允平之詞，足以輔翼萬氏闕漏之處。至其所見姜詞，係源自〈白石道人歌曲〉。

3. 清初康熙年間，有奉旨編訂之大型詞譜，所收姜詞格律譜 34 首，為歷代收錄姜詞詞譜之最。

康熙五十四年（1715）陳廷敬、王奕清等二十餘人，奉旨共同編定《欽定詞譜》，係以創始之人所作為正體。《欽定詞譜》編撰之目的，是以存史為原則，窮盡蒐羅，保存詞譜資料，宋人集中如柳永、姜夔詞間存宮調，悉照原注備載。《御選歷代詩餘》所蒐羅之姜夔詞，有八成成為《欽定詞譜》之範式；且清初所收姜夔詞，多數來自明《宋六十名家詞》。

4. 舒夢蘭《白香詞譜》只選姜詞一首，乃因姜詞不易索解。

舒夢蘭《白香詞譜》為一部便利、簡潔之詞譜，《白香詞譜》，凡 100 調，每調一詞一譜，作者 59 人。然其選詞不以創調或早出之詞，作為範式，只選符合自己審美情趣之詞作。《白香詞譜》收錄最多為五代李煜、北宋秦觀，清代朱彝尊，南宋張炎、元代張翥也不少，呈現出各朝代皆有代表作者之現象，選錄範圍大為開闊。《白香詞譜》卻只收錄姜詞一闋，乃因舒夢蘭強調「雅不遠俗」之故；姜夔、吳文英之詞雖雅，卻不易索解，故僅錄一首。《白香詞譜》選調一百，以篇

製簡潔、易於傳誦，使初學者易於入門為主。

　　5. 開始記載曲調音樂譜之《新定九宮大成南北詞宮譜》，收姜詞2闋。

　　乾隆間，開始注意音樂譜之保存工作，周祥鈺、徐興華《新定九宮大成南北詞宮譜》，凡弦索簫管，悉數收羅，詳列工尺譜，以收金元以後之曲牌為主，所收宋詞，以柳永、蘇軾、晏殊、周邦彥為多，姜詞只收2闋。

　　（二）清代中期受《詞律》影響，對姜夔詞之自度曲、詞調樂譜均重視。本萬樹《詞律》選詞之《天籟軒詞譜》，對南宋詞人之姜夔、吳文英詞之曲繇自度，選取甚多。

　　（三）清代末期詞譜受《九宮大成南北詞宮譜》、《詞律》影響，一樣重視姜詞。姜夔詞之音樂地位。從《九宮大成南北詞宮譜》輯出唐宋詞樂譜編成之《碎金詞譜》，再參照《欽定詞譜》、《御選歷代詩餘》、《白石道人歌曲》補入詞譜，也重視姜詞譜調價值，收錄姜詞數量排名第三名。

　　在清代康熙年間《詞律》之建立下，後代補闕《詞律》之諸詞譜，皆以姜詞為楷模。如咸豐末期秦巘《詞繫》以拾遺補闕《詞律》為己任，在凡例中，已經點出姜夔如所著皆刻羽引商，均齊節奏，創製詞調之楷模地位已明。同治中，徐本立《詞律拾遺》補姜詞2闋，杜文瀾又編有《詞律補遺》，雖未補錄姜夔詞，然已顯示清代末期詞譜，仍籠罩在《詞律》之影響下，未敢輕視姜詞。

　　總之，清中後期詞譜，在萬樹《詞律》和康熙敕修之《欽定詞譜》出現後，難再有根本性之創新，一部份詞譜因襲取用，另一部份詞譜為《詞律》作補遺校正工作〔註149〕，但因受《詞律》影響，姜詞詞譜之稀有性地位被大大稱揚，所以繼承《詞律》格律譜系統者，如《天籟軒詞譜》、《詞繫》，都重視姜詞。而另一支脈重視音樂工尺譜者，如《碎金詞譜》，也重視姜詞詞譜之價值性。

────────────

〔註149〕江合友：《明清詞譜史》，頁172。

第三節　選本詞譜汰選姜夔詞之結論

　　自筆者經眼之詞選詞譜，入選姜夔作品狀況，茲以表格統計如下（所列詞調次序，茲依選錄姜詞數量多寡排列）：

表格 26：宋元詞選入選姜夔詞作表格

序　號	1	2		3	4	
輯成時代	南宋寧宗慶元（1195）以前	南宋淳祐九年（1249）		南宋淳祐十年（1250～1262）	元初	
作　者	書坊	黃昇		趙聞禮	周密	
詞選名稱	增修箋注妙選群英草堂詩餘	唐宋以來諸賢絕妙詞選	中興以來絕妙詞選	陽春白雪	絕妙好詞	統計
收錄姜夔詞排名	0	0	34	12	13	
收錄姜夔數量名次	0	0	4	4	3	
共有詞數	375	1277		671	391	
揚州慢・淮左			○	○	○	3
小重山令・人繞			○	○	○	3
法曲獻仙音・虛閣			○	○	○	3
念奴嬌・鬧紅			○	○	○	3
暗香・舊時			○	○	○	3
疏影・苔枝			○	○	○	3
齊天樂・庾郎			○	○	○	3
一萼紅・古城			○		○	2
惜紅衣・簟枕			○		○	2
淡黃柳・空城			○		○	2
點絳脣・燕雁			○		○	2
霓裳中序第一・亭皋				○		1
湘月・五湖			○			1
清波引・冷雲			○			1

八歸・芳蓮			○			1
眉嫵・看垂			○			1
探春慢・衰草			○			1
翠樓吟・月冷			○			1
踏莎行・燕燕			○			1
石湖仙・松江			○			1
琵琶仙・雙槳			○			1
鷓鴣天・京洛			○			1
浣溪沙・釵燕				○		1
長亭怨慢・漸吹			○			1
淒涼犯・綠楊			○			1
秋宵吟・古簾			○			1
點絳脣・金谷				○		1
解連環・玉鞭			○			1
玉梅令・疏疏			○			1
玲瓏四犯・疊鼓					○	1
慶宮春・雙槳					○	1
鬲溪梅令・好花			○			1
鷓鴣天・柏綠				○		1
鷓鴣天・憶昨			○			1
鷓鴣天・輦路			○			1
月下笛・與客				○		1
驀山溪・與鷗			○			1
少年遊・雙螺			○			1
憶王孫・冷紅			○			1
側犯・恨春			○			1
小重山令・寒食			○			1
浣溪沙・著酒						0
杏花天影・綠絲						0

夜行船・略彴					0
浣溪沙・春點					0
滿江紅・仙姥					0
醉吟商小品・又正					0
摸魚兒・向秋					0
水龍吟・夜深					0
聲聲繞紅樓・十畝					0
角招・為春					0
鷓鴣天・曾共					0
阮郎歸・紅雲					0
阮郎歸・旌陽					0
江梅引・人間					0
浣溪沙・花裏					0
浣溪沙・翦翦					0
浣溪沙・雁怯					0
鷓鴣天・巷陌					0
鷓鴣天・肥水					0
喜遷鶯慢・玉珂					0
徵招・潮回					0
漢宮春・雲曰					0
漢宮春・一顧					0
洞仙歌・花中					0
念奴嬌・昔遊					0
永遇樂・雲鬲					0
虞美人・闌干					0
水調歌頭・日落					0
卜算子・江左					0
卜算子・月上					0
卜算子・薜檊					0

卜算子・家在					0
卜算子・摘蕊					0
卜算子・綠萼					0
卜算子・象筆					0
卜算子・御苑					0
好事近・涼夜					0
虞美人・西園					0
虞美人・摩挲					0
訴衷情・石榴					0
念奴嬌・楚山					0
驀山溪・青青					0
永遇樂・我與					0
月上海棠・紅妝 〔註 150〕					0
越女鏡心・風竹吹香 〔註 151〕					0
催雪・風急還收 〔註 152〕					0
點絳脣・祝壽 〔註 153〕					0

〔註 150〕《全宋詞》以此首見於洪正治刊本《白石詩詞集》，不知應是何人作，姑附於姜夔下。見唐圭璋編：《全宋詞》（北京：中華書局，1998年 11 月）冊三，頁 2188。

〔註 151〕《全宋詞》以此首見於洪正治刊本《白石詩詞集》，不知應是何人作，姑附於姜夔下。見於洪正治刊本《白石詩詞集》，不知應是何人作，姑附於姜夔下。

〔註 152〕《全宋詞》以為是丁注詞，見《陽春白雪》卷一，見唐圭璋編：《全宋詞》（北京：中華書局，1998 年 11 月）冊三，頁 2189。

〔註 153〕《全宋詞》以此首見於洪正治刊本《白石詩詞集》，不知應是何人作，姑附於姜夔下。見唐圭璋編：《全宋詞》（北京：中華書局，1998年 11 月）冊三，頁 2188。

姜夔詞接受史

表格 27：明詞選入選姜夔詞作表格

序號	1	2	3	4	5	6	7	8	9	10	11	12	13	14	15	16
分期	嘉靖						萬曆				崇禎					
輯成時代	刊本嘉靖戊十七年（1538）	應早於1536《詩餘圖譜》	刊本嘉靖庚戌三十九年（1550）	嘉靖癸卯（二十二年・1543）〔註154〕	嘉靖三十年（1551）以前〔註155〕	嘉靖時期（1551年前左右）	萬曆十一年（1583）	萬曆四十二年（1614）	萬曆四十二年（1614）	萬曆（1573至1620）晚期	崇禎（早於古今詞統 1629）	崇禎（早於古今詞統 1629）	崇禎（早於古今詞統 1629）	崇禎二年（1629）	崇禎四年（1631）	崇禎九年（1636）
作者	陳鐘秀刊本、王驥運所刻詞	張綖	顧從敬刊本	楊慎	佚名（托名程敏政）	楊慎（1488～1561）	陳耀文	顧從敬	長湖外史、錢允治箋釋	茅暎	沈際飛	沈際飛	沈際飛	卓人月	陸雲龍	潘游龍
詞選名稱	精選名賢詞話草堂詩餘	草堂詩餘別錄〔註156〕	類編草堂詩餘〔註157〕	詞林萬選	天機餘錦	百琲明珠	花草粹編	類選箋釋草堂詩餘	類編箋釋續選草堂詩餘	詞的	草堂詩餘別集	草堂詩餘續集	草堂詩餘正集	古今詞統	詞菁	古今詩餘醉

〔註154〕《詞林萬選》卷首有任良榦序，作於嘉靖癸卯（1543）季春吉。見〔明〕任良榦：《詞林萬選・序》，收錄於王文才、萬光治等編注：《楊升庵叢書》（成都：天地出版社，2002年12月）冊6，頁990。

〔註155〕最遲在嘉靖三十年（1551）仲春，楊慎《詞品》引用此書（1550）之前已經完成。

〔註156〕林玫儀：〈早見詞話——張綖《草堂詩餘別錄》〉，《中國文哲研究通訊》（2004年12月）第14卷第4期，頁191～230。

〔註157〕《類編草堂詩餘》（明嘉靖庚戌二十九年顧從敬本）臺北故宮博物院圖書文獻館藏。《景印文淵閣四庫全書》所收《草堂詩餘》亦為明嘉靖庚戌二十九年顧從敬刊本，見《景印文淵閣四庫全書》（臺北：臺灣商務印書館，1983年）冊1489，頁531頁，且《四庫全書總目》所稱《類編草堂詩餘》四卷。

收錄異變詞數量	5	0	10	0	2	7	0	2	0	19	0	1	1	0	0	0	0	統計
收錄異變詞數量排名	未達前20	未錄	未達前20	未錄	未達前20	9	未錄	15	未錄	未達前20	未錄	未達前20	未達前20	未錄	未錄	未錄	未錄	
共有詞數	1395	270	2037	456	221	464	392	221	434	3702	434	159	1255	234	443	79	349（註158）	
念奴嬌・鬧紅	○		○			○				○								4
長亭怨慢・漸吹	○		○			○				○								4
齊天樂・庾郎	○		○			○				○								4
眉嫵・看垂			○			○				○								3
探春慢・衰草	○					○				○								3
惜紅衣・簟枕					○			○		○								3
琵琶仙・雙槳					○			○		○								3
揚州慢・淮左						○				○								2
一萼紅・古城	○					○												2
湘月・五湖			○							○								2
翠樓吟・月冷			○							○								2
暗香・舊時			○							○								2
疏影・苔枝			○							○								2
踏莎行・燕燕			○															1
清波引・冷雲			○															1
八歸・芳蓮										○								1
點絳脣・燕雁												○						1
滿江紅・仙姥													○					1

（註158）據目錄所載，共選詞364闋，然篇內實際所錄，僅349闋。

詞選名稱 詞牌名稱	精選名賢詞話草堂詩餘	草堂詩餘別錄（註159）	類編草堂詩餘（註160）	詞林萬選	天機餘錦	百琲明珠	花草粹編	類選箋釋草堂詩餘	類編箋釋續選草堂詩餘	詞的	草堂詩餘別集	草堂詩餘續集	草堂詩餘正集	古今詞統	古今詞贄	古今詩餘醉
淡黃柳‧空城							○									1
秋霄吟‧古廉							○									1
解連環‧玉鞭						○										1
玲瓏四犯‧疊鼓							○									1
少年遊‧雙蝶							○									1
法曲獻仙音‧盧閣							○									1
霓裳中序第一‧亭皋																0
小重山令‧人繞																0
浣溪沙‧著酒																0
杏花天影‧綠絲																0
石湖仙‧松江																0
夜行船‧略彴																0
浣溪沙‧春點																0
鷓鴣天‧京洛																0
浣溪沙‧釵燕																0

（註159）林玫儀：〈罕見詞話：《草堂詩餘別錄》〉，《中國文哲研究通訊》（2004年12月）第14卷第4期，頁191～230。

（註160）《類編草堂詩餘》（明嘉靖庚戌二十九年顧從敬刊本）臺北故宮博物院圖書文獻館藏。《景印文淵閣四庫全書》所收《草堂詩餘》亦為明嘉靖庚戌二十九年顧從敬刊本，見《景印文淵閣四庫全書》（臺北：臺灣商務印書館，1983年）冊1489，頁531頁，且《四庫全書總目》所題示為《類編草堂詩餘》四卷。

	0
醉吟商小品・又正	0
摸魚兒・向秋	0
淒涼犯・綠楊	0
點絳脣・金谷	0
玉梅令・疏疏	0
水龍吟・夜深	0
聲聲繞紅樓・十歌	0
角招・為春	0
鷓鴣天・曾共	0
玩郎歸・紅壁	0
玩郎歸・隄陽	0
慶宮春・雙漿	0
江梅引・人間	0
高溪梅令・好花	0
浣溪沙・花裏	0
浣溪沙・羃羃	0
浣溪沙・雁怯	0
鷓鴣天・柏綠	0
鷓鴣天・巷陌	0
鷓鴣天・憶昨	0
鷓鴣天・肥水	0
鷓鴣天・轆路	0
月下笛・與客	0
喜遷鶯慢・玉珂	0

詞調名稱＼詞選名稱	精選名賢詞話草堂詩餘	草堂詩餘別錄（註161）	類編草堂詩餘（註162）	詞林萬選	天機餘錦	百琲明珠	花草粹編	類選箋釋草堂詩餘	類編箋釋續選草堂詩餘	詞的	草堂詩餘別集	草堂詩餘續集	草堂詩餘正集	古今詞統	古今詞箐	古今詩餘醉
微招·潮回																0
繞山溪·與鷗																0
漢宮春·雲日																0
漢宮春·一顧																0
洞仙歌·花中																0
念奴嬌·昔遊																0
永遇樂·雲嵩																0
虞美人·闌干																0
水調歌頭·日落																0
卜算子·江左																0
卜算子·月上																0
卜算子·鮮餘																0
卜算子·家在																0
卜算子·摘蕊																0
卜算子·綠萼																0
卜算子·篆筆																0

〔註161〕林玫儀：〈罕見詞話——張綖《草堂詩餘別錄》〉，《中國文哲研究通訊》（2004年12月）第14卷第4期，頁191~230。

〔註162〕《類編草堂詩餘》（明嘉靖戊戌二十九年顧從敬刊本）臺北故宮博物院圖書文獻館藏。《景印文淵閣四庫全書》所收《草堂詩餘》亦為明嘉靖庚戌二十九年顧從敬刊本，見《景印文淵閣四庫全書》（臺北：臺灣商務印書館，1983年）冊1489，頁531頁，且《四庫全書總目》所題亦為《類編草堂詩餘》四卷。

	0
卜算子・御苑	0
好事近・涼夜	0
虞美人・西園	0
虞美人・摩挲	0
憶王孫・冷紅	0
訴衷情・石榴	0
念奴嬌・楚山	0
惻犯・恨春	0
小重山令・寒食	0
鷓鴣天・背青	0
永遇樂・我與	0
月上海棠・紅妝〔註163〕	0
越女鏡心・風竹吹香〔註164〕	0
催雪・鳳急還收〔註165〕	0
點絳脣・祝壽〔註166〕	0

〔註163〕《全宋詞》以此首見於洪正治刊本《白石詩詞集》，不知應是何人作，始附於姜夔下。見唐圭璋編：《全宋詞》冊3，頁2188。

〔註164〕《全宋詞》以此首見於洪正治刊本《白石詩詞集》，不知應是何人作，始附於姜夔下。見唐圭璋編：《全宋詞集》，不知應是何人作，始附於姜夔下。

〔註165〕《全宋詞》以為是丁注詞，見《陽春白雪》卷一，見唐圭璋編：《全宋詞》冊3，頁2189。

〔註166〕《全宋詞》以此首見於洪正治刊本《白石詩詞集》，不知應是何人作，始附於姜夔下。見唐圭璋編：《全宋詞》冊3，頁2188。

表格 28：清詞選入選姜夔詞作表格

分期	序號	輯成時代	作者	詞選名稱	收錄姜夔詞數量	未錄詞數量排名
清初	1	康熙十七年戊午（1678）	朱彝尊	詞綜	23	10
清初	2	康熙三十一年（1692）	先著	詞潔	20	6
清初	3	康熙四十六年（1707）	沈辰垣	御選歷代詩餘	35	未達前二十名
清初	4	康熙五十四年（1715）	沈時棟	古今詞選	4	未達前二十名
清初	5	乾隆十六年（1751）	夏秉衡	清綺軒詞選	7	7
清中	6	嘉慶元年（1796）	許寶善	自怡軒詞選	35	1
清中	7	嘉慶二年（1797）	張惠言、張琦	詞選	3	13
清中	8	嘉慶十七年（1812）	周濟	詞辨	3	6
清中	9	道光十年（1830）	董毅	續詞選	7	3
清中	10	道光十二年（1832）	周濟	宋四家詞選	11	5
清中	11	道光十七年（1837）	戈載	宋七家詞選	53	5
清中	12	道光十九年（1839）	葉申薌	天籟軒詞選	17	未達前二十名
清中	13	道光年間	黃蘇	蓼園詞選	0	未選
清末	14	同治十三年（1874）	陳廷焯	雲韶集〔註167〕	24	不明
清末	15	光緒十三年（1887）	馮煦	宋六十一家詞選	33	9
清末	16	光緒十六年（1890）	陳廷焯	詞則·大雅集	23	4
清末	17	光緒十六年（1890）	陳廷焯	詞則·閒情集	3	未達前二十名
清末	18	光緒十六年（1890）	陳廷焯	詞則·別調集	3	未達前二十名
清末	19	光緒二十三年（1897）	王闓運	湘綺樓詞選	5	1
清末	20	光緒三十四年（1908）	梁令嫻	藝蘅館詞選	16	4
清末	21	民國十三年（1924）	朱祖謀	宋詞三百首	16	4

〔註167〕《雲韶集》收錄姜夔詞數量，根據屈興國校注，見〔清〕陳廷焯著、屈興國校注：《白雨齋詞話足本校注》（濟南：齊魯書社，1983年），頁821。筆者未見《雲韶集》。

共有詞數	2253	630	9009	994	847	391	116	94	122	239	480	1411	213	3400餘	1249	571	655	685	76	689	300	總計
暗香‧舊時	○	○	○			○	○	○		○	○	○		○	○	○			○	○	○	16
疏影‧苔枝	○	○	○			○	○	○		○	○	○		○	○	○			○	○	○	16
琵琶仙‧雙槳	○	○	○	○					○		○	○		○	○	○			○	○	○	15
揚州慢‧淮左	○	○	○	○			○	○			○	○		○	○	○			○		○	14
淡黃柳‧空城	○	○	○		○				○	○	○	○		○	○	○			○	○		14
長亭怨慢‧漸吹	○	○	○		○	○			○	○	○	○		○	○	○					○	14
齊天樂‧庾郎	○	○	○	○		○			○		○	○		○	○	○					○	14
翠樓吟‧月冷	○	○	○		○	○			○		○	○		○	○	○					○	13
念奴嬌‧鬧紅	○	○	○			○			○	○	○	○		○	○	○					○	13
一萼紅‧古城	○	○	○		○	○					○			○	○	○					○	12
惜紅衣‧簟枕	○	○	○			○						○		○	○							11
八歸‧芳蓮	○	○	○						○					○	○	○						10
淒涼犯‧綠楊	○	○	○			○						○		○	○		○					10
解連環‧玉鞍(韉)	○	○	○			○				○	○	○		○	○				○			10
玲瓏四犯‧疊鼓	○	○	○			○					○			○	○		○			○		10
湘月‧五湖	○	○	○			○					○	○		○	○	○						9
點絳脣‧燕雁	○	○	○			○						○		○	○	○					○	9
清波引‧冷雲	○	○	○			○					○	○		○	○	○						8
眉嫵‧看春	○	○	○			○					○			○	○							8
探春慢‧衰草	○	○	○			○					○			○	○	○						8
法曲獻仙音‧虛閣	○	○	○			○						○		○	○	○						8
側犯‧恨春	○	○	○			○				○				○	○	○						7

詞調名稱	詞綜	詞潔	詞選歷代詩餘	古今詞選	清綺軒詞選	白怡軒詞選	詞選	詞辨	續詞選	宋四家詞選	宋七家詞選	天籟軒詞選	蓼園詞選	雲韶集〔註168〕	宋六十一家詞選	詞則·大雅集	詞則·閑情集	詞則·別調集	湘綺樓詞選	藝蘅館詞錄	宋詞三百首	
石湖仙·松江	○		○			○					○			○	○	○						7
霓裳中序第一·亭皋			○			○					○					○				○	○	6
少年遊·雙螺		○	○			○					○	○					○					6
鬲溪梅令·好花			○		○						○	○			○							5
秋宵吟·古簾			○									○		○		○		○				5
玉梅令·疏疏			○			○					○				○							4
水龍吟·夜深			○			○					○					○						4
籲山溪·與鷗			○								○				○			○				4
憶王孫·冷紅			○								○				○			○				4
小重山令·人繞			○								○				○							3
踏莎行·燕燕			○								○				○							3
鷓鴣天·憶昨			○								○										○	3
鷓鴣天·京洛			○								○	○										3
杏花天影·綠絲											○										○	2
滿江紅·仙姥						○					○											2

〔註168〕《雲韶集》收錄姜夔詞數量，根據屈興國校注，見〔清〕陳廷焯著、屈興國校注：《白雨齋詞話足本校注》（濟南：齊魯書社，1983年），頁821。筆者未見《雲韶集》。

詞牌						次數
摸魚兒·向秋	○	○				2
點絳脣·金谷	○	○				2
慶宮春·雙槳				○	○	2
江梅引·人間	○	○				2
鷓鴣天·肥水		○			○	2
鷓鴣天·馨路		○	○			2
月下笛·與客	○	○				2
夜行船·略彴	○	○				2
醉吟商小品·又正		○				1
聲聲繞紅樓·十歐		○				1
角招·為春		○				1
徵招·潮回		○				1
永遇樂·雲兩	○					1
卜算子·江左		○				1
卜算子·月上		○				1
卜算子·蘚絛		○				1
卜算子·家在		○				1
卜算子·摘蕊		○				1
卜算子·綠萼		○				1
卜算子·象筆		○				1
卜算子·御苑		○				1
好事近·涼夜		○				1
虞美人·西園		○				1

詞調名稱	詞綜	詞潔	御選歷代詩餘	古今詞選	清綺軒詞選	白怡軒詞選	詞選	詞辨	續詞選	宋四家詞選	宋七家詞選	天籟軒詞選	蓼園詞選	雲韶集〔註169〕	宋六十一家詞選	詞則·大雅集	詞則·閒情集	詞則·別調集	湘綺樓詞選	藝蘅館詞錄	宋詞三百首
驀山溪·青青						○															1
浣溪沙·春點																					0
浣溪沙·敘燕																					0
鷓鴣天·曾共																					0
阮郎歸·紅雲																					0
阮郎歸·雍陽																					0
浣溪沙·花裏																					0
浣溪沙·鬒鬒																					0
浣溪沙·雁怯																					0
鷓鴣天·柏綠																					0
鷓鴣天·巷陌																					0
喜遷鶯慢·玉珂																					0
浣溪沙·薺酒																					0
漢宮春·雲日																					0
漢宮春·一顧																					0
洞仙歌·花中																					0

〔註169〕《雲韶集》收錄姜夔詞數量，根據屈興國校注，見〔清〕陳廷焯著，屈興國校注：《白雨齋詞話足本校注》（濟南：齊魯書社，1983年），頁821。筆者未見《雲韶集》。

念奴嬌・昔遊	0
虞美人・闌干	0
水調歌頭・日落	0
虞美人・攤箏	0
訴衷情・石榴	0
念奴嬌・楚山	0
小重山今・寒食	0
永遇樂・我與	0
月上海棠・紅妝（註170）	0
越女鏡心・風竹吹香（註171）	0
催雪・風急還收（註172）	0
點絳脣・祝壽（註173）	0

〔註170〕《全宋詞》以此首見於洪正治刊本《白石詩詞集》，不知應是何人作，姑附於姜夔下。見唐圭璋編：《全宋詞》冊3，頁2188。

〔註171〕《全宋詞》以此首見於洪正治刊本《白石詩詞集》，不知應是何人作，姑附於姜夔下。

〔註172〕《全宋詞》以為是丁注詞，見《陽春白雪》卷一，見唐圭璋編：《全宋詞》冊3，頁2189。

〔註173〕《全宋詞》以此首見於洪正治刊本《白石詩詞集》，不知應是何人作，姑附於姜夔下。見唐圭璋編：《全宋詞》冊3，頁2188。

　　由以上表格可知，姜夔作品中，宋元詞選，以收錄姜夔〈暗香〉、〈疏影〉、〈揚州慢〉、〈齊天樂〉、〈小重山令〉、〈法曲獻仙音〉、〈念奴嬌〉最多，這些詞作各被宋代三種不同之詞選擇入。

　　明代詞選，以收錄姜夔〈念奴嬌〉、〈長亭怨慢〉、〈齊天樂〉最多，這些詞作各皆被明代四種不同之詞選擇入。

　　清代詞選，以收錄姜夔〈暗香〉、〈疏影〉最多，這些詞作各皆被清代十六種不同之詞選擇入。其次〈琵琶仙〉、〈揚州慢〉、〈淡黃柳〉、〈長亭怨慢〉、〈齊天樂〉數量最多。

　　茲將各代詞選最喜愛入選姜夔詞之前七闋，列表如下：

表格 29：各代詞選最喜愛入選姜夔詞比較表格

宋元詞選	入選次數	明詞選	入選次數	清詞選	入選次數
〈暗香·舊時〉	3			〈暗香·舊時〉	16
〈疏影·苔枝〉	3			〈疏影·苔枝〉	16
〈揚州慢·淮左〉	3			〈揚州慢·淮左〉	14
〈齊天樂·庾郎〉	3	〈齊天樂·庾郎〉	4	〈齊天樂·庾郎〉	14
〈小重山令·人繞〉	3				
〈法曲獻仙音·虛閣〉	3				
〈念奴嬌·鬧紅〉	3	〈念奴嬌·鬧紅〉	4		
		〈長亭怨慢·漸吹〉	4	〈長亭怨慢·漸吹〉	14
		〈琵琶仙·雙槳〉	3	〈琵琶仙·雙槳〉	15
		〈眉嫵·看垂〉	3		
		〈探春慢·衰草〉	3		
		〈惜紅衣·簟枕〉	3		
				〈淡黃柳·空城〉	14

　　由此可知，除了〈齊天樂〉為宋、元、明、清詞選最常入選外，明代詞選所喜愛之姜夔詞，較不同於宋元代詞選。明代詞選只有 2 闋詞與宋元詞選重複：〈齊天樂〉借詠蟋蟀寫思婦、征人、遊子之愁緒，〈念

奴嬌〉以清新筆調，借詠荷表達對戀人懷念，此兩闋皆詠物詞。其他
為〈長亭怨慢〉寫離別戀人之沉痛深情、〈琵琶仙〉以清剛頓宕之筆
〔註174〕感懷舊遊、〈眉嫵〉細繪尋歡之情態、〈探春慢〉以超妙詞意
〔註175〕寫歲暮旅行、〈惜紅衣〉以清倩幽豔之筆賦別情〔註176〕。

　　清代詞選所選姜夔詞，則折衷於宋元詞選與明代詞選之間。清代
則有 4 闋詞與宋元詞選重複：〈暗香〉、〈疏影〉二首借詠梅寄寓幽思、
〈揚州慢〉抒發沉痛之故國之思，以及詠蟋蟀之〈齊天樂〉。另有 2 闋
詞與明代詞選重複：〈長亭怨慢〉、〈琵琶仙〉，另以空靈清健〔註177〕之
筆描寫春日客思之〈淡黃柳〉，清代較前代重視此詞。

　　歷代詞選、詞譜，選入姜夔詞狀況，列表如次：

表格 30：詞選、詞譜入選姜夔詞統計表

詞調名以及 首句二字	宋詞選 4 部	金元 詞選	明編 詞選 16 部	清編 詞選 21 部	歷代 詞選 總計	明編 詞譜 4 部	清編 詞譜 13 部	詞選 詞譜 總計	名 次
暗香・舊時	3	0	2	16	21	0	5	26	1
疏影・苔枝	3	0	2	16	21	0	5	26	1
琵琶仙・雙槳	1	0	3	15	19	0	7	26	1
長亭怨慢・漸吹	1	0	4	14	19	0	6	25	2
齊天樂・庾郎	3	0	4	14	21	0	4	25	2
揚州慢・淮左	3	0	2	14	19	0	5	24	3

〔註174〕唐圭璋《唐宋詞簡釋》：「此首感懷舊遊，情景交勝，而文筆清剛頓
　　　　宕，尤人所難能。」轉引自黃兆漢編著：《姜白石詞詳注》（臺北：
　　　　臺灣學生書局，1998 年 12 月），頁 175。

〔註175〕〔清〕陳廷焯《詞則・大雅集》：「一幅歲暮旅行畫圖。詞意超妙，
　　　　正如野鶴閒雲，去來無迹。」見〔清〕陳廷焯：《詞則・大雅集》（上
　　　　海：上海古籍出版社，1984 年）卷 3，頁 94。

〔註176〕姜尚賢：《宋四大家詞研究》轉引自黃兆漢編著：《姜白石詞詳注》，
　　　　頁 141。

〔註177〕黃兆漢、司徒秀英《宋詞三百首評注》：「上片『空』字當首，領起
　　　　全詞，極空靈清健，這種清虛的筆法，唯白石最達出神入化之境。」
　　　　轉引自黃兆漢編著：《姜白石詞詳注》，頁 223。

一萼紅·古城	2	0	2	12	14	0	4	24	3
惜紅衣·簟枕	2	0	3	11	16	0	6	22	4
念奴嬌·鬧紅	3	0	4	13	20	0	1	21	5
淡黃柳·空城	2	0	1	14	17	0	4	21	5
翠樓吟·月冷	1	0	2	13	16	0	5	21	5
眉嫵·看垂	1	0	3	8	12	0	6	18	6
玲瓏四犯·疊鼓	1	0	1	10	12	0	5	17	7
淒涼犯·綠楊	1	0	0	10	11	0	6	17	7
八歸·芳蓮	1	0	1	10	12	0	4	16	8
清波引·冷雲	1	0	1	8	10	0	5	15	9
探春慢·衰草	1	0	3	8	12	0	3	15	9
湘月·五湖	1	0	2	9	12	0	2	14	10
石湖仙·松江	1	0	0	7	8	0	5	13	11
法曲獻仙音·虛閣	3	0	1	8	12	0	1	13	12
解連環·玉鞭	1	0	1	10	12	0	1	13	12
秋宵吟·古簾	1	0	1	5	7	0	5	12	13
點絳脣·燕雁	2	0	1	9	12	0	0	12	13
鬲溪梅令·好花	1	0	0	5	6	0	5	11	14
霓裳中序第一·亭皋	1	0	0	6	7	0	4	11	14
側犯·恨春	1	0	0	7	8	0	2	10	15
少年遊·雙螺	1	0	1	6	8	0	2	10	15
玉梅令·疏疏	1	0	0	4	5	0	5	10	15
滿江紅·仙姥	0	0	1	2	3	0	4	7	16
醉吟商小品·又正	0	0	0	1	1	0	6	7	16
驀山溪·與鷗	1	0	0	4	5	0	1	6	17
小重山令·人繞	3	0	0	3	6	0	0	6	17
水龍吟·夜深	0	0	0	4	4	0	1	5	18
踏莎行·燕燕	1	0	1	3	5	0	0	5	18
憶王孫·冷紅	1	0	0	4	5	0	0	5	18
鷓鴣天·憶昨	1	0	0	3	4	0	0	4	19

月下笛・與客	1	0	0	2	3	0	1	4	19
鷓鴣天・京洛	1	0	0	3	4	0	0	4	19
慶宮春・雙槳	1	0	0	2	3	0	0	3	20
點絳脣・金谷	1	0	0	2	3	0	0	3	20
月上海棠・紅妝〔註178〕	0	0	0	0	0	0	3	3	20
鷓鴣天・輦路	1	0	0	2	3	0	0	3	20
杏花天影・綠絲	0	0	0	2	2	0	1	3	20
角招・為春	0	0	0	1	1	0	1	2	21
江梅引・人間	0	0	0	2	2	0	0	2	21
鷓鴣天・肥水	0	0	0	2	2	0	0	2	21
徵招・潮回	0	0	0	1	1	0	1	2	21
摸魚兒・向秋	0	0	0	2	2	0	0	2	21
催雪・風急還收〔註179〕	0	0	0	0	0	0	2	2	21
聲聲繞紅樓・十畝	0	0	0	1	1	0	0	1	22
夜行船・略彴	0	0	0	1	1	0	0	1	22
鷓鴣天・柏綠	1	0	0	0	1	0	0	1	22
喜遷鶯慢・玉珂	0	0	0	0	0	0	1	1	22
洞仙歌・花中	0	0	0	0	0	0	1	1	22
永遇樂・雲鬲	0	0	0	1	1	0	0	1	22
卜算子・江左	0	0	0	1	1	0	0	1	22
卜算子・月上	0	0	0	1	1	0	0	1	22
卜算子・蘚軿	0	0	0	1	1	0	0	1	22
卜算子・家在	0	0	0	1	1	0	0	1	22
卜算子・摘蕊	0	0	0	1	1	0	0	1	22
卜算子・綠萼	0	0	0	1	1	0	0	1	22
卜算子・象筆	0	0	0	1	1	0	0	1	22

〔註178〕《全宋詞》以此首見於洪正治刊本《白石詩詞集》，不知應是何人作，姑附於姜夔下。見唐圭璋編：《全宋詞》冊3，頁2188。

〔註179〕《全宋詞》以為是丁注詞，見《陽春白雪》卷一，唐圭璋編：《全宋詞》冊3，頁2189。

卜算子・御苑	0	0	0	1	1	0	0	1	22
好事近・涼夜	0	0	0	1	1	0	0	1	22
虞美人・西園	0	0	0	1	1	0	0	1	22
小重山令・寒食	1	0	0	0	1	0	0	1	22
驀山溪・青青	0	0	0	1	1	0	0	1	22
越女鏡心・風竹吹香〔註180〕	0	0	0	0	0	0	1	1	22
浣溪沙・著酒	0	0	0	0	0	0	0	0	23
浣溪沙・春點	0	0	0	0	0	0	0	0	23
浣溪沙・釵燕	1	0	0	0	1	0	0	0	23
鷓鴣天・曾共	0	0	0	0	0	0	0	0	23
阮郎歸・紅雲	0	0	0	0	0	0	0	0	23
阮郎歸・旌陽	0	0	0	0	0	0	0	0	23
浣溪沙・花裏	0	0	0	0	0	0	0	0	23
浣溪沙・翦翦	0	0	0	0	0	0	0	0	23
浣溪沙・雁怯	0	0	0	0	0	0	0	0	23
鷓鴣天・巷陌	0	0	0	0	0	0	0	0	23
漢宮春・雲曰	0	0	0	0	0	0	0	0	23
漢宮春・一顧	0	0	0	0	0	0	0	0	23
念奴嬌・昔遊	0	0	0	0	0	0	0	0	23
虞美人・闌干	0	0	0	0	0	0	0	0	23
水調歌頭・日落	0	0	0	0	0	0	0	0	23
虞美人・摩挲	0	0	0	0	0	0	0	0	23
訴衷情・石榴	0	0	0	0	0	0	0	0	23
念奴嬌・楚山	0	0	0	0	0	0	0	0	23
永遇樂・我與	0	0	0	0	0	0	0	0	23
點絳脣・祝壽〔註181〕	0	0	0	0	0	0	0	0	23

〔註180〕《全宋詞》以此首見於洪正治刊本《白石詩詞集》，不知應是何人作，姑附於姜夔下。見於洪正治刊本《白石詩詞集》，不知應是何人作，姑附於姜夔下。

〔註181〕《全宋詞》以此首見於洪正治刊本《白石詩詞集》，不知應是何人作，姑附於姜夔下。見唐圭璋編：《全宋詞》冊3，頁2188。

單就歷代詞選統計而言，〈暗香〉、〈疏影〉、〈齊天樂〉所入選 21 次，數量最多，單就詞譜統計而言，〈琵琶仙〉入選 7 次最多，可知詞選與詞譜所選擇傾向並不一致。若將歷代詞選、詞譜兩者合併統計姜夔詞可知，入選 20 次以上者，共有 11 闋，第一名為〈暗香〉、〈疏影〉、〈琵琶仙〉，皆入選 26 次，其次〈長亭怨慢〉、〈齊天樂〉皆 25 次，〈揚州慢〉、〈一萼紅〉皆 24 次，〈惜紅衣〉22 次、〈念奴嬌〉、〈淡黃柳〉、〈翠樓吟〉皆 21 次。入選 20 次以上之詞調，列表如次：

表格 31：歷代詞選、詞譜入選 20 次以上之姜夔詞表格

序　號	詞　調	詞選詞譜入選次數	備　註
1	暗香・舊時	26	長譜自〔註 182〕
2	疏影・苔枝	26	長譜自
3	琵琶仙・雙槳	26	長
4	長亭怨慢・漸吹	25	長譜自
5	齊天樂・庾郎	25	長
6	揚州慢・淮左	24	長譜自
7	一萼紅・古城	24	長

〔註 182〕 「譜」指姜夔十七首有旁譜之詞，見《白石道人全集》（臺北：臺灣商務印書館，1968 年，嘉泰壬辰錢希武刻本）。「自」指十三首自製曲，見姜夔：《白石道人全集》（臺北：臺灣商務印書館，1968 年，嘉泰壬辰錢希武刻本），白石道人歌曲卷四，載有十三首自製曲。「令、中、長」指小令、中調、長調，清・毛先舒《填詞名解》卷一於〈紅窗迥〉調下曰：「凡填詞，五十八字以內為小令，自五十九字始至九十字止為中調，九十一字以外者，俱長調也。此古人定例也。」見收於清・查培繼輯《詞學全書》（臺北：廣文書局，1971 年 4 月），頁 29。姜夔詞據《全宋詞》記載有 87 首，然其中三首〈點絳脣・祝壽筵開〉、〈越女鏡心・風竹吹香〉、〈月上海棠・紅妝艷色〉三首俱見於洪正治刊本《白石詩詞集》，不知應是何人作，姑附於姜夔下，見唐圭璋編：《全宋詞》（北京：中華書局，1998 年 11 月）冊三，頁 2188。夏承燾《姜白石詞編年箋校》（上海：上海古籍出版，1998 年 12 月）只收 84 首、黃兆漢編著：《姜白石詞詳注》也收 84 首姜詞。

8	惜紅衣·簟枕	22	中譜自
9	念奴嬌·鬧紅	21	長
10	淡黃柳·空城	21	中譜自
11	翠樓吟·月冷	21	長譜自

可知姜夔此 11 闋受歡迎之詞，多為長調，其中有 7 闋詞帶有旁譜，7
闋詞為姜夔自度曲（見以上表格），可知姜夔詞除了具有清空騷雅之
詞句意境，自度曲之獨特性，以及帶有可按曲倚聲之詞譜，也成了讀
者喜愛姜詞之輔助因素。